武漢日記

封鎖下
60日の
魂の記録

方方
Fang Fang

飯塚容＋渡辺新一＝訳

河出書房新社

まえがき――ウイルスは人類共通の敵

方方《ファンファン》

1

最初の日記を新浪網《シンランワン》〔中国最大のポータルサイト〕のブログサービスに上げたとき、その後も五九篇の日記を書き続けることになるとは思ってもいなかった。その日の私の日記を読むために、毎日数千万もの読者が夜中まで起きていてくれるとも思っていなかった。私の日記を読まないと安心して眠れない、と多くの人が伝えてきた。これらの日記がまとまって本となり、これほど短期間のうちに海外で出版されることになるとも思っていなかった。

六〇篇を書き終えたちょうどその日に、中央政府が武漢の封鎖を四月八日に解除すると発表した。武漢の封鎖は計七六日間。四月八日の解除の日には、折よく英語版『武漢日記』の予約販売が開始された。

すべては、夢のようだ。天の神が、ひそかに手を差し伸べてくれたのかもしれない。

2

一月二〇日、鍾南山《ジョン・ナンシャン》教授*が武漢の新型コロナ肺炎は「ヒト－ヒト感染する」と明言し、さらに、医療関係者一四名の感染のニュースが伝わった。私は初めショックを受け、その後怒りがこみ上げてきた。それは、私たちがそれまで見聞きしてきたのと、正反対のことだった。政府系メディアはずっと私たちに、このウイルスについて「ヒト－ヒト感染はない、予防も制御もできる」と言ってきたのだ。一方巷《ちまた》では、これはSARSだという噂が広まっていた。

このウイルスの潜伏期間はおよそ一四日だと知って、私はその間にどんな人と接触したか、私にも感染のリスクはあるのかを冷静に考えてみた。あいにくこの期間に同僚が病気になり、私は三回病院に見舞いに行った。そのうち、二度はマスクをつけず、一度はつけていた。さらに、一月七日以前に、私は友人の家の集まりに参加し、さらにレストランで家族と一緒に食事をした。一六日にはボイラー工事の人が来て、設置とテスト運転をしていった。一九日には姪《めい》親子がやってきたので、上の兄夫婦が私と下の兄夫婦を食事に呼んでくれた。ちょうどその日は、SARSだという噂が世間で飛びかっていたので、私たちは行き帰りにマスクをつけた。

私の毎日の仕事と生活のあり方から言えば、短期間にこのように頻繁に外出することは滅多にない。しかし、ちょうど春節の前で、それを理由にした集まりが多かったのだ。私はこの期間の感染の有無を判断しようがなかった。一日が過ぎるごとに感染の可能性が減っていくのを待つしかない。そんな計算をしていると、不安と悲しみが募った。

二二日、つまり封鎖の一日前に、娘が日本から戻ってきた。夜一〇時、私は娘を迎えに空港に行った。通りはすでに車も人も少なかった。空港の到着ロビーに立っている人は、ほとんどマスクをしていた。重々しい雰囲気で、誰もが感情を抑えているようだった。いつもの喧噪や談笑のざわめきはまったくない。あの数日間、武漢市民は最も緊張し恐怖を感じていた。私はこの日の夜、出かける前にネットで友人に、「風蕭《しょうしょう》々として易水《えきすい》寒し」**の心境だと伝えた。飛行機が遅れたので、娘と会えたときはすでに夜の一一時を過ぎていた。

私の前夫は一週間前に娘と食事をしていた。娘が帰国する数日前、彼は肺に影があると私に言ってきた。私はそれを聞いてびっくりした。もし彼が新型コロナ肺炎だったら、娘にも感染している可能性がある。私はこうした事実を娘に伝えた。そして娘を家に送り、少なくとも一週間は外出しないこと、春節はそれぞれ別々に過ごすこと、私が昼間に食べ物を届けることを決めた（娘は旅行に行っていたので、家には食べ物の蓄えがなかった）。車内で、私たちは二人ともマスクをつけていた。娘もいままでのように興奮気味に旅行の話をするでもなく、私たちはほとんど言葉を交わさなかった。武漢市全体の重苦しさと緊張感が車内にも漂っていた。

私は娘を彼女の家に送り、自宅に戻る途中でガソリンを満タンに入れた。自宅に戻ったときは、すでに夜中の一時になっていた。パソコンを立ち上げると、明日から都市封鎖というニュースが飛び込んできた。封鎖を提言する人は前にもいたが、こんなに大きな都市だから丸ごと封鎖することなどできないだろうと私は考えていた。だが、本当に封鎖令が出たのだ。この封鎖令は、武漢の感

＊　国家衛生健康委員会の高級専門家グループのリーダー。SARS流行時にも活躍したので国民の信頼が篤い。
＊＊　『史記』の「刺客列伝」の中の一文。この後「壮士一たび去りて復《ま》た還らず」と続く。

染症が間違いなく極めて厳しい段階に入っていることを気づかせてくれた。

翌日、私はマスクと食料品を買いに街に出た。大通りはこの上なく物寂しかった。有史以来、武漢がこのように人気《ひとけ》なくがらんとしたことはない。物寂しい街を見て私はとても悲しく、心は大通りのように空っぽになった。これは私の人生の中で、いまだかつて経験したことのない感覚だった。武漢という都市の運命に対する不安、自分と家族が感染しているのではないかという不安、そして将来のすべてに対する不安、そのどれもが名状しがたい困惑と緊張を強いてきた。

そのあと二日間続けて、私はマスクを買いに出かけた。どの通りにも、たった一人の清掃員がいて道路を掃除していた。人通りが少ないので、道はそれほど汚れていない。それでも彼らは一心不乱に掃除しているのだ。この光景に大いに慰められ、私の心は落ち着きを取り戻した。

回想と同時に、私は反省もしている。一二月三一日にはもうウイルスのことを聞いていたのに、その後の二〇日間近く、これほど重大な事件に対してなぜ曖昧《あいまい》な態度を取っていたのか。とりわけ、私たちは二〇〇三年にSARSを体験し、本来その教訓があったはずなのだ。この「なぜ」という問いかけを多くの人々が自分に対して続けてきた。なぜ？

率直に言って、その原因は私自身の不注意にもあったし、日常生活における様々な事情もあった。だが、もっと重要なのは、私たちが政府を過信したことだ。湖北省政府の高官が、こうした人命に関わる重大事件に対してあれほど傲慢《ごうまん》で、無責任な態度を取るはずは絶対にないと信じていた。また、彼らが何千何万もの人命に影響を与えるような事件に直面して、相変わらず政治的公正〔中国では、本来の意味を意図的に曲解して、党の方針に従うことを指す〕を頑《かたく》なに守り、従来の手順に従って仕事を続けることはないだろうと信じていた。彼らが常識を無視することも、判断力を欠くこともないと信じていた。こうした考えに基づいて、私は微信《ウェイシン》〔中国最大の通信アプリ、ウィーチャット〕のグループチャットに、これほど大きな事件を政府が隠蔽することはない、彼らにそんな勇気はないだろう、と投稿した。だが実際、事態はこのように深刻になっている。私たちはすでに、この大災害のかなりの部分が人災だということを知っている。

都合のいい知らせだけを報告し悪い知らせは隠す、本当のことを話そうとする人の口を塞ぐ、真相を庶民に明かさない、個人の尊厳を踏みにじる、こうしたことが、社会に巨大な損害を与え、一般市民に多大な障害をもたらし、官僚に最大の報いを与え（現在、湖北省政府の高官の中には免職になった者もいるが、相変わらず責任をとるべき官僚がまだその地位にいる）、武漢に七六日間もの封鎖をもたらしたのだ。その影響は計り知れないほどの人と地域に及んだ。今後、必ず責任追及を進めなければならない。

3

武漢市民は一月二〇日から、恐怖と緊張の中で三日間を過ごし、突如として封鎖令を迎えた。一千万の人口を有する都市が、感染症のために封鎖されるのは、歴史上ほとんど前例のないことだ。しかも、これほど短期間でこの決定を下すのは、簡単なことではない。都市の封鎖はほとんどすべての住民の生活に影響が及ぶのだから。

だが、感染症の蔓延《まんえん》を阻止するために、武漢市政府はこの苦渋の決断を下した。これは、武漢一千年の歴史上、極めて稀《まれ》な決定だった。しかし、感染症の状況の変化から考えれば、この決定は数日遅れたとは言え、やはり正しかった。

封鎖令が出る前の三日と出たあとの二日、この五日間を、市民の大多数はビクビクしながら過ごした。なんと長く気が張る五日間だったことか。ウイルスが市内で猛威を振るっており、政府も手の施しようがないように思えた。

旧暦元日、つまり一月二五日、人々は少し気持ちを落ち着かせた。国家の上層部が武漢の感染症に強い関心を寄せ、医療チームの第一陣が上海から武漢に駆けつけるという報道があったからだ。こうしたニュースは武漢市民の精神を徐々に安定させた。なぜなら中国では、国レベルが行動を起こせば、ほとんどの人が全力を傾けることを知っているからだ。慌てふためいていた武漢市民は、この日からパニックを脱した。そして、私の日記もこの日から始まった。

しかし、それからが最も苦しい時期だった。コロナウイルスの感染者がこの旧正月の期間に爆発的に増加し、武漢の医療システムは潮のように押し寄せる感染者を受け止めきれず、ほとんど崩壊状態になったのだ。春節は本来、家族全員が集まって過ごす喜びに満ちた時期のはずだった。だが、極寒の中、無数の感染者が風雨をついて駆けずり回ったが、薬と治療を得ることはできなかった。封鎖後は、あらゆる交通機関が停止した。武漢の一般市民は車を持たない人が多い。彼らは病院を盥《たらい》回しにされ、言語に絶する苦難を味わった。ネット上には救いを求める多くの動画が上がった。病院では連日連夜、治療を求めて長蛇の列ができ、医師たちが崩壊寸前となる動画もあった。こうした病人の叫びと絶望を前に、私たちは完全に無力だった。これは私にとって最もつらく苦しい日々だった。私にできるのは書くことだけだ。休まずに書くこと、それが唯一の心の救済となった。

湖北省と武漢市の政府高官の更迭、全国一九省から湖北省への医療チームの派遣、さらに仮設病院の建設が実現して初めて、武漢市民の最も苦しい時期は終わりを告げた。新たな隔離方式は、混乱し悲惨な状況にあった武漢をまったく新しい局面に導いてくれた。感染者は漏れなく四つのカテゴリーに分けられた。それは、一、重症感染者、二、軽症感染者、三、疑似感染者、四、濃厚接触者である。重症感染者は指定病院へ、軽症感染者は仮設病院へ、疑似感染者は全員隔離用のホテルへ、そして濃厚接触者もそれぞれホテルや学校宿舎などの隔離施設へ入る。こうしたやり方によって、すぐに効果が現れた。入院後、軽症感染者はほとんど全員がほどなく回復し、私たちもこの目で武漢の状況が日ましによくなっていくのを確認した。私の日記の中でもこうした推移、少しずつ変化していく様子が見て取れるだろう。

家に閉じ込められた九百万の武漢市民は、住民による自発的な組織を作ることによって、日常生活の問題を解決していった。ネットサービスを通して団体購入を進め、生活必需品の問題を解決した。その後、武漢市政府は各組織の公務員を総動員して居住区*に派遣し、居住区の職員と協力して住民サービスを手伝うことも始めた。九百万の武漢市民は心を合わせ、政府の求めに協力した。市民の自制心と忍耐力は、今回武漢がこの感染症を抑え込むための最も力強い後ろ盾となった。最大の賛辞で彼らを称えても褒《ほ》めすぎにはならない。まるまる七六日間の封鎖に耐えることは、決して容易ではない。だが、後期において政府が感染症との闘いに見せた力強さ、様々な隔離政策と的確な処置は、確かに非常に効果的だった。

私が六〇篇の日記を書き終えたとき、武漢の状況は完全に変わっていた。七六日間を経て、四月

* 原文は「社区」。一定の地域に住む人々によって構成された「コミュニティ」。都市部の基礎的な行政区画で、「居民委員会」が管轄している。

八日に武漢の封鎖は全面的に解除された。それは忘れられない日だ。封鎖が解除された瞬間、ほとんどの市民の目には熱く光るものがあった。

4

思いがけないことに、武漢の感染症が徐々に終息に向かっていたとき、欧米等の諸国では感染症が蔓延し始めていた。肉眼では見えない極小のウィルスは、瞬《また》く間に世界で猛威を振るった。洋の東西を問わず、このウィルスに攻撃され、見るに堪えない悲惨な状況となっている。

双方の政治家は互いに非難し合うが、どちらの側も自分にも問題があるとはまったく考えない。感染症発生初期の中国の怠慢と、感染症と闘った中国の経験を信じようとしない西洋諸国側の傲慢さが、無数の庶民の命を奪うことにつながった。無数の家庭を瞬時に崩壊させ、全人類に重大な社会的損害を与えた。

私は西洋の記者から、「感染症との闘いを経て、中国はどのような教訓を汲み取るべきでしょうか？」と質問された。私は次のように答えた。

「感染症は中国だけに蔓延したわけではなく、全世界で蔓延しています。新型コロナウイルスは中国だけに教訓を与えたわけではなく、全世界に教訓を与え、全人類を教育したのです。我々人類は傲慢になってはいけません。尊大になってはいけません。自分はこの世界で無敵だと思ってはいけません。最も小さなもの、例えばウイルスの破壊力を軽視してはいけません。

ウイルスは人類共通の敵です。この教訓は全人類のものです。人類は連携して初めて、このウイルスに打ち勝ち、このウイルスから自由になれるのです」

5

友人の医師四人に心から感謝している。私が日記を書き続ける中で、感染症の情報と医学の基礎知識を提供してくれたのは彼らだった。

また、私に愛情のこもった援助をしてくれた三人の兄、全力で私を支えてくれた家族と親族に感謝したい。私に対する攻撃があったとき、従兄は「心配いらない、家族はみんな最後までおまえの味方だから」と励ましてくれた。また、従姉はいつも私に有益な情報を伝えてくれた。親族の一人一人の言葉が、私の心に温もりを与えてくれた。

大学の同級生、中学、高校の同級生に感謝したい。彼らもまた、私を強い力で支えてくれた。彼らは社会の様々な情報を伝えてくれ、私が落ち込んだとき、いつも手を差し伸べてくれた。さらに、同僚と隣人たちは、私が日記を書き続けている間、いつも生活上の便宜を図ってくれた。

最後に、この日記を英訳してくれたマイケル・ベリー〔カリフォルニア大学ロサンゼルス校教授〕に感謝しなければならない。彼の提案がなければ、私は国外でこの本を出版しようと思わなかっただろうし、これほど早く出版されることもなかっただろう。

この本は武漢の人々に捧げる本だ。また、武漢が最も困難なときに手助けしてくれた多くの人々に捧げる本でもある。この本の印税は、その全額を武漢のために命を賭して闘ってくれた人々に寄付する。

二〇二〇年四月一三日

武漢日記　封鎖下六〇日の魂の記録　目次

武漢市地図

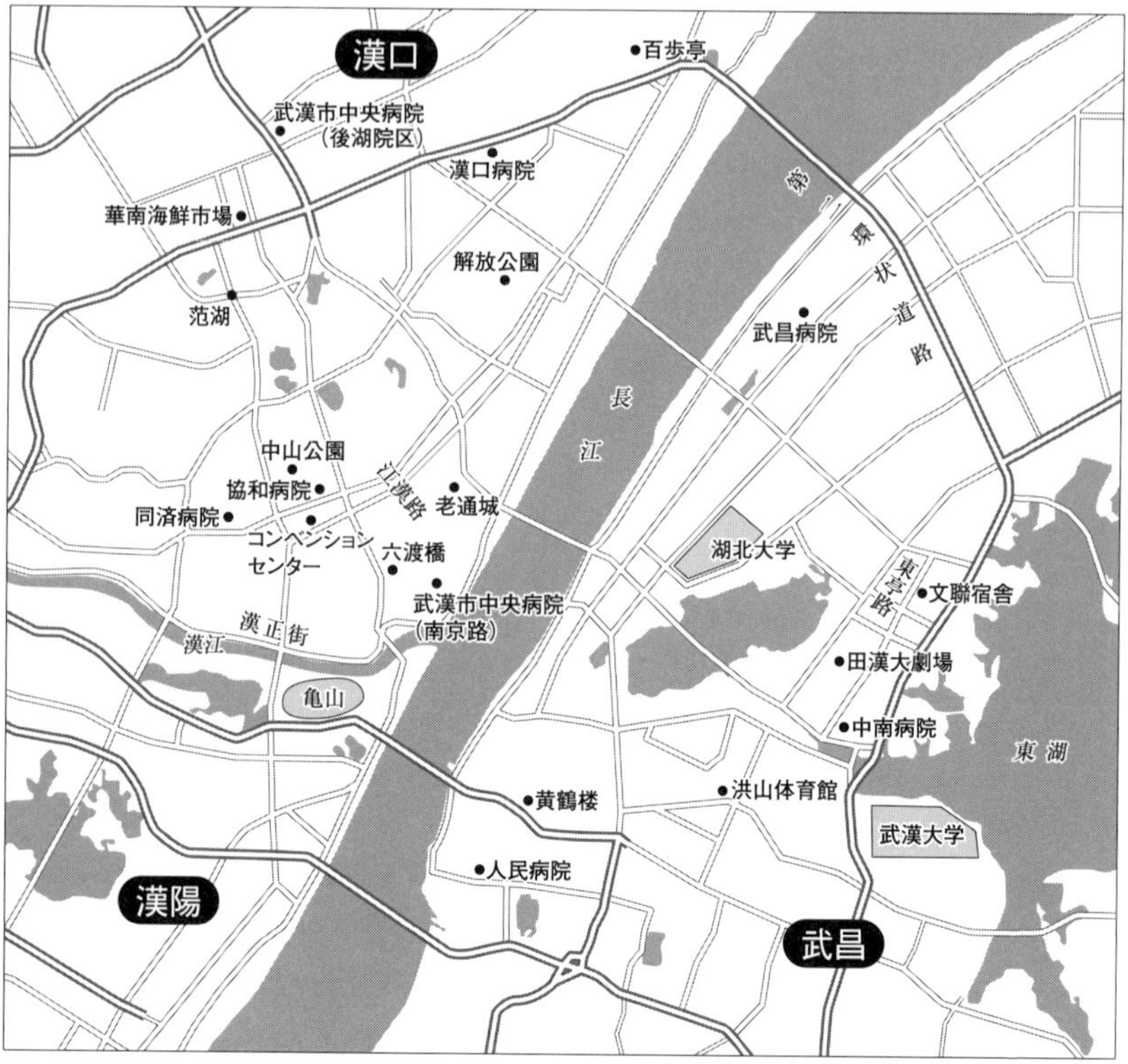
漢口
百歩亭
武漢市中央病院
（後湖院区）
漢口病院
華南海鮮市場
解放公園
范湖
武昌病院
第二環状道路
長江
中山公園
協和病院
江漢路
老通城
同済病院
コンベンションセンター
六渡橋
武漢市中央病院
（南京路）
湖北大学
東亭路
文聯宿舎
漢正街
漢江
田漢大劇場
亀山
中南病院
東湖
黄鶴楼
洪山体育館
武漢大学
人民病院
漢陽
武昌

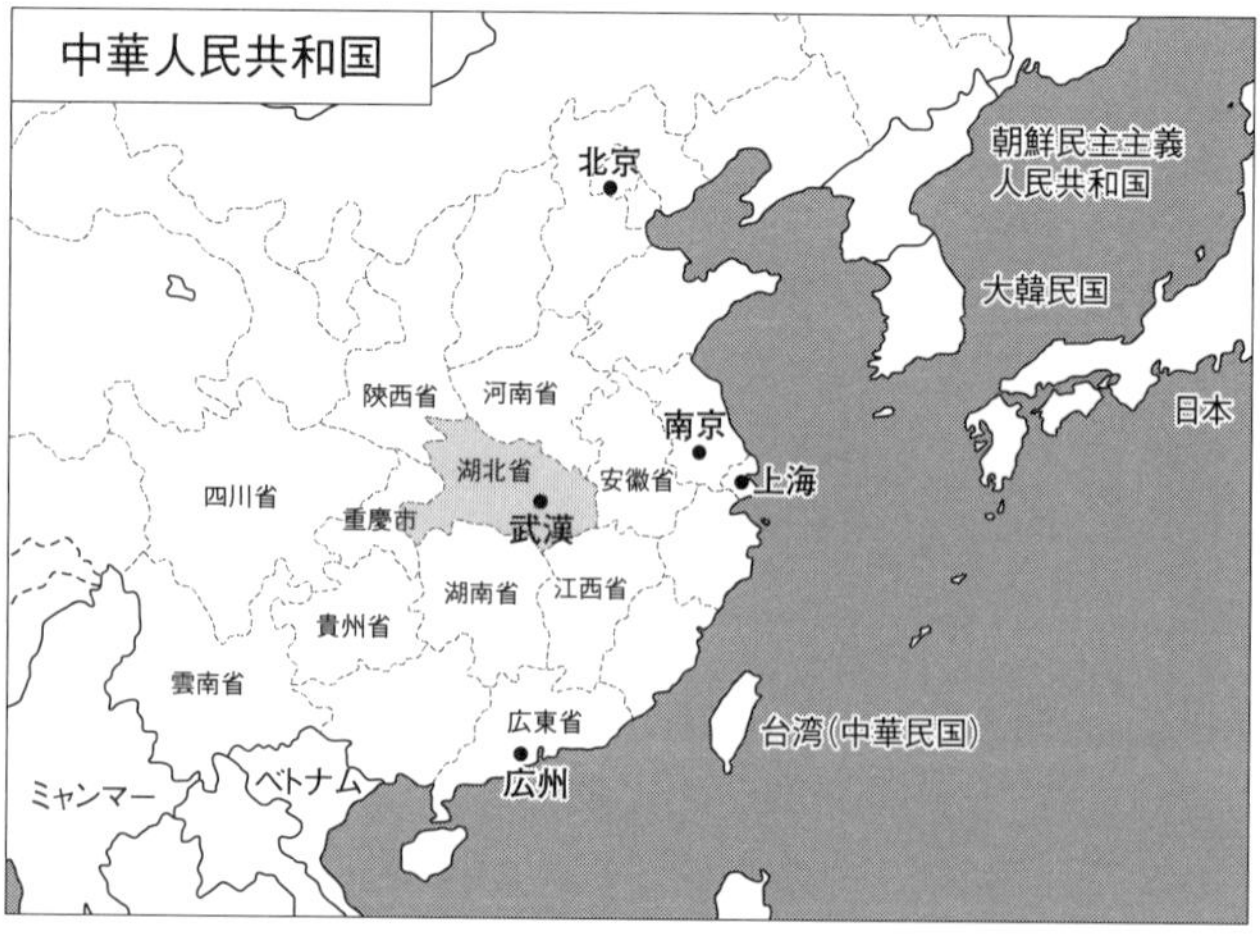
中華人民共和国
北京
朝鮮民主主義
人民共和国
大韓民国
陝西省
河南省
南京
日本
湖北省
安徽省
上海
四川省
重慶市
武漢
湖南省
江西省
貴州省
雲南省
広東省
台湾（中華民国）
ミャンマー
ベトナム
広州

武漢日記

封鎖下六〇日の魂の記録

一月

一月二五日（旧暦一月一日）

ハイテクが悪さをすると、伝染病よりも恐ろしい

私のブログはまだ発信可能だろうか。以前、街頭で下品な言葉を叫ぶ若者たちを批判したとき、私のブログは閉鎖されてしまった（私はいまも主張を変えていない。たとえ愛国心のアピールだとしても、街頭での下品な言動がカッコいいと思うのは間違っている。これは公衆道徳の問題だ！）。通報しようにも、告訴しようにも方法がない。それで、私は新浪網に対して大いに失望し、もう二度とブログはやらないと決めた。

しかし、思いがけず武漢では、こんなに重大な災難が起こった。武漢は全国の注目の的となり、都市が封鎖され、武漢人はどこへ行っても嫌われている。私も武漢の街に閉じ込められた。今日、政府は改めて命令を出した。今夜零時《れいじ》以降、中心街での自動車の通行を禁止する。私はあいにく中心街に住んでいる。多くの人が私の安否を問う電話やメールをくれた。家に閉じこもっている私は、彼らの気遣いに胸を熱くした。先ほど、『収穫』〔上海の文学雑誌〕の程永新《チョン・ヨンシン》〔一九五八年生まれ。同誌の編集長〕がメッセージを送ってきて、「籠城記」を書いたらどうかという。それで、初めて思った。もし私のブログがまだ発信可能なら、文章の発表を続けていこう。人々に武漢の実情を知ってもらおう。

ただ、この投稿が公開できるかどうかはわからない。もしこれを読めた人がいたら、ぜひコメントをして、無事に公開できたことを知らせてほしい。ブログには特殊なワザがあって、投稿したつもりなのに誰も見ていないという場合がある。そのワザの存在を知って、私は悟った。ハイテクが

悪さをすると、伝染病よりも恐ろしい。
ともあれ、まずは試してみよう。

一月二六日（旧暦一月二日）湖北省の官僚の対応は、中国の官僚の平均値だ

関心を寄せてくれたみなさんに感謝したい。武漢人はいまだ、抜き差しならない状況に置かれている。すでに最初の恐怖、孤立、焦燥《しょうそう》、緊張から抜け出し、かなり平静と安定を取り戻したが、みなさんからの慰めと励ましがやはり必要だ。現時点において、大多数の武漢人はもはや茫然自失の状態ではなくなった。私は当初、一二月三一日にまでさかのぼって、私の気持ちが警戒から緩和に至る全過程を復元しようと考えていたが、それを書くと長くなる。だから、まずは最近の出来事について述べてから、徐々に「籠城の記録」を書いていくことにしたい。

昨日は旧暦の一月二日で〔当初、一月二六日は日記が書かれず、翌日に二日分が発表された〕、依然として冷たい風と雨が続いていた。よい知らせもあれば、悪い知らせもある。よい知らせというのは、もちろん国家の支援が増強され、多くの医療従事者が武漢に到着したこと、などなど。これで武漢人の心は大いに安らいだ。それは誰もが知っていることだろう。

私個人のよい知らせもある。いまのところ、私の家族は誰も感染していない。下の兄の家は感染地区の中心、すなわち華南海鮮市場と漢口中央病院の間にある。兄は以前から体が弱く、その病院に通っていた。幸いなことに、この兄も兄嫁も無事だ。兄によれば、すでに一〇日分の食料を蓄え、

まったく外出していないという。私と娘、そして上の兄の一家は武昌に住んでいる。河を隔てているので、危険度は漢口よりもやや低い。やはり、みんな元気だ。家にこもっているが、退屈だとは思わない。私たちは、家にいることに慣れているのだろう。両親の顔を見るために里帰りしていた姪とその息子だけは、少し落ち着かないようだ。本来は二三日に高速鉄道で武漢を離れ、広州にいる夫および義母と合流する予定だった（実際に行けたとしても、武漢より暮らしやすかったかどうかはわからない）。あいにく、その日に武漢は封鎖され、脱出できなくなった。封鎖はいつまで続くのか、仕事や子供の学校に影響が出ないか、いずれも大問題だった。しかし、彼らはシンガポールのパスポートを持っていたので、昨日シンガポール政府からの通知が来て、近いうちに迎えの飛行機で帰国できるという（武漢にはシンガポールの居住者が多いのだろう）。彼らは帰国後、一四日間隔離される。この知らせを受けて、家族はみんなホッとした。さらによい知らせは、私の娘の父親〔前夫〕についてだ。上海で入院しており、レントゲン写真によると肺に影があるということだったが、昨日になって疑いが晴れた。普通の風邪で、新型コロナウイルスの感染はないという。今日にも退院できるらしい。これによって、少し前に父親と食事をした私の娘も、自宅での隔離状態を解かれた（旧暦の大晦日《おおみそか》、私は雨の中、車を運転して娘に食事を届けに行ったのだ！）。こういうよい知らせが、毎日少しずつでも届いてほしい。都市が封鎖されても、家に閉じこもっていても、私たちの心は多少なりとも軽くなるから。

悪い知らせも当然ある。昨日の昼間、娘から聞いた話だ。彼女の知り合いの父親（もともと肝臓癌の患者）は感染が疑われて病院に運ばれたが、治療が行われず、三時間後に死亡したという。これは、およそ二日前の出来事である。娘の電話の声も、悲しそうだった。そして昨夜、職場の小李《シアオリー》*から電話があった。私が住んでいる文聯《ぶんれん》**の宿舎で、二人の感染者が出たらしい。ともに三〇代で、家族だという。小李は私に、注意してくださいと言った。感染者の家は、私の家から二、三百メートルしか離れていない。だが、私の家は一戸建てなので、さほど心配はいらない。感染者と同じ棟で同じ階段を使う隣人たちは、気が気でないだろう。今日、同僚から続報を聞いた。感染は軽微なので、自宅療養中だという。若い人は体力があり、感染しても軽い症状で済むはずだ。早く回復することを祈りたい。

昨日の湖北省の記者会見は熱捜《ローソウ》〔ホットワード検索サイト〕の上位にランキングされ、多くの人が突っ込みを入れた。三人の官僚は疲れきった表情で、しばしば言い間違えをして、内心の混乱を露呈していた。むしろ、彼らは哀れだった。彼らも武漢に家族がいるのだろう。彼らが示した自責の念は、本心だと思う。なぜこんなことになったのかは、あとで検証すれば当然わかるはずだ。感染症発生初期に武漢市政府の対応が遅れたこと、そして都市封鎖前後に官僚が慌てふためいたことが、大きなパニックをもたらし、武漢の人たちに損傷を与えた。そのことは、いずれ詳しく書くつもりだ。いま、私が言いたいのは、湖北省の官僚の対応は、中国の官僚の平均値だということである。彼らが特に劣っていたわけではない。彼らは運が悪かった。官僚は文書に基づいて物事を処理する。文書がないと、彼らは狼狽《ろうばい》してしまう。今回の事件が同じ時期に別の省で起こっていたとしても、官僚の対応は湖北省と大差なかっただろう。官界における逆淘汰が進み、「政治的公正」〔4ページ参

＊　親しい間柄の年下の人の姓の前に「小」をつけて呼ぶ習慣がある。
＊＊　中国の文芸専門家の団体「中国文学芸術界聯合会」の略称。各省、直轄市、自治区に地方組織がある。ここでは湖北省文聯のこと。

照〕に関する空論ばかりで現実が軽視され、人が真実を語ることもメディアが真相を報道することも許さない。これらの悪行の報いを私たちは、これから一つずつ味わっていくに違いない。武漢は先んじて、最初に大きな報いを味わったに過ぎないのだ。

一月二七日（旧暦一月三日）

私たちにはマスクがない

武漢と武漢市民に対するみなさんの心遣いに重ねて感謝したい。引き続き実情を伝えることができて、うれしく思う。

現在は、大きな問題に対する心配は基本的になくなった。心配しても仕方がない。感染さえしなければ、楽観的でいられる。

目下の市民の悩みは、やはりマスク不足だ。今日、動画を見ていたら、上海の人が薬局へマスクを買いに行ったところ、一枚三〇元〔約四五〇円〕で売っていたという。その上海人は腹を立て、スマホで一部始終を撮影しながら、「買うけれど、領収証を発行しろよ」と大声で店の人をなじった。その人は私より知恵があるし、勇気もある！　感服した！

マスクは消耗品で、大量消費される。しかも専門家によると、N95というマスクだけが、ウイルスに効果があるという。だが実際のところ、私たちはそんなマスクを買えない。ネットで買ったとして、品物が届くのは春節明けだろう。私の下の兄は比較的幸運だった。彼らの団地には、親戚がN95を一千枚送ってくれた人がいるらしい（なんと素晴らしい親戚だろう！）。兄は一〇枚分けてもらったという。感激して兄は、「世の中には親切な人がいるもんだ」と言った。しかし、上の兄の家はそんな幸運に恵まれなかった。N95は一枚もない。私の姪が持ってきた使い捨てマスクがあるだけだ。それも枚数に限りがある。仕方なく家で洗って、アイロンの熱で消毒し、再利用している。本当に情けない（そう言えば、シンガポール政府が姪たちを迎えにくるという話は、まだ最終的に確定していない。ブログの場を借りて、報告しておく）。

私自身も似たようなものだ。一月一八日に病院へ人を見舞いに行くことになり、どうしてもマスクが必要になった。しかし、家には一枚もない。そのとき突然、思い出した。一二月中旬に成都に行くとき、後輩の徐旻《シュー・ミン》がマスクをくれた。成都は空気が悪いと言って。だが、武漢の空気もよいとは言えない。私は空気が悪いのには慣れているので、そのマスクを使わなかった。これで急場がしのげる。幸いなことに、それがまたN95だった。私はそのマスクをして病院へ行き、空港へ行き、さらにマスクを買いに行った。数日使い続けたが、それは仕方のないことだ。

私の家には、一六歳の老犬がいる。一月二二日の午後、突然ドッグフードがないことに気づいた。急いでペットショップに連絡し、ドッグフードを買いに行くついでに、マスクを買おうと思った。家の近くの東亭路《ドンティンルー》の薬局（名前は伏せておこう）に行くと、ちょうどN95があった。しかし、一枚三五元〔約五二五円〕だという（上海より五元高い）。一袋二五枚入りで八七五元だった。私は、「こんなときによくも、あくどい商売ができるわね」と言ってやった。店員は、「問屋が値上げしているから、我々も値上げするしかないんだ」と答えた。必要に迫られれば、高くても買うしかない。そこで、私はとりあえず四枚買うことにした。ところが、そのマスクは個別包装されておらず、店員が手で取り出すのだ。私はそれを見て、「こんな不衛生な状態なら、マスクをしないほうがましだ」と思った。それで、買うことをやめた。

旧暦の大晦日、私はまたマスクを買いに出かけた。薬局はすべて閉まっていたが、家族経営の小さなスーパーだけは開いていた。そこで私はN95のマスクに出会った。沂蒙山《イーモンシャン》というブランドの灰色のマスクで、個別包装されている。一枚一〇元〔約一五〇円〕だった。私は四枚買った。これで少し安心だ。上の兄の家にマスクがないと聞いたので、二枚譲ることにして、明日届けると約束をした。しかし翌日、兄は外出を控えたほうがいいと言ってきた。幸い、みんな外に出ないから、マスクを使う機会も少ないという。

さっき、同僚と微信でチャットをした。みんなが言うには、いま最大の問題はマスクだ。どうしても、ときどき買い物に出なければならない。友人がマスクを送ってくれたのに、届かないという人もいた。買ったのが無名ブランドの製品で、使用済みのマスクを再処理して販売しているというネット情報を知り、結局使っていないという人もいる。みんな残りは一枚か二枚なので、節約して使おうと励まし合った。マスクが豚肉に代わって、*最も入手困難な年越しの商品になっているという話は、あながちジョークとも言えない。

マスク不足は、私や私の兄、同僚だけの問題ではないだろう。武漢の一般市民で、マスクがない人はとても多いに違いない。しかも、マスクは品切れになっているわけではないと思う。市民のもとに届ける手段が欠けているのだ。とにかく、いまは宅配業者が早く仕事を再開し、武漢の物流が加速して、私たちが難関を乗り越える手助けとなることを願いたい。

ウイルスは庶民と役人を区別しない

一月二八日（旧暦一月四日）

昨日から天候が回復してきた。雨がやみ、今日の午後は日差しもあった。空が明るくなると、人々の心も晴れる。家に閉じ込められていると、イライラが募ってしまう。都市封鎖から、もう六日目だ。この五日間、じっくり話をする機会は多かっただろうが、おそらく喧嘩も増えたと思う。特に、家が狭い場合だ。とにかく、年寄りから子供まで、家族がこんなに長く一緒に過ごしたことはなかった。また、長期にわたって外出を控えることは、大人にはできても子供には耐えられないだろう。武漢の市民を慰める方法が何かないのか、心理学を学んだ人に問いたい。私たちは何としても、一四日間は自分を閉じ込めておかなければならない。ここ数日のうちに、感染爆発が起こるかもしれないという。医者は繰り返し、「家に米がある限り、ご飯だけを食べて、外出しないでください」と警告している。とにかく、医者の指示に従おう。

この一日も、悲喜こもごもだった。昨日、中国新聞社〔北京に本部を置く国営の通信社〕副編集長で、私の同窓生の夏春平《シア・チュンピン》〔一九五八年生まれ〕が微信で私にインタビューをした。今日の午後、彼はカメラマンを連れてきて、写真を撮った。意外だったのは、彼がN95のマスクを二〇枚くれたことだ！まさに「雪中に炭を送る」で、私は大喜びした。私たちが文聯ビルの玄関で写真を撮りながら話をしていたとき、大学時代の同級生・老耿《ラオゴン》＊＊が米を買って帰ってきた。彼は疑わしそうな目で、私たち

＊ それまではアフリカ豚コレラの影響で、豚肉の価格が高騰していた。
＊＊ 親しい間柄の目上の人の姓の前に「老」をつけて呼ぶ習慣がある。

を見た。私は思った。彼は河南人特有の真面目さから、「あんたたちは何者だ？　文聯ビルの玄関で何をしている？」と叫びかねない。その気配を察して、私は急いで彼に声をかけた。すると、彼の目つきは即座に親しみと好意に満ちたものに変わった。私たちは毎日、同級生たちのグループチャットでおしゃべりをしているのに、まるで久しぶりに会ったかのようだ。夏春平は歴史学科だった。当時は中国文学科と歴史学科の学生は同じ宿舎に住んでいた。だから私が紹介すると、彼らもお互いに打ち解けて話を始めた。老耿は武漢でも海南省でも、私と同じ区画に住んでいる。彼も私と同様、今年は海南省へ行くことができない。私たちは同病相憐れみながら、文聯の宿舎に閉じこもっている。老耿によれば、八号棟の二人の感染者はすでに入院したという。だとすれば、隣人たちもホッとしただろう。病院で治療を受けるのなら、家に隔離されているよりずっといい。引き続き、一日も早い回復を祈りたい。

夏春平を見送って家に戻るとすぐ、マスクが三箱届いた。私がかつて書いた『廬山《ろざん》の古い別荘』と『漢口の租界』〔散文集。どちらも二〇〇六年刊、未邦訳〕の編集を担当した小袁《シアオユエン》が、ブログを読んで送ってくれたのだ。感動した！　友人は頼りになる！　私のマスクの備蓄は一気に余裕ができた。早速、昨日一緒にマスク不足を憂えた同僚たちに、おすそ分けをした。さっき、同僚がマスクを取りにきたついでに野菜をくれた。私は「艱難《かんなん》をともにするという言葉が身に染みてわかったわ」と言った。同僚の家には老人から子供まで、三世代が同居していて、病人もいる。彼女は一日おきに野菜を買いに出なければならない。八〇年代生まれで若いとは言え、容易なことではないだろう！しかも、仕事の負担もある。彼女たちはネット上で、「次の雑誌の原稿を送らなくちゃね」と話していた。こういう武漢の人たちのことを考えれば、どんな苦労も乗り越えられるはずだ。

悪い情報も当然あふれている。数日前、百歩亭《バイブーティン》*で四万世帯の人たちが集まって食事をしたというニュースを見て、私はすぐ微信のモーメンツに情報を上げ、厳しく批判した。このような時期に、団地で大型のイベントを開くのは「基本的に犯罪行為」だ。そう述べたのは、二〇日だった。思いがけないことに、二一日にはさらに省内で大規模な歌舞交歓会が行われた。市民の常識はどこへ行ってしまったのだろう？　なんと愚かなことか。融通がきかず、現実を見ていない。よくも、こんなことができたものだ。ウイルスだって、思っているはずだ。ずいぶん甘く見てくれたな！

これらのことについて、いまは多く語るつもりはない。悪いニュースは百歩亭から来た。すでに団地の住人の中に、新型肺炎の感染者が出ている。私は、この情報を厳密に確かめたわけではない。だが直感で判断して、私に伝えてくれた人は嘘をついていないと思う。あれだけ多くの人が集まって食事をすれば、感染しないはずはないだろう。専門家によると、今回の武漢の肺炎は致死率が高くないという。誰だって、この言葉を信じたい。私もそうだ。ただ、伝わってきた別の情報は恐ろしいものだった。一月の一〇日から二〇日の間に、頻繁に集まりに参加した人たちは用心したほうがいい。ウイルスは庶民と役人を区別しないから。

ついでに、周《ジョウ》市長の帽子のことを語ろう。**昨日から今日にかけて、ネット上では多くの人がこの件に突っ込みを入れている。普段なら、私も嘲笑していただろう。だがいま、周市長は市政府の官僚を率いて、感染症との闘いに奔走している。彼の疲労と焦慮は一目瞭然だ。彼は事態が収束し

＊　武漢の大型団地。一月一八日に毎年恒例の新年を祝うイベントを開催し、感染が広がった。

＊＊　一月二七日、李克強《リー・コーチアン》首相が武漢を訪問したとき、首相が帽子をかぶっていないのを見て、武漢の周先旺《ジョウ・シエンワン》市長は慌てて帽子を取ったという。

たあと、進退を明らかにするつもりかもしれない。この現状にあって、彼は疚《やま》しさ、自責と後悔、不安などの感情を抱いているはずだ。しかし、市政府の高官として、それでも彼は気持ちを奮い立たせ、目の前の難題に対処している。彼は普通の人だ。聞くところによると、周市長は真面目で堅実な性格らしい。評判は悪くない。彼は湖北省西部の山間部の出身で、着実に出世してきた。人生において、これほどの大事に遭遇するのは初めてに違いない。だから、私は思う。私たちは温かい目で、今回の帽子事件を見てもよいのではないか。寒い季節なので、彼は帽子をかぶっていた。ところが、首相はかぶっていなかった。彼は首相よりも若い。帽子をかぶっているのは失礼に当たる。そこで帽子を取って、側近に渡した。このように考えればよいのではないか？

　小さなことだが、記録しておこう。

一月二九日（旧暦一月五日）　自分を守ることが協力になる

　昼の一二時まで、たっぷり眠った（じつを言えば、普段も同じくらい遅くまで寝ている。ただし、普段は自責の念がある。ところがいま、武漢市民は唐詩をもじって「昼間に畑を鋤《す》き、夜は寝るのがつらい。午前中いっぱい寝て、午後もまた寝る」＊と言う。だから、たっぷり眠ればいい！）。

　ベッドに寝転がってスマホをいじっていると、友人の医師から情報が入った。「体を大切に、出かけるな、出かけるな、出かけるな」繰り返し強調されている「出かけるな」という言葉に驚かされた。おそらく本当に、ここ数日のうちに感染爆発が起こるのだろう。慌てて娘に電話をした。娘は、近くのスーパーに弁当を買いに行くところだという。私は出かけるなと言った。おかずがなくても、ここ数日は外出しないほうがいい。旧暦の元日に、中心街での自動車の通行は禁止と聞いたから、私はすでに一〇日分の生活に必要な物資を娘のところに届けてある。作るのが面倒なので、食べ物を買いに行こうと思ったに違いない。娘も命は惜しいので、私の話を聞いて外出をやめた。それから、私に質問を始めた。白菜はどうやって食べればいいのか（なんと、娘は白菜を冷蔵庫の冷凍室に入れていた）。娘は普段、自宅で食事を作らない。こちらに帰ってきて食べるか、外食で済ませるかだった。幸いなことに、ようやく自分の家の台所を使う気になったらしい。これは意外な収穫ではないか？　娘よりも、私のほうが恵まれていた。お隣さんが、熱々の生煎包《ションジエンバオ》〔焼き小籠包〕を一皿、届けてくれたのだ。私たちはマスクをつけたままで皿の受け渡しを行った。その後、私は生煎包を勇敢に平らげてしまった。

今日は日差しがまぶしい。武漢の冬で、いちばん気持ちのいい陽光だ。暖かで柔らかい。感染症さえなければ、我が家の周辺は車であふれていただろう。東《ドン》湖の並木道が、すぐ近くにある。武漢市民がよく行く場所だ。しかし、いまの東湖の道は閑散としている。二日前に同級生の老道《ラオダオ》がひと回りジョギングをしてきたが、ほかに誰もいなかったらしい。武漢のどこがいちばん安全かと言うなら、東湖の並木道は間違いなく候補の一つだろう。

家に閉じこもっている武漢市民は、感染さえしていなければ、基本的に気持ちの動揺はない。可哀そうなのは、やはり患者とその家族だ。病院のベッドが足りないので、彼らはひたすら耐えてい

＊　典故は、李紳「農を憫《あわ》れむ」。新型コロナウイルス発生初期に中国のネット上で流行した。

る。火神山病院《フオシエンシャン》*の建設は勢いよく進んでいるが、すぐには間に合わない。彼らは最大の被害者だ。どれだけ多くの家庭が崩壊したことか。一部のメディアは、それを記録している。より多くのパーソナルメディアも、黙々と記録を続けてきた。私たちにできるのは、記録することだけである。

今朝、母親が元日に亡くなり、父親と兄も感染したという人の文章を読んで、胸が苦しくなった。その一家は中産階級と言える。もっと貧しい病人はどうだろう？ 生きていても、どんな有り様かわからない。数日前、多くの医療従事者と病人のやつれ果てた様子を動画で見た。あんなに救いようのない悲哀を味わったことは、これまでに一度もない。劉川鄂《リウ・チュワンオー》〔一九六一年生まれ。文学博士〕（湖北大学教授）は、毎日大泣きしているという。誰だってそうだろう。だから、私はずっと友人たちに言っている。ここまで来て、私は人災の重みがはっきりとわかった。事実が再検証されたあと、職を汚した者たちを一人として許してはいけない。一人として法の網から逃してはいけない。だが現在はまず、全力を尽くして、難関を乗り越えるしかない。

自分のことも述べておこう。気持ちが普段と違うことを除けば、生活に大きな変化はない。以前の年越しも同じだった。正月三日に、大叔父の楊《ヤン》家に年始の挨拶に行って食事をするだけだ（今年は、それも中止した。大叔父は高齢で体が弱っているから、特に用心しなければならない）。基本的には、どこにも行かない。しかも、毎年冬になると、私はよく気管支炎を起こす。三年連続で春節の前後に入院したこともあった。だから、最近は自分でつねに気を付けて、病気にならないようにしている。数日前は少し頭痛がして、昨日はちょっと咳も出たが、今日は回復した。以前、作家の蔣子丹《ジアン・ズーダン》〔一九五四年生まれ。海南省作家協会主席、同文聯副主席などを歴任〕（彼女は漢方に詳しい）が私の風邪の症状を診断して、「寒包火」〔体内に熱がこもっている〕の状態だと言った。それからは冬になると、私は毎日、黄芪《おうぎ》〔キバナオウギ〕、金銀花〔スイカズラ〕、菊花、枸杞《くこ》、紅棗《こうそう》〔ナツメ〕、西洋人参に桑の葉のお茶を加えて煮出す。私はそれに「雑煮《ザージュー》」という名前を付けた。毎日、何杯も飲む。感染症が深刻になってからは朝晩、ビタミンCのタブレットも飲むことにした。タブレットを水に溶かして一杯、さらに白湯《さゆ》を何杯か飲む。夜は少し熱めのシャワーを長時間、背中に当てるのだ。また、買ってきた蓮花清瘟カプセル〔インフルエンザ治療薬〕を全部飲んでしまった。私の同級生は、「閉門法」というものを教えてくれた。ひたすら、黙って念じるのだ。「全身の毛穴を閉じ、寒気や邪気の侵入を止めよ！　正気を体内に蓄え、邪気の侵入を許すな！」これを真面目に唱えるのが一家の秘伝で、絶対に迷信ではないという。私たちは大笑いした。本気で念じる人がいるのだろうか。とにかく、私は友人たちの教えを取り入れ、あらゆる健康法を試してみた（「閉門法」を除いて）。明らかに、それらは有効だった。目下のところ、私の健康状態は悪くない。自分を守ることが協力になるのだ。

ついでに言っておこう。おととい、私のブログの文章が遮断された。私が予想したよりは長く生きながらえたと思う。予想外だったのは、多くの人が転送してくれたことだ。私はブログの小さな枠の中に直接書き込むのを好む。だからこそ、気の向くままに書ける（この気の向くままという感覚がたまらない！）。思いついたことをそのまま文章にしてきた。推敲《すいこう》が足りず、誤字脱字が多い（お恥ずかしいことで、卒業した武漢大学中国文学科に申し訳ない）。どうか、お許しいただきたい。しかし、私はいま誰かを批判するつもりはまったくない（中国には「秋の取入れが済んでから勘定

＊　新型コロナウイルス患者を受け入れるため、わずか一〇日で完成した仮設病院。病院建設の様子は全国に向けてライブ配信された。

をする」という成語があるではないか）。結局のところ、現時点で私たちの主要な敵は感染症なのだ。私は政府や全武漢市民と立場を同じくして、全力でウィルスと闘うつもりだ。政府が市民に向けて出した要求には、百パーセント協力する。ただ、書いたことについては反省が必要だと思う。だから、一度反省してみた。

一月三〇日（旧暦一月六日）　彼らに責任転嫁の余地はない

今日は快晴だ。いちばん気持ちのいい冬の趣がある。この季節を楽しむには最高の日と言えるだろう。しかし、感染症が人々の心を傷つけている。せっかくの絶景なのに、鑑賞する人はいない。

残酷な現実が依然として目の前に広がっている。起床後、情報に目を通した。ある農民は真夜中に、市内に入ることを拒まれたという。どんなに頼んでも、見張り役が通してくれなかった。寒々とした深夜、農民は結局どこへ行ったのだろう。とても心が痛む。感染症防止の措置は、もちろん正しい。だが、情け容赦のない対応はまずいと思う。どうして、役人はみな一枚の通達文書で教条的に動くのか？　見張り役の一人がマスクをつけて、農民を空いている部屋に案内し、ひと晩泊めてやればいいではないか？　また、父親が隔離されたために五日間、一人で家にいた脳性麻痺の子供が餓死したというニュースもあった。感染症は、無数の世相を暴き出す。中国各地の官僚の水準も暴き出す。さらに、私たちの社会の病巣も暴き出す。その病気は、コロナウィルスよりも恐ろしく、もっと長期に及んでいる。しかも、治癒《ちゆ》が見通せない。医者がいないし、治そうとする人もいない。そう考えると、とても悲しい。数分前に、友人が教えてくれた。私たちの職場の若い同僚が、発症二日目で呼吸困難になり、感染が疑われるという。しかし、確認がまだなので、入院もできない。とても誠実で真面目な若者なのだ。彼の家族のことも、よく知っている。ただの風邪で、コロナ感染ではないことを願うばかりだ。

中国新聞社のインタビューを見た多くの人から連絡があり、私の発言を褒めてくれた。じつは、当然ながら削除された部分もある。仕方ないことだ。しかし、いくつかの言葉は残しておく価値があるだろう。自分の傷を癒すという問題について、私はこう述べた。「いちばん重要なのは、感染者と亡くなった患者の家族だ。彼らの境遇は悲惨で、傷は深く、一生立ち直ることが難しいかもしれない。政府による特別なケアが必要だと思う……」深夜に立ち入りを拒否された農民、一人で家に取り残されて餓死した子供、助けを求めても得られない無数の市民、そして喪家《そうか》の狗《いぬ》のように毛嫌いされて流浪している武漢人（多くの子供も含む）のことを考えると、この傷が癒えるまでにどれだけ長い時間がかかるかわからない。国全体の損害については、言うまでもないだろう。

昨日から今日にかけて、ネットで話題になっているのは、武漢にやってきた専門家たちの言動だ。彼らは何不自由ない生活を送り、問題を甘く見ていた。軽率に「ヒト－ヒト感染はない」「予防も制御もできる」と人々に語る時点で、すでに大きな罪を犯しているのだ。もしも良識があるなら、もしも苦しんでいる庶民の現状に目を向けるなら、罪悪感を抱くのが当然だろう。もちろん、湖北省政府の高官は、住民の安全を守る責任を担っている。現在、住民は不安を覚えているのだから、彼らに責任がないはずはない。感染症がここまで広がったのは、きっと複数の要因が合わさったからだ。彼らに責任転嫁の余地はない。ただし、いまは彼らが気を引き締め、贖罪《しょくざい》の意識と責任感を持つことを望む。引き続き湖北の住民を率いて、苦難を乗り越えてもらいたい。そうすれば、人々は許しを与えてくれるだろう。武漢が持ちこたえられるなら、全国も持ちこたえられる。

私の肉親は、ほとんど武漢に住んでいる。幸い、いまのところ全員が健康である。だが、いずれももう老人だ。上の兄と兄嫁は七〇を超え、私と下の兄も七〇が近い。私たちが元気であれば、国に協力していることになる。姪は今朝、母子ともどもシンガポールに帰り着くことができた。彼らはリゾート地で、隔離生活に入る。洪山《ホンシャン》区の交通管理局に深く感謝したい。姪は昨日、「シンガポールの航空機は早朝三時に飛び立つので、今夜早めに空港に到着願いたい」という通知を受け取った。交通機関は止まっているし、上の兄は車の運転ができない。姪たちには空港までの交通手段がない。任務は私に回ってきた。上の兄が住む華中科技大学は洪山区にある。私は洪山区の交通管理局に問い合わせた。私の車は通行可能だろうか。交通管理局には私の読者がたくさんいた。彼らは、こう言った。あなたは家で創作を続けてください。この任務は私たちが引き受けます。こうして昨夜は、肖《シアオ》という警官が姪たちを空港まで運んでくれた。家族全員が彼らの援助に、心から感謝した。緊急のときには、やはり警察に頼るのが安心だ。姪とその息子の安全は、私が今日、唯一うれしく思えることである。

今日はもう正月六日、都市封鎖から八日目になる。そこで、言っておかなければならない。武漢人は生まれつき楽天的で、日常の秩序も回復してきているが、それでも武漢の現状は依然として厳しい。

夜は、粟《あわ》のお粥を食べた。しばらくしたら、ランニングマシンで少し運動しよう。そのあと机に向かい、とりとめのない記録を続けることにする。

一月三一日（旧暦一月七日）

媚《こ》びへつらうにしても、節度をわきまえてほしい

今日は正月七日、うららかな晴天と言っていい。これはよい兆しだろうか？　これから一週間が、感染症との闘いの鍵を握る。専門家の話によると、感染した人は正月一五日までに、ほとんどみな発病するという。そこが転換点になる。だから、もう一週間頑張ろう。それ以降は、ほとんどの感染者が隔離され、未感染者は外出を許される。自由のときが来るのだ。そうではないか？　都市封鎖から現在まで、私たちはもう九日も閉じこもっている。山場は過ぎた。

ベッドから出る前にスマホを見ると、大変うれしい情報が届いていた。私たちの職場の若者は感染していなかった。今日は、まったく元気になっている。昨日は下痢をして、薬を飲みすぎたらしい。バカな子だ！　感染症が終息したら、おごってもらおう。みんなを驚かせたのだから。ひとしきり笑ったあと、すぐに別の情報を見た。私たちがよく知っている省歌舞団の友人は、発病後ずっと入院を待たされていた。ところが、受け入れの知らせが届いてすぐ、亡くなったというのだ。また、何人かの湖北省の役人が感染し、死亡者も出ているらしい。ああ、いったいどれだけの武漢人が、この災難の中で一家離散の憂き目に遭っているのだろう。現時点で、責任を認めて謝罪した人はいないが、責任転嫁の文章は無数に存在している。

命ある人は、誰に怒りをぶつければいいのか？　ある作家は記者のインタビューに対して、「完勝」という言葉を使っていた。まったく話にならない。武漢はこんな状態なのだ！　全国がこんな状態なのだ！　何千何万の人たちが不安に怯えている。病院のベッドで、命の危険に向き合ってい

る人もいる。無数の家庭が、すでに崩壊している。勝利がどこにある？　完全がどこにある？　同業者だから罵倒《ばとう》するのは申し訳ないが、頭を使って物を言え！　いや、上層部の歓心を買うために、彼らは頭を使っているのだ。幸い、すぐに別の作家が批判の文章を発表した。厳しい言葉で、詰問を重ねている。それで私は、良識ある作家もたくさんいることを知った。現在、私はもう湖北省作家協会主席ではないが、一人の作家ではある。私は湖北の同業者に、ぜひ忠告しておきたい。今後おそらく、功績を称える文章や詩を書くことを要求されるだろうが、筆を執《と》るまえに数秒考えてほしい。功績を称えるべき対象は誰なのか。媚びへつらうにしても、節度をわきまえてほしい。私は年老いたとは言え、批判精神は衰えていない。

午後はずっと慌ただしく料理を作り、夜、娘のところに届けた。娘は日本へ遊びに行って、二二日に帰ってきた。家に着いたのは夜中の一二時だった。帰国してすぐに都市封鎖に遭い、家には何も食べるものがない。私は旧暦の大晦日と元日に、少し食べ物を届けた。数日がたち、娘はもう耐えられない、テイクアウトの食品を買いに行くと言い出した。私も娘の父親も、外出に強く反対した。そこで、また私が料理を届けることになったのだ。娘の家は私のところから遠くない。車で行けば十数分で着く。警察に尋ねたところ、通行は可能だという。ご飯とおかずを用意して、配達に行った。まるで、「紅軍に食糧を送る」ような気分だ。団地の中には入れないので、私たちは門のところで受け渡しをした。私の家族の次世代は、娘だけが武漢に残っている。面倒を見てやらなければならない。

門の前は第二環状道路で、普段なら車と人であふれている。しかしいま、車の交通量は少なく、通行人はもっと少なかった。大通りには新年を祝う電飾が見られたが、脇道は店舗が閉まっていて薄暗い。軍人運動会*のときには、通り沿いの家々に光の帯が飾られ、点滅を繰り返していた。あのとき、私は賑やかすぎる光景を見て、少々うんざりしてしまった。だがいまは、ひっそりとした道に車を走らせていると、明るい街灯が心を慰めてくれる。まったく、隔世の感がある。

小さいスーパーはまだ開いていた。道端には野菜を売る露店もある。私は道端で野菜を買い、さらにスーパーでタマゴと牛乳を買った（タマゴは三つ目のスーパーで、ようやく買えた）。店を開けていて感染が怖くないかと尋ねると、店の人は悠然として、「みなさんと同じで、我々も生活していかないとならないんでね」と答えた。そうだ。彼らも私たちも、生きていかなければならない。そういうことだ！　私はいつも、こういう働く人たちに敬服する。ときどき彼らと言葉を交わすと、何とも言えない心の安らぎが得られる。例えば、あの武漢が最も混乱していた数日、外は冷たい風が吹き、雨が降っていた。それでも、がらんとした通りには必ず清掃員がいて、風雨の中で一心不乱に道を掃除していたのだ。彼らを見ると、気持ちが落ち着かない自分が恥ずかしくなる。突然、心が静まるのだった。

＊　第七回世界軍人運動会が二〇一九年一〇月に武漢で開催された。

二月

二月一日（旧暦一月八日）

他人を救うことは、自分を救うことでもある

今日も空は晴れている。正月八日、毎年のこの時期の賑わいが懐かしい。朝起きるとまず、いつものようにスマホのニュースを見た。一月三一日のデータが載っている。それによると、武漢の感染確認者と疑似感染者は依然として増えているが、増加のスピードは明らかに減速傾向にあるという。三日連続で減少している。重症患者の数も減り、致死率も二パーセント程度で落ち着いた。一方、治癒した人および感染の疑いが晴れた人の数は増加している。とてもいい情報だ！　この間の感染防止策が効果を上げているのだろう。これは私の上の兄が、家族のグループチャットに上げた情報だ。事実を確かめることはできないが、本当であることを願いたい。あの言葉を繰り返そう。武漢が持ちこたえられるなら、全国も持ちこたえられる。

思い返してみると、最初にこのウイルス感染のことを教えてくれたのも上の兄だった。家族のグループチャットのメンバーは、兄三人と私の四人だけである。兄嫁も甥姪たちも参加していない。二人の兄は大学教授で、彼らは同級生や同僚から豊富な情報を仕入れている。特に上の兄は清華大学の出身で、華中科技大学の教授だ。価値のある情報をたくさん持っている。一二月三一日の午前一〇時、兄は「武漢で原因不明の肺炎が発生した疑いがある」という文章を（ＳＡＲＳ）と注記をつけて転送してきた。

上の兄は、これが事実かどうかはわからないと言った。二番目の兄は、みんな外出を控えようと警告した。彼は瀋陽で働いているので、自分のところへ避難しに来てもいいと言った。瀋陽は零下

二〇度で、どんなウィルスも死滅する。上の兄は言った。SARSは高温に弱かった。二〇〇三年のことを覚えているだろう？　その後、上の兄からまた連絡があった。この情報は確かだ、国家衛生健康委員会の専門家がすでに武漢入りしているという。

下の兄は驚いた。集団感染が起こった華南海鮮市場の近くに住んでいるからだ。私は昼にこれらの情報を知って、すぐに言った。しばらく病院に行かないほうがいい。下の兄は体が弱く、よく漢口中央病院に通っている。そこは武漢の大部分の肺炎患者が集中している病院なのだ。下の兄は、すぐに不安を払拭した。外に出て見たら、漢口中央病院はいつもどおりだった。予想したような、大勢の記者たちの姿はなかったという。そのあと、私は同級生たちとのグループチャットで、華南海鮮市場と漢口中央病院の様子を撮った動画を見た。そこですぐ、家族のグループチャットに動画を転送し、下の兄に忠告した。外に出るときは、マスクをしなさい。さらに、正月の間はうちに避難するように提案した。私は当時、漢口から離れた郊外の江夏区《ジアンシア》にいたから。下の兄は、とりあえず様子を見てからにしようと言った。二番目の兄は、あまり心配する必要はないという意見だった。政府が情報を隠蔽するはずはない。そんなことをすれば、市民に申し訳が立たないだろう。私も基本的に二番目の兄と同じで、あまり大ごとだとは思わなかった。政府が情報を隠蔽して、市民に真相を知らせないはずはない。

元日の午前、上の兄はさらに、『武漢晩報』の華南海鮮市場営業停止のニュースを転送してくれた。下の兄は相変わらず、家の近くで変化は見られない、みんながやるべきことをやっているという。だが、その日私たち一般庶民はすでに、この件を大いに重視し始めた。対策はいまと変わらない。マスクをつけ、家にこもって外出を控える。ほかの武漢市民も同じだったと思う。SARSの恐怖を経験しているので、誰もがこのニュースを軽視しなかった。しかし、政府の見解がすぐに伝わってきた。専門家の結論は「ヒト－ヒト感染はない、予防も制御もできる」というものだった。みんなが、それを聞いてホッとした。いずれにせよ、私たちは野生動物を食べないし、華南海鮮市場へも行かない。何も心配することはないだろう？

私が当時のことを述べたのは今日の朝、王広発《ワン・グアンファー》医師（一九六三年生まれ。北京大学第一病院の呼吸器内科主任）の独占インタビューを見たからだ。王医師は第二陣として武漢に来た専門家である。彼は「予防も制御もできる」と述べたあと、自分が感染してしまった。私は彼が自責、後悔、反省の気持ちを持っていると思った。過ちは彼個人と関係なく、専門家グループ全体の決定だったのかもしれない。だが、彼はメンバーの一人として、武漢市民に軽率な結論を伝えてしまった。湖北や武漢の官僚がいかに無能でも、また多くの人が社会の繁栄に目を奪われていたとしても、医者である彼は発言に当たって、もう少し慎重であってもよかった。あんな断定的な言い方をするべきではなかった。王医師は一月一六日に感染したとき、すでにウイルスの「ヒト－ヒト感染はある」ことを知っていた。ところが、王医師が自分の以前の発言を修正することはなかった。人々に警戒を呼び掛けることもなかった。三日後に、鍾南山教授が武漢にやってきて、ようやく市民に真相を告げた。

王医師のインタビューは、昨日行われた。武漢市民の情けない春節（市民は達観しているが）、病人の悲惨な状況、死者たちによって崩壊した家庭、都市封鎖が国家にもたらした損失、そして王医師の同僚たちの苦労と壮挙を全国の人たちは知っている。にもかかわらず、責任の一端を担っている王医師はインタビューにおいて、恥じ入ることも詫びることもなかった。それどころか、自分には一定の功績があると思っているのだ。彼は語った。「武漢に行っても、すぐに帰ってくればよかった。もし病室や発熱外来に行かなかったら、私は感染しなかっただろう。病室に入ったので、自分が感染してしまった。そのおかげでみんなが、このウイルスの感染力の強さを知ったのだ」これを聞いて、私は言葉を失った。王医師は、武漢市民に罵倒されることを恐れていないらしい。

ああ、中国人は自分の誤りを認めようとしない。後悔することも稀で、なかなか罪悪感を持たない。これは文化と習慣に関係しているのだろうか？　しかし、医者の仕事は病気を治すことだ。これだけ多くの人が、自分の発言のために苦しみ、絶望して死んでいる。他人から責められることがないとしても、自分はどうなのか。自分で自分を簡単に許せるのか？　少しも罪悪感を抱かないのか？　仁愛の心はどこへ行った？　よくも、すらすらと自慢話ができるものだ。国難が迫れば、皇帝でさえ「自らを罰する詔勅」を出すのに。王医師（専門家グループを含め）はどうなのか？　武漢市民に詫びるつもりはないのか？　医者としての生涯において、一つの教訓を得たという自覚はないのか？

もういい。いまは多くを語ろうと思わない。王医師には今後さらに、病人の救命に努力してもらいたい。他人を救うことは、自分を救うことでもある。

二月二日
（旧暦一月九日）

わずかな時代の塵《ちり》でも、それが個人の頭に積もれば山となる

今日は旧暦の一月九日。私たちが我慢を続けて何日になるだろう？　数えるのも面倒になった。ある人に抜き打ちテストをされた。「今日は何曜日？　スマホを見ずに、すぐ答えて」これにはま

いった。誰が曜日を覚えているだろう？　旧暦の一月九日だということを覚えていれば十分だ。

天気が崩れ、午後からは雨になった。病気に苦しむ人たちは、ますます悲惨な状態になっているようだ。だが外に出てみると、武漢市内は人通りこそ少ないが、すべての秩序が守られている。生活物資は基本的に不足していない。病人さえ出ていなければ、どの家庭もみな平穏だ。一部の人が想像するような煉獄《れんごく》の様相はない。静かで美しい大気に包まれた都市である。しかし、家族に病人が出れば、一転して大混乱に陥ってしまう。とにかく伝染病なのだから！　しかも、医療資源が限られている。市民も知っていた。たとえ医者の家族でも、病状が重篤でなければ入院することはできない。専門家の予測によれば、ここ数日が感染爆発の時期に当たる。私たちはさらに残酷なニュースを見たり聞いたりすることになるだろう。今日見た動画で、いちばん忍びなかったのは、霊柩車を追いかけて泣き叫ぶ少女の映像だった。お母さんが死んで、車で運ばれて行く。少女は見送ることもできないのだ。今後、遺骨の行方もわからなくなるかもしれない。生よりも死を重んじる文化伝統を持つ中国において、このような事案は子供たちの心に大きな痛みを与えると思う。だが、仕方がない。誰にも方法がない。私たちにできるのは、すべてを受け止めることだけだ。病人の大多数は受け止めきれないだろうし、病人の家族も大多数は受け止めきれないだろう。しかし、受け止めないでどうする？　私はかつて、こう述べた。わずかな時代の塵でも、それが個人の頭に積もれば山となる。この言葉を述べたとき、私の経験はまだ不十分だった。いまは、この言葉が骨身に染みる。午後、若い記者と話をしたとき、彼は「無力を痛感します。人々が見ているのは数字だけです。でも、その数字の裏側は？」と言った。こういう人材は貴重だ。この若さで、残酷な現実に向き合おうとしている。苦しみと死、そして各種の不正確な命令。私も無念さを痛感する。しかし考えてみれば、私たちは気力を振り絞るしかないのだ。私たちは病人を助けることができない。自分が直面しているすべてを受け止めるしかない。もし余力があれば、他人の重荷も一緒に引き受けよう。どんなことがあっても、あと一週間は頑張り抜こう。

もう一つ、比較的好ましい情報がある。こんなデータを見た。他省では患者数が減少し、治癒率が上がり、致死率が下がっている。湖北省のデータが不正確で、死亡者数が多いのは、明らかに医療資源が不足しているからだ。その結果、一部の人は死後も診断してもらえず、一部の人は危篤になってようやく入院できる。はっきり言えば、この病気は治せないわけではない。発症の初期に治療を受けたなら、すぐに回復するだろう。こんな提案も出ている。隣の省の医療施設は万全の体制を整えているが、患者が少ない。AからBに感染することはあっても、BからCに感染する例はごくわずかだ。一例か二例あっても、確かなことはわからない。だから武漢から救急車を出して、医師や看護師が付き添って感染を防止しつつ、一部の患者を隣の省の感染症病院に搬送すればいい。武漢は中国の真ん中に位置し、多くの省都まで三、四時間で行ける。患者は治療を受けて、死神から逃れることができるだろう。この提案の採用の可否はわからないが、私には一定の道理があるように思われる。だが、さっき同級生に聞いたところによると、火神山病院が明日から患者を受け入れるという(確実な情報かどうかはわからない)。そこはベッド数が多く、医療の環境が整っていて、省外から応援に来た医療スタッフも多数いるはずだ。明日から患者を受け入れるのであれば、他省へ搬送するという提案は意味がない。ああ、とにかく私はいま最小限度のことを願っている。発症した人たちの行く病院があってほしい。彼らのために、そう祈っている。

それから、私は武漢の若者を称賛したい。数万人の青年ボランティアが、感染症の最前線で奔走している。純粋に自発的な活動で、微信のグループチャットでメンバーを集め、いろいろな職業の人がいるという。本当に素晴らしい！　私は以前よく、若い人がますます功利的になったことを心配した。ところがいま、元気あふれる彼らを見て思う。私たちのような年寄りの心配は無用だ！　いつの時代にも、その時代に相応しい人が出てくる。老人の杞憂《きゆう》は必要ない。昨夜、陳村《チェン・ツン》〔一九五四年生まれ。上海の作家〕が私に動画を送ってきた。武漢の若者が封鎖後の毎日を撮影したものだ。何日にもわたる映像を私は一気に見終わった。素晴らしい。今後、この若者に会う機会があったら、私の本を何冊か贈り、敬意を表したい。そして彼に言おう。寒さと憂いに包まれた夜、あなたの動画が私を励ましてくれた。

二月三日
（旧暦一月一〇日）

民生の多艱《たかん》を哀しみ、長嘆息して以《もっ》て涕《なみだ》を掩《おお》う＊

正月一〇日。明るい陽光が降り注ぐ。昨日の予報では雨が続くはずだったが、突然快晴になった。治療が必要な人は、きっとこの陽光で少しは温もりを感じられるかもしれない。彼らの多くはウイルスに感染したまま、あちこち駆けずり回っている。彼らは望んでそうしているのではなく、生きるためにそうするしかないのだ。誰もが知っていることだ。彼らには、ほかの道がない。心細さは、冬のこの寒さより厳しいものだろう。だから私は、治療を求めて駆けずり回る彼らの苦難の生活が少しでも和らぐように願っている。病床は彼らに回らないが、陽光はどこにでも降り注いでいる。

目を覚ましてすぐスマホを見る。真っ先に、成都の地震のニュースが飛び込んできた。驚いたが危険はない。皮肉好きのコメントが笑わせてくれる。「成都にいる二万人の武漢人は、すぐに見つかる。地震が発生して街に飛び出すのは武漢人に決まっているから。成都人はみな自宅で足湯をしている」これには思わず吹き出してしまった。成都の皮肉好きが、今朝また武漢人に「一時の気晴らし」をさせてくれた。思うに、武漢人より笑い話がうまいのは間違いなく四川人だろう。皮肉好きに感謝したい。

ネット上には、いくつもの二度と見たくない画像がある。見れば、つらくなる。だが、私たちは理性を取り戻すべきだ。ただ悲しいと言っているだけではいけない。「逝《ゆ》きし者は已《おわ》り、生きし者は斯《か》くの如く」だ。せめて、私たちは記憶しなければいけない。あの名も知れない人々を胸に刻もう。無念の思いを抱いて亡くなった人々を胸に刻もう。この悲しみの日々を胸に刻もう。彼らがなぜ、本来楽しいはずの春節に人生を断ち切られたのかを胸に刻もう。私たちはこの世に生きている限り、彼らのために正義を追求しなければならない。職務怠慢、不作為、無責任の連中に対して、私たちは追及の手を緩めてはいけない。一人も見逃しはしない。そうでなければ、遺体運搬用の袋に入れられて運ばれて行ったあの人たち——私たちと一緒に武漢を建設し、武漢の生活を享受した彼らに、私たちは申し開きができない!

今日、武漢の宣伝映像を見た。よくできている。武漢市全体の広さと落ち着きを、「一時停止状態」と形容していた。そうなのだ。武漢は一時停止しているに過ぎない。だが、袋に入れられて運ばれて行った人たちは、完全に停止してしまった。火葬場の職員はかつて、こんなにつらい思いを

＊『楚辞・離騒』の「長太息して以て涕を掩い、民生の多艱を哀しむ」に基づく。

経験したことがあっただろうか。だが、彼らは言っている。「むしろ、お医者さんのことを考えてください、あの人たちは生きた人間を診ているのですから」

午後、友人の医師から近況を知ることができた。彼は最前線で働いている。時間をみつけて、私の質問に答えてくれた。話題は多方面にわたったが、要約すれば以下のとおりだ。

一、現在の武漢の状況は楽観視できない。非常に切迫している。医療用品は「ぎりぎりの」状態にある。私は初めてこの言葉を聞いたとき、不足しがちだが何とか間に合っていると理解した。だが、彼は二、三日分しかないと言った。

二、町の診療所の状況は悲惨である。もともと町の診療所は設備が劣り、関心度が低く、医療資源も少ない。どうか町の診療所をもっと重視し援助が必要だと呼びかけてほしい。だが、彼はこうも言った。地方政府、居住区、村の隔離施設はしっかりしており、武漢市よりずっとうまく機能している。

三、発熱している疑似感染者を居住区の施設に帰すのは適当ではない。居住区の施設は専門知識も防護用品も欠乏しているのに、どう対応すればいいのか？　居住区の人たちも危険を感じている。彼らは問題を解決できない。私もそう思う。この間違った決定が、武漢の感染者数をいまも増大させているのだ。一人が感染すれば家族全員に広がる。

四、全病院の医師は例外なく忙しく働いている。ほかの部科の医師も最前線に振り分けられた。だが、治療中の人はまだ残っている。一方、毎日の感染確認者と疑似感染者の数はうなぎ登りだ（つまり、新たな発病者を治療する余裕はないということか？　私はその質問をする勇気がなかった）。

五、最終の感染者数は恐るべき数字になる。さらに、彼は断言した。「入院すべき患者を全員入院させ、隔離すべき患者を全員隔離させなければ、この感染症は制御できない」結局のところ、これが唯一の方法だ。現在までの一連の措置からみると、政府もついにこういう考えに至ったらしい。

感染症は、発生し、拡散し、凶暴化した。私たちの対応は、誤り、手遅れ、そして失策だった。私たちはこれほどの代価を支払ったにもかかわらず、先回りして感染防止策を打てず、ずっと凶暴化の後追いをしてきた。試行錯誤していては、間に合わない。多くの参照すべき前例があるのに、なぜ学ぼうとしないのか？　そのまま踏襲してもいいのではないか？　私の考えは単純すぎるのだろうか。

今日はもう一つ動画を見た。一家で橋を渡る動画だ。橋のこちら側は重慶で、橋を越えると貴州である。夫婦は一人か二人の子供（はっきり見えない）を連れている。男は重慶人で、女は貴州人だった。一家は車で重慶から出発し、橋を越えれば貴州に行ける。ところが、貴州側は男が入るのを認めない。貴州の女は家に戻っていいが、重慶の男は入れないという。男は仕方なくまた車を運転して重慶に戻ろうとした。ところが、今度は重慶側が、重慶を一度出たので、男は戻っていいが、女は入れないという。男は車を運転しながら嘆いた。貴州には行けず、重慶には戻れない、橋の上で生きていけってことか？　これは笑うに笑えぬ動画だった。私はかつて『武昌城』〔二〇一一年刊、未邦訳〕という長篇小説を書いた。武昌が北伐軍に一か月包囲されたときの物語である（なんということだ、私自身もいま武昌に閉じ込められている)。包囲されている間に、武昌の城内〔城は街・都市の意〕では無数の餓死者と病死者が出た。漢口と漢陽は様々な手を使って救済に乗り出し、ついに両軍は合意に達した。合意の内容は、武昌人が食料のために三日間城外に出ることを認める、というものだった。包囲する側は攻撃せず、包囲される側は城外に出ることを許可した。これは一九二六年のことである。両軍は戦っていたが、話し合いが可能だった。だが現在は、天が落ちてくるわけでもないのに、どうして便宜を図れないのか？　方法は山ほどあるのに！　その後、あの動画の男は結局重慶に戻ったのか、それとも貴州に入ったのか、知る由もない。

ああ、民生の多艱を哀しみ、長嘆息して以て涕を掩う。ここ数日、この言葉を多くの人が発信している。

二月四日（旧暦一月一一日）　またも、運がよかった

今日も天気はよい。武漢市民の生活は変わらず平穏だ。少しは心がふさぐが、生きていさえすれば、それも我慢できる。

午後、突然またパニックが起こるという声を耳にした。スーパーが閉店して飲食物が手に入らなくなるのを恐れ、買い物客が殺到するというのだ。でも、多分そうはならないだろう。市政府も、スーパーは閉店しないことを保証するという声明を出したらしい。普通に考えれば、わかるはずだ。全国の人民は武漢を支持してくれている。中国で生活用品が欠乏することはないから、武漢の人々

の生活物資も保証されている。なくなることはない。もちろん、独居老人は大変だから（感染症がなくても、彼らは大変だ）、居住区の多くのボランティアが援助に来てくれるはずだ。政府が初期の対応をいくら誤ったとは言え、いまは政府を信じるしかない。やはり彼らを信頼したい。そうでなければ、こんなときに、誰を信じられようか？　誰を頼りにできようか？　すぐパニックになる人は、どんなときでもそうなる。これは仕方のないことだ。さっきゴミを捨てに出たとき、我が家の玄関前に「消毒済み」の紙が貼られていた。さらに告知もあり、「発熱がわかったら、武昌区の番号に電話をください」と書いてある。居住区の細やかな配慮がうかがえる。感染症は大敵だから、全国民が団結して立ち向かうべきだ。政策決定者が二度と愚かなことをしなければ、バカなまねをする人もいない。

今後、いったいどれほどの感染者が出るのか、その数字には誰もが神経質になっている。大きな数字を聞くと身が縮む思いがする。昨日、ブログで見かけた一〇万人という数字は、医師たちが前から予想していた。以前、ある医師が対外アピールのためにすっぱ抜いたことがある。今日もう一人の医師が私に教えてくれた。この数字は確かに間違いではない、感染者はそれほど多いはずだ。ただし、大事なのは、すべての感染者が発病するわけではないことで、発病者は感染者の二分の一か三分の一らしい。私は敢えてひと言質問した。感染しても発病しない人は、そのうち回復するのでしょうか？　友人の医師ははっきりとした口調で、「そうだ」と答えた。本当にそうだとして、これはよい情報だろうか？

再び強調したい。医師たちによれば、コロナ肺炎は感染力が強いが、正しく治療すれば致死率は高くない。他省で治療を受けた患者がすでにそのことを証明している。武漢の死亡者が多いのは、入院できないため軽症が重症になり、重症から死に至るためだ。加えて隔離方法も間違っている。家庭での隔離は一家全員の感染を招き、患者が増え、多くの悲劇を引き起こす。友人の医師は、もし早く措置していれば、武漢の現有のベッド数で重症患者全員を入院させられただろうという。だが、初期のころは混乱していた。人々は恐怖にかられ、症状もないのに病院に駆けつけ、めちゃくちゃなことになった。いまは、政府も絶えず手を打っている。さらにもう一歩進めて、局面を打開できないものか。

そのほか、ネット上では昨日建設が決まった仮設病院に対して、こうした集中隔離は患者が同じ空間にいることになり、接触感染を増大させるのではないかと疑問を投げかける人がいた。だが私は思う。これは野戦病院のやり方だ。できるだけ早く発熱した疑似感染者を集め、医師を増員して治療する。それと同時に隔離環境の改善を続ける。そうしないと、感染者があちこち動き回り、一日多く動くごとに他人を次々に感染させ、コントロールが効かなくなってしまう。武漢市という大空間は、好ましくない環境にあるが、今後少しずつ小さな空間に分割していくことができるだろう。こうした推測が正しいかどうかは、わからない。だがいずれにしても、出歩いている感染者を隔離することが最大の緊急事だ。

今日はさらに別の動画を見た。火神山病院からで、感染者の自撮りだった。その動画からは、医療環境がかなり良好で、患者も楽天的だということがわかる。これはまさに私たちの知りたいことだった。患者の早い回復を願う。また、すべてのことがより合理的に、より秩序よく進んでほしい。

今回の感染症には、明らかに多くの要因がある。敵はウイルスだけではない。私たち自身の中にも敵がおり、私たちは共犯者でもある。多くの人がいま初めて、はっきり目を覚ました。つまり、我が国はすごいぞと空しく叫んでも意味がないことを知ったのだ。また、毎日政治学習で意味のない話をするだけで、具体的なことは何一つできない幹部は使い物にならない（私たちは以前彼らのことを「口先労働者」と呼んでいた）ことも知った。さらに、ある社会が常識に欠け、事実に基づいて正しさを求めないと、口先で害を与えるだけでなく、現実に死者を出すことも知った。その上、死者は非常に多いのだ。この教訓は深刻であり、じつに重い。私たちは二〇〇三年にも経験したのに、もう忘れてしまった。二〇二〇年という年が追加されても、私たちはまた忘れてしまうのだろうか？　悪魔はいつも背後に隠れている。私たちが警戒を怠ると、悪魔はまた現れて私たちを苦しめ目覚めさせる。問題は、私たちが目覚めていられるかどうかだ。

ＳＡＲＳが流行した年を思い出してみよう。三月はまさに、ＳＡＲＳの拡散と政府の隠蔽があったときだった。ちょうど、広州にいる同級生が大手術をすることになった。私たち大学の同級生数十人は、全国各地から、そのＳＡＲＳが猛威をふるっていた病院に参集して、彼を励ました（マスク着用者は一人もいなかった）。みんな往復に列車を使った。その後、事態が明らかになり、国じゅうがパニックとなった。私たちは全身冷や汗をかき、感染しないで済んだのは運がよかったからだと思った。今回、私は正月元日から一八日までの間に合わせて三回、手術を受けた同僚を見舞うため二つの病院に行った。そのうち二度はマスクをしなかった。いま思い出しても身震いする。またも、運がよかった。

二月五日（旧暦一月一二日）

私たちみんなが、この人災の代価を払っている

昨日は立春だった。今日は本当に春のようだ。我が家の玄関の前には一列に並んだクスノキと二本のキンモクセイ、一本のハクモクレンがあり、木々の緑は冬が完全に過ぎ去ったことを告げている。

今日はまだ、専門家が予測した感染症のピークの期間中だ。感染者の数字はまだ増加中だという。私も知っている著名な画家も危険な状態だ。同僚のYLは、彼女の微信の友人グループの中で、写真愛好家の仲間三人が亡くなったという。私の友人リストは登録が少ない。みんなが生きているのは、ありがたいことだ。武漢の困難な状況は、少し前のような混乱はないとは言え、まだ和らいだわけではない。ネット上では悲惨な映像や助けを求める絶望的な声がかなり減少し、より多くの激励の声が「プラスのエネルギー*」になっている。種々の問題は本当に解決されたのか、それともすぐに削除されているのかはわからない。私たちは多くの削除を経験したので、こうした一連の動きに鈍感になっている。私は昨日、私たち自身も自分の敵なのだと言った。己が敵になるというのは、きっとこうした鈍感さから始まるのだろう。目下のところ、私たちはやはり用心しなければならない。自分の体に対して高度な警戒心を持つべきだ。私はいつも家族や友人に、外に出てはいけないと繰り返し言っている。こんなに長く閉じこもっていると、さらに数日続いても気にならない。食事はまずくてもいい。いつか感染症が終息したら、いま我慢しているレストランをハシゴしよう。そのときは思い切り食べ、レストランにも儲けてもらおう。

午後、ニュースが入った。なかなか面白い。冒頭の一文は「武漢の感染症との闘いはすでに始まっている」で、政府メディアのようだが、その内容にはとても見るべきものがある。少し整理してみよう。一、感染者を三段階に分けて隔離する。二、火神山病院、雷神山《レイシェンシャン》病院〔火神山病院と同じく短期間で建設された仮設病院〕、感染症指定病院を一級とし、重症者の隔離と治療に責任を持つ。三、すでに建設されたものと新たに建設されるものを合わせて計一一の仮設病院を二級とし、軽症者の隔離と治療に責任を持つ。四、ホテル、党校〔中国共産党の幹部養成学校〕を三級とし、疑似感染者と濃厚接触者に責任を持つ。五、三段階に分けて隔離したのち、全市において殺菌消毒をする。六、すべての病院は通常どおり一般外来を受け入れる（停止していたそのほかの外来治療も復活させる）。七、そのほかの職種も業務を再開する。八、重症患者が軽症になれば仮設病院に移し、軽症患者が重症になれば指定病院に入れる。患者の病状によって随時調整する。こうした考えに従って、コロナウイルス患者が完全にいなくなるまで続けるのだ！　私には真偽のほどは確認できないが、常識的に考えて正しいに違いない。軍がやってきてから、武漢は明らかに効率がよくなった。このやり方は軍人ならではの決断力があり、極めて明瞭、整然としている。私はこのやり方に期待する。各級における隔離中の患者は、質が高く信頼に値する治療が受けられるのだ。

感染症はすべての人々の生活を混乱させている。病院はなおさらだ。各診療科の医師はみな感染症との闘いに忙殺されている。実際、この感染症がなくても、ほかの病気の患者が平素からとても多いのだ。現在、ほかの病気の患者は感染症との闘いのために、自分は我慢して病のつらさに耐え

＊　中国社会や政府の方針を肯定的にとらえる楽観的な思考を指す。

ている。こうした病のつらさが今後ずっと続けばどうなるのか、患者自身も不安で仕方がない。だが、彼らはそれでも道を譲っている。こうした人たちは、じつに称賛に値する。私の同僚は、あいにく正月に続けて二度の手術を受けた。軽い病ではなく、簡単な手術でもなかった。春節前に、感染症が広がったため、彼女は病院から自宅に戻った。だが、手術後は塗り薬を交換し注射を打たなければならない。歯を食いしばり、自分で車を運転して病院まで行った。傷口はうまくふさがっておらず、すでに化膿していた。病院には様々な病人がいるので、医師や看護師は彼女に毎日来るようにとはとても言えない。そこで救急箱を持ち帰らせ、自分で薬を取り替えさせるしかなかった。救急箱の中身が不足したときは、自分で薬局に行く必要がある。炎症が治まらないときは、居住区の簡易診療所で注射を打つしかない。つらくて泣いたこともあった。だが、どうしようもない。彼女は言う。いまは耐えるしかない、感染症が終息するまでは。また、別の同僚の話もある。彼女は父親が癌なので、今年は特に正月を一緒に過ごすために両親を家に呼んだ。その結果、家族全員が家に閉じ込められた。どこにも行けず、両親も暇を持てあました。彼女は両親の時間つぶしに付き合って、毎日麻雀をする羽目になった。さっき、彼女から電話があり、麻雀はもう飽き飽きだという。まったく息抜きになっていないのだ。さらに、気にかかるのは妊婦たちだ。彼女たちは耐えている。だが、お腹の中の小さな生き物は耐えられない。彼らは大変なときに生まれてくる。これから母となり父となる人の喜びをすべて焦燥と不安に変えてしまう。ここは完璧な世界ではないけれど、子供たちよ、勇気あるなら生まれておいで。ここは感染症地区だけれども、信じてほしい。あなたたちを迎え入れるのは、きっと温かくて清潔なところだから。

私がこうした些細なことを記録するのは、あの罪ある人たちに告げたいからだ。死者と感染者だけが災難を受け止めたわけではない。私たちみんなが、この人災の代価を払っている。

二月六日（旧暦一月一三日）　いま武漢市民はみんな彼の死を悼んで泣いている

今日の武漢はまた雨が降り出した。どんよりした空だ。どんよりした日の風雨は、なんとなく不吉な思いにさせせられる。外に出て寒風に当たると、全身がぶるっと震えた。

だが、今日はより多くのよいニュースがあった。ここ数日の中で、いちばん感動するニュースだ。まず、ある放送が、感染はほどなく緩和に向かうと言った。それは専門家の説だという。少なくとも私は信じられると思った。続いてネット上で盛んに伝えられているニュースがある。アメリカのギリアド・サイエンシズ社〔バイオ製薬会社〕の新薬レムデシビル（中国の専門家は「人民の希望の星」と命名）が金銀潭《ジンインタン》病院〔武漢の感染症指定病院〕で投与され、効果があったという。武漢市民はみんな感動した。外出禁止の規則を守らなくてよければ、すぐにでも街に繰り出して喜びを爆発させただろう。こんなに長く家にいて、こんなに長く待ちわびているときに、希望の光が見えたのだ。しかも、とても迅速にタイミングよく、誰もが日に日に元気をなくしていたときに。その後、誰かがデマを打ち消し、結果は出なかったと言ったとしても、それは別にかまわない、私はやはりこれをよいニュースとしたい。三日もすれば、私たちの期待は実証されるだろう。

みんなが注目している仮設病院の正式な使用が始まった。入院した患者の画像や話が伝わってきた。院内の環境がお粗末だという人が多かった。だが私は思う。急ごしらえの病院だから行き届かないところがあり、混乱もあるだろう。しかし、これから必要な環境を整えれば、きっとうまくいくに違いない。多くの人が一か所に集まれば、全員を満足させるのは難しい。まして、みんな病人なのだ。焦燥や不安、あるいは心の乱れがどうしてもあるものだ。いずれにせよ快適さは自宅に及ばない。午後、武漢大学の馮天瑜《フォン・ティエンユー》〔一九四二年生まれ。歴史学者〕教授が、閻志《イエン・ジー》〔一九七二年生まれ。企業家、作家。武漢大学中国伝統文化研究センターで馮天瑜に師事〕から聞いた話だと言って情報を伝えてくれた。彼らはコンベンションセンターと武漢ホールという二つの仮設病院の責任者で、全力で院内の設備を整えるという。「何台ものテレビ、図書コーナー、充電コーナーのほか、ファーストフード・コーナーも設置し、毎日患者にリンゴ一個かバナナ一本を用意して、できる限り患者に温もりを感じてもらう」じつによく考えている。ほかの仮設病院も恐らく同じような責任体制なのだろう。閻志にできたことは、ほかの責任者も大半はできるはずだ。武漢はすでに今日までに、最も困難なときをみんなで乗り越えてきた。いまは焦ってはいけない。以前は毎日駆けずり回っていた患者が、いまは隔離されて静かに室内に横になり、医療スタッフの治療を受けることができている。何はともあれ、これは患者にとっても、ほかの人々にとってもよいことだ。そうでなければ、今日のような天気の日に、何人の患者が重症化し、あるいは路上に倒れていたか知れない。だから、私たちはただ落ち着いて、耐えるしかない。すべての局面を制御できてこそ、初めて安心を手にできるのだから。

朝目にした動画は、中南《ジョンナン》病院呼吸器科の医師のものだった。彼は自分も感染し、九死に一生を得た。いまは元気になって、ユーモアを交えて体験を語っている。彼は直接患者に接触して感染した。彼の妻は、彼が重篤のときに看護して感染したけれども、軽症で済んだ。だから、彼はパニックになるなと語る。今回、持ちこたえられずに重症化するのは基礎疾患のある高齢者だ。若者は感染しても、健康体なら注射を打ち、薬を飲み、休息すれば容易に乗り越えられる。さらに彼は、コロナ肺炎の特徴をいくつか挙げた。例えば、左右の肺が一度に周辺部から感染すること、鼻汁などのはっきりした症状がないことなど。経験者の話だから、信じられる。だから、私たちがするべきことは、やはり家にいること、パニックにならないことだ。自ら浮き足立ってはいけない。熱が出たり咳が出たりしたら、必ず冷静に対処することだ。今日、政府はすべての人が体温測定を受けるようにという指示を出した。人々は慌てた。体温を測るときに感染するのが怖いのだ。だが、私の理解では、出向いて体温測定を受けるのは疑似感染者だけで、そのほかの人は電話で居住区の施設に報告すればいいのだ。だから、誰もが不安がることはない。感染症との闘いは日常生活と同じで、多くの愚か者が愚かなことをしでかす。だが、より多くの人は愚か者ではないし、すべて愚かなこととは限らない。

自分のことを話そう。起床してすぐスマホを見た。隣人からの伝言が入っていた。彼女の娘が今日野菜を買いに出たついでに、私の分も買ってきてくれたという。我が家の玄関前に置いてあるので、起きたら取りに出てくださいということだった。野菜を受け取って戻ると、同じ敷地内に住む従兄の娘から電話があった。腸詰めと腐乳《フールー》〔サイコロ状に切った豆腐を塩漬けにした食品〕を届けたいから、玄関前で受け取ってくれという。姪は山のような品物を持ってきた。私はひと目見て、さらに一か月家にこもっても食べきれないと思った。災難のただ中、みんなが助け合っている。ありがたいことだ。心の温かさを感じる。

ブログを書き終わったところで、李文亮《リー・ウェンリアン》＊医師が亡くなったというニュースが入った。彼は訓戒処分を受けた八人の中の一人で、コロナ肺炎に感染していた。いま、武漢市民はみんな彼の死を悼んで泣いている。本当につらい。

二月七日（旧暦一月一四日）　深い闇夜に、李文亮は一束の光になった

武漢が封鎖されてから、今日で一六日目だ。昨日〔正確には七日午前二時五八分〕、李文亮が亡くなった。つらくて堪らない。すぐに微信の友人グループに、今夜はすべての武漢市民が彼の死を悼んで泣いていると発信した。それどころか、すべての中国人が彼の死を悼んで泣いている！　涙がネット上にあふれ、激しく波打っている。この日の夜、李文亮は人々の涙の中を、もう一つの世界へと旅立って行った。

今日はどんよりと曇っている。天も彼に哀悼の意を示したのか。実際、私たちは天に語りかける言葉が見つからない。結局のところ、天に何ができると言うのか。昼に、ある武漢市民が大声で叫んだ。「李文亮の家族と子供は、我々武漢市民が面倒をみるぞ！」これに多くの人が応じた。夜、李文亮が亡くなった時刻に電気を消し、懐中電灯やスマホで空に向けて一束の光を送り、口笛を吹き鳴らしたのだ。深い闇夜に、李文亮は一束の光になった。こんなに長い間、武漢市民は自分の憂《ゆう》鬱《うつ》と悲哀と怒りを和らげるどんな方法も見い出せずにいる。ただ、こうするしかないのだ。

専門家は元宵節《げんしょう》〔旧暦一月一五日、新暦では二月八日に当たる〕の前に転換点が来るだろうと言っていた。だが、現状を見れば来そうもない。昨日のニュースは李文亮の訃報、今日のニュースは、今後さら

に一四日間の自宅待機だ。武漢に身を置いていない人には、きっとわからないだろう。私たちが受けている心の痛みは、決して家に閉じ込められて外出できないということだけではない。武漢市民はどんなに慰めと発散を必要としていることか。李文亮の死はなぜ、武漢市民全員を悲しみの底に突き落とし、狂ったように大声で泣き叫びたい気持ちにさせたのか？　それは李文亮こそが自分と同じ人間、身内の一員、家に閉じ込められている自分だと思うからだ。

　コロナウイルスは当初の予想より深刻だ。感染の速度が人々の想像よりずっと速い。捉えどころのない状況が続き、経験豊富な医師でさえ見通しが立てられない。明らかに快方に向かっていたのに、突然、危篤に陥った人がいる。また、明らかに感染しているのに、何の症状もない人もいる。亡霊のようなコロナウイルスは、あちこちに漂っていて、いつでもどこでも不意に人に襲いかかる。

　悲惨なのはやはり医療スタッフだ。彼らは最初にウイルス感染者に接触する。李文亮が勤務していた中央病院で、亡くなったのは彼一人ではない。すでに三人の医師が亡くなったと聞いている。友人の医師によると、同済《トンジー》病院でも外科医の教授が一人亡くなったという。彼の友人なのだ。ほぼすべての病院で数人の医療スタッフが倒れて病床にある。彼らは命がけで患者を救う医者の鑑《かがみ》だ。

　少しは喜ぶべきこともある。医療スタッフの多くが感染したのは、発生の初期段階だった。ああ、「ヒト－ヒト感染はない」という話だったではないか？　当時、医者たちは化学防護服を着ることなど、考えもしなかっただろう。「ヒト－ヒト感染はない」と言われていたころ、湖北省武漢市では二つの会議〔人民代表大会と政治協商会議〕の開催準備で忙しく、暗いニュースの発信は許されなかっ

＊（57ページ）一九八六年生まれ。武漢市中央病院の眼科医。一二月三〇日に感染症の発生を最初にＳＮＳで発信した医師の一人。

た。まさにその間に多くの医療スタッフが感染し、累は彼らの家族にまで及んだ。友人の医師によると、重症患者はほとんどあの時期に発生したという。だが、現在は防護設備が整って、医療スタッフの感染は減っている。感染したとしても、多くは軽症で済む。ここで、友人は自ら話題を変えた。医師の感染者が増えた時点で、「ヒト－ヒト感染がある」ことははっきりしたが、大声で口にする人はいなかった。それは口止めされたからだ。口止めされたとしても、黙っていていいのだろうか？ すべての人が知っている事実を誰も口に出さない。これこそ問題ではないか？ 病院の上層部はなぜ口止めしたのだろう？ 上層部が言うなと命じたら、私たちも口をつぐむのか？ 私たち医者にも責任がある。彼は自分と自分の同業者に疑問をぶつけた。私はこの時点で反省をしている彼を尊敬する。

彼の言うとおりだ。まさにそこに、私たちが李文亮の死を悲しみ憤《いきどお》る理由がある。つまり、彼は真っ先に沈黙を破った。友人に知らせただけだったが、ずばりと真実を指摘したのだ。ただ、真実を語った李文亮は訓戒処分を受け、命まで失った。死に至っても、彼に謝る人はいない。こんなことで、今後真実を話す人が出るだろうか？ 人はしばしば、沈黙は金という言葉で己の真剣さを表す。だが、この場合の沈黙とは、いったい何なのか？ 私たちは同じような沈黙に、また直面することがあるのではないか？

武漢の都市全体の秩序は相変わらず保たれている。しかし数日前に比べて、本来楽観的な武漢市民も抑圧と重苦しさを強く感じている。自宅待機の時間があまりに長く、しかも多くの家庭は部屋が狭いからだ。たとえ無限大のネット世界があっても、うんざりするときはある。さらに、人はそれぞれ自分の問題を抱えている。例えば、私と二人の兄は糖尿病患者で、医者に毎日散歩するように言われている。上の兄が使っている微信の万歩計は以前、いつも一万歩を記録していた。下の兄はもっとひどい。毎日午前と午後に散歩に出かけなければならないのに、もう一六日間、ずっと外出していない。私はと言えば、毎日飲むべき薬を一日おきに飲んでいるが、それも残りが明日一日分だけになった。病院に行かなければならないだろうか？　迷うところだ。

たったいま、武漢市民が八台の車を連ねて、李文亮を見送ったという動画を見た。八という数字は、訓戒処分を受けた八人を表している。彼らは目に熱い涙をたたえ、嗚咽《おえつ》を漏らしていた。すべての人が硬骨漢とは限らないし、すべての人が理性的とも限らない。おそらく、これからは武漢市民の心の問題が増えていくだろう。専門家の有効なケアが必要だ。ネット上のブラックユーモアで、この重苦しい問題を解決することはできない。

二月八日（旧暦一月一五日）

感染症との闘いは継続、私たちも頑張っている

今日は元宵節。本来はこの日あたりに転換点が来ると言われていたが、まったくその気配はない。感染症との闘いは継続しており、私たちも頑張っている。自宅に閉じ込められているのだから、私もこれから数日は日記を続けられる。たとえ書くたびに削除されても、私は書く。多くの友人が電話をよこし、様々に激励してくれる。書くのをやめてはいけない、私たちはあなたを支持している。私が困難に陥っているのではないかと心配してくれる友人もいるが、そんなことはない。私は冗談まじりに言っている。かつて地下に潜っていた共産党は、あれほど困難な状況でも情報を送り出し

ていたではないか。今はネットが発達していて、文章は簡単に発信できる。ましてや、私たちの敵はウイルスなのだ。私は必ずや政府と考えをともにし、政府の方針に歩調を合わせるだろう。さらに政府に協力して、状況が理解できない人々を説得し、焦燥感にかられる人々を落ち着かせるつもりだ。ただ、私たちにはそれぞれのやり方がある。私は文章を書く中で、ときに自分の考えを主張することもあるかもしれない、それだけのことだ。

現在の局面は初期段階よりずっとよくなったと言える。居住区と職場の人たちは細かなことまで配慮してくれている。昨日は居住区の事務所から電話があり、発熱はないか、同居者はいるかと聞かれた。私は一つ一つ回答した。今日は作家協会の担当の小李が電話をくれて、健康状態と生活の状況を尋ねた。また、ある同僚は私の薬がなくなったことを聞きつけ、代わりに病院に行って薬をもらってくると言ってくれた。つらかったのは、上の兄からの知らせだ。兄が勤める大学の優秀な教授が亡くなった。まだ五三歳。本当に残念だ。李培根《リー・ペイゲン》〔一九四八年生まれ。華中科技大学教授。二〇〇五年から二〇一四年まで、同大学の学長を務めた〕学長からのショートメールによると、仕事熱心で、いつも研究室に寝泊まりし、堅実な学風の先生だったという。ああ、心から冥福を祈りたい。

空は昨日より、ぐっと明るくなった。午後、ついに勇気を出して病院に行った。そもそも、糖尿病患者の薬は途切れてはいけないのだ。病院の外来は閉じていたが、医師の手助けのおかげで、薬局で薬を受け取れた。病院内はいつもに比べるとかなり人が少ない。駐車場もかつてないほど空いていた。一台の大型トラックが、四号棟の入口に停車していた。積み荷は市外からの義援物資だ。多くの人が荷物を下ろしていて、どの人が医者でどの人が労働者か見分けがつかない。ロビーでは看護師が列を作って、エレベーターを待っていた。どの看護師の前にも、医療用の台車があり、果物や食品を積んでいる。各地からの義援物資らしい。階上の患者に届けるところなのだろう。院内を歩いている患者は少なく、目につくのは忙しく働いている医療スタッフの人たちだ。私が質問すると、いまはとにかく感染症との闘いで忙しいです、という答えが返ってきた。そうなのだ。これがいま私たちの唯一の重要事項である。

街は以前と変わらず整然としていた。車も人も極めて少ない。よく見ると、目につく人は三種類に分類できる。一つ目はデリバリーの若者たちだ。彼らはバイクにまたがり、あちこち走り回っている。二つ目は警察官だ。彼らの多くは街角に立っている。病院の入口にも、数人がいた。寒い中、外で立ち続けるのは容易なことではない。末端の警察官は本当に大変だ。彼らはいつも様々な人たちと向き合い、必要な任務をこなしている。階下に降りられない病人がいたときも、警察官が駆けつけて背負って降りたと聞いた。階下に着いてすぐ、その人が亡くなったので、警察官は泣いたそうだ。三つ目は街の清掃員だ。彼らは本当に尊敬に値する。人通りが少ないから、路上は汚れていない。ただ、木の葉が少し落ちているだけだ。それでも彼らは職務に忠実で、真面目に掃除をして都市全体の衛生状態を保っている。感染症の発生から現在まで、彼らはずっと休まず、黙々と仕事に励んでいる。名も知れぬ彼らのおかげで、私たちの都市は心を落ち着かせていられるのだ。

最新の報道によれば、他省の感染者数は明らかに下降線をたどっている。だが、湖北省の状況は依然として厳しい。感染確認者と疑似感染者は相変わらず増えている。これは主に軽症のとき対応できなかった初期の感染者たちだ。いまは仮設病院も軌道に乗り、その効果も間もなく現れるだろう。だから、いまはそれほどの恐怖心はない。ただ心が晴れないだけだ。仮設病院の生活環境が改善されるにつれ、患者も院内生活に慣れてきた。今日、ネットに面白い書き込みがあった。一人の若者が仮設病院に入院し、隣のベッドの男と知り合いになった。男は若者に恋人がいないことを知り、同じ病院内にいる女性を紹介した。こうして二人の交際が始まったという。「病院内の恋物語」、書き込みにはそうあった。これは今日目にした最も心温まる話である。今日は元宵節。私たちには温もりが必要だ。

かつて、私はある提案をするように頼まれた。武漢がこのような状態なのだから、中央テレビは元宵節恒例の歌番組を中止すべきだというのだ。私はこの提案に賛成しなかった。湖北省は感染地区になっているが、他省の人々も生活していかなければならない。全国の人たちは普通の生活を送ればいい。元宵節はお祝いの日だ。中央テレビの多彩で豪華な演出を多くの市井の人々が楽しみにしている。災難を背負っている湖北人も、他省の人々に変わらぬ生活を送ってもらえれば安心できる。ましてみんなが家に閉じこもっているときには、心を慰めてくれるこうした楽しい番組は特に必要だ。今日、ある同僚が言っていた。「湖南衛星テレビの歌謡番組が始まるよ。気持ちがほぐれるね」

見よ、湖北人、武漢人はみな、こうした人間なのだ。

今日のこの文章も削除の対象だろうか？

二月九日（旧暦一月一六日）どんなに生活が困難でも知恵はあるものだ

中国人の習慣から言えば、今日でようやく正月が正式に終わったことになる。起床してカーテンを開ける。日の光がまるで初夏のように明るく、気持ちは一気に晴れやかになった。私たちは、このような陽光を必要としているのだ。都市全体を覆っているこのどんよりした空気を日の光で蹴散らし、人々の鬱積した苦しみを溶かしてほしいものだ。

食事をしながらスマホを見ると、多くのよいニュースがある。すなわち、感染症は依然として厳しい状況にあるが、局面は明らかに好転している。

まとめると、およそ以下のようなことだ。

一、湖北省以外の省の新たな疑似感染者は大幅に減少している。
二、湖北省の感染確認者と新たな疑似感染者は減少を続けている。
三、全国（湖北省を含む）の新たな重症患者は劇的に減少している。このニュースはじつに喜ばしい。私の知る限り、軽症者は基本的に治癒できる。死者の多くは、治療が遅れた重症患者である。
四、治癒率は徐々に高くなっている。一説によれば、治癒者の数が新たな感染確認者の数より多くなっているという。いずれにせよ、治癒者が多いことは、すべての患者に大きな希望を与えてくれる。
五、アメリカの抗ウイルス薬レムデシビルを臨床薬として使い、よい効果が得られた。重症患者でも、投薬後は症状が和らいだ。
六、状況はあと一〇日前後で好転する見込みだ。

最後のこの項目は、さらに私たちの励みとなる。以上のことは各方面の友人から得た情報だが、ニュース・ソースは信頼できる。少なくとも、私は信じている。

残念なのは、致死率が下降していないことだ。死者の大多数は初期段階に感染し、入院する機会がなく、有効な治療も受けられず、感染の確認さえないまま、慌ただしく世を去っていった。こうした人は、どれくらいいたのだろう？　私にはわからない。今朝、録音された会話を聞いた。調査員と葬儀社の女性従業員の対話らしい。その女性は頭の回転が速く、内容は明晰、言語は明瞭で、まるで私の小説「胸に突き刺さる矢」[*]の女主人公李宝莉《リー・バオリー》のようだった。彼女は、葬儀社の従業員がまったく休みを取れないこと、自分が崩壊寸前であることを語っていた。憤って話すうちに、名指しで官僚と無能な役人を罵倒した。罵倒することで憂さを晴らしているのだ。今日はすでに、大声で人を罵倒する動画を二つ見た。

武漢人は率直で、義理に篤く、人情を大切にし、政府に協力的だ。政府の大小の役人は、友人をたどっていけばみんな知り合いだから、政府に協力しないわけにはいかないだろう。今回の巨大な災難も、何とか耐えなければならない。この点で、私は武漢人を称賛する。ただし、いくら耐えていても、思わず愚痴をこぼしてしまうときがある。耐えがたきを耐えているのだから、悪口くらい言ってもいいはずだ。武漢人の悪口は、非常に激しい。メンツなどおかまいなしで、相手の先祖まで一緒にこき下ろす。一部の役人は武漢人にとことん罵倒されても仕方がないと思う。自分の先祖まで災いが及んでも、武漢人を責めてはいけない。責めるなら、自分の軽率さと無責任さを責めるべきだ。

ここ数日、死者との距離が縮まってきている気がする。隣人の従妹が死んだ。知り合いの弟が死んだ。友人の両親と妻が死に、その後、本人も死んだ。泣くに泣けない。普段、親戚友人の死を見たことがない人はいない。治療の甲斐なく亡くなった病人は、誰もが見ている。親戚友人は力を尽くし、医者は職責を果たすが、死を免れることはできない。仕方がないと思って周囲の人はそれを受け入れるし、不治の病を患った本人も運命だとあきらめるようになる。だが、今回の災難は、発生初期の感染者にとって、死だけでなく、多くの絶望があった。助けを求めても応じてもらえず、医療を求めても門戸は閉ざされ、薬を求めても入手できないという絶望である。病人があまりに多く、病床があまりに少なく、病院は虚を衝かれてしまった。残された道は、死を待つ以外に何があっただろう？　多くの病人は、「歳月は静かに流れる」〔共産党指導部がよく使うフレーズ〕と信じて、病になれば診察を受けられると思っていた。死の訪れに対する心の準備などはなく、医療を求めても得られないという人生経験もなかった。死を前にした苦しみと絶望感は、深い闇よりさらに深かったに違いない。今日、私は友人に言った。毎日このようなニュースを聞かされて、どうして気が滅入らないことがあるだろう？「ヒト－ヒト感染はない、予防も制御もできる」という言葉が、都市全体の血涙に変わった。この上ない苦痛だ。

　親愛なるネット検閲官に言いたい。少しくらい、武漢人に話をさせるべきではないか。口に出せば、心はずいぶん軽くなるはずだ。私たちはもうここに一〇日以上も閉じ込められ、たくさんの壮絶な出来事を見てきた。少しの苦しみの発散も許さず、わずかな不平や反省も許さないということは、本気でみんなを発狂させるつもりなのか。やめよう。発狂しても問題の解決にはならないし、

＊　原題は「万箭穿心」、二〇〇七年の中篇小説。のちに映画化（邦題は『風水』）された。

死んでも彼らは気にしない。この話は、もうやめる。

残された日々は、まだ続いていく。私たちは全力で政府に協力し、門戸を閉ざし、最後まで頑張るだろう。ただ、転換点が少しでも早く訪れ、武漢の封鎖ができるだけ早く解除されることを期待したい。そして、すべての病人が全快することを祈る。

長引くにつれ、結局のところ食事が大きな問題となってきた。面白いことに、いくつもの団地で、機転のきく人が一夜のうちに現れた。下の兄によると、彼らの団地に自主的な野菜購入の微信グループができたという。グループに入ると番号が付与され、団体購入ができる。一世帯に野菜一袋分だ。袋入りの野菜が団地の空き地に届くので、それぞれ自分の番号に基づいて受け取る。互いの接触はない。品物に不満な場合も、とりあえず持ち帰る。それから空き地に戻って責任者に電話し、交換の交渉をする。彼らは野菜の購入を実現し、効率と秩序を回復した。住民はスーパーに行く必要がなくなり、野菜購入の問題は一気に解決した。今日は同僚の団地にも食料購入の微信グループができたという。豚肉やタマゴを団体購入するのだ。各種のセットメニューもあり、細切り肉、挽肉、赤身肉、スペアリブなどが並び、量と価格も明示されている。二〇人も集まれば、うまく分配できる。品物が届いたときに、各自が受け取りに行けばいい。同僚は私に注文しないかと尋ねてきた。こんなに便利なのだから、もちろん注文する。さらに二週間、暮らしていかなければならない。私は豚肉セットCを注文した。値段は一九九元〔約三千円〕。どんなに生活が困難でも知恵はあるものだ。

二月一〇日
（旧暦一月一七日）

転機はいつでも訪れる

また曇りだ。だが、空には明るさがある。私たちはいつもよいニュースはないかと尋ね、心待ちにしている。誰かがこんな動画を作った。もしも鍾南山が外出してもいいと言ったら、武漢はどうなるか？　みんな群れをなして外に飛び出し、威勢よく気炎を上げ、狂ったように路上を練り歩くことだろう。もともと、武漢人はよく困難に耐え、口が悪いだけでなく、想像力に富んでいる。

中国の一六の省が「一省一市支援」のやり方で、それぞれ湖北省の一六の市を支援している。各省の医療スタッフは次々と名乗りを上げ、長期戦を覚悟して髪を切り、頭を剃り、肉親に別れを告げた。それを撮った様々な動画は感動的だ。彼らは人的支援だけでなく、医療設備や防護用品を携えてきた。当地に負担をかけないように、油、塩、醤油、酢などの細々したものも自分たちで用意している。湖北人は感激した。湖北省に来た医療スタッフは、すでに二万人を超えている。なんと篤い友情だろう。

武漢の医療スタッフには死傷者がとても多い。このことを私は早くから知っていた。数日前の日記にも書いたことがある。いま、ついに援軍が来てくれた。しかも大量の援軍だ。余裕を取り戻したのは医療スタッフだけでなく、すべての武漢市民がホッとして大きく深呼吸している。疲れ果てて、もう働けなくなっていた当地の医者は、ようやくひと息入れることができた。ここ数日鳴りを潜めていたネットのユーモア投稿者が、また様々な内容で腕を競い始めた。

状況の好転は、挙国一致の力と援軍のおかげだ。拡充した仮設病院、増加したベッド、援軍の到着、有効な隔離、秩序ある作業、加えて武漢市民の強い連帯で、一斉に前に進んでいる。ウイルスの蔓延する勢いは明らかに弱くなった。数日たてば、もっと状況がはっきりするだろう。友人の医師は、もうすぐだと断言した。封鎖がこれほど長引いた主な原因は、以下のとおりである。一、初期段階で対応が遅れ、ウイルスの蔓延を招いた。二、誤った隔離法のため、感染の激増を招いた。三、病院の資源が枯渇し、医療スタッフが倒れて、治療の遅れを招いた。

だが、すべてはいま改善されている。転機はいつでも訪れるものだ。

ネット上で投稿動画を見た。仮設病院となっている洪山体育館からのもので、ある入院患者の記録だった。一家三人で仮設病院に入っており、あと二日で退院するという。しかも、数日後には多くの軽症患者が全快して退院するらしい。治療は漢方と西洋医学の結合で、漢方薬と西洋医学の薬を服用している。食事は「艶陽天《イエンヤンティエン》」からの提供だった。「艶陽天」は武漢で有名なレストランで、料理は大変おいしい。患者は自宅で食べるよりおいしくて、体重もずいぶん増えたと語った。この動画は多くのネットユーザーを励ました。私はずっと、多くの感染者が入院を拒んでいると聞いていた。仮設病院の設備は劣っているから、家にいるほうがいいというわけだ。だが、いまは違う。医療設備が整ったので、仮設病院も決して悪くない。まして、医療スタッフが診てくれるから、とにかく自宅にいるよりはいい。仮設病院の内部は広々として、踊りを踊ることもできる。入院中の中高年の女性たちはじっとしていられず、当然そのスペースを利用している。この動画を見て、私はとてもうれしかった。武漢の女性は、じつに力強い。力強く感染症と闘い、力強く空きスペースで踊っている。このような踊りを「仮設ダンス」と呼ぶのはどうだろう？

削除には懲《こ》りた。私もほどなく「都合のいいニュースだけ」を発信する人間になるのだろうか。

だが、こうしたうれしい知らせは、ぜひみんなで共有したい。それは私たちが長らく待ち望んでいたニュースだから。ネットには様々な情報があり、驚くような話もあれば、専門家の十分な根拠に基づく分析もあり、さらにはつまらないデマもある。武漢に暮らす人たちはみな、雑談の中で、もうそんなことは知りたくないと言っている。いま関心があるのは、自分たちのことだけだ。感染者は減ったのだろうか、もう入院できたのだろうか、有効な治療を受けているのだろうか、死者は減少傾向にあるのだろうか、そして、注文した野菜はいつ届くのか、私たちはいつになったら家から出られるのか。

悲しい知らせには、やはり心が凍る。同済病院の器官移植専門〔副主任〕の林正斌《リン・ジョンビン》教授が、今日の昼に亡くなった。六二歳。経験豊富でまさに働き盛りの年齢だ。じつに哀惜に堪えない。華中科技大学直属の同済病院は、三日のうちに続けて二人のエリートを失った。大学の関係者たちはこの知らせを聞いて誰もが悲しんでいる。一方、李文亮が所属していた中央病院の眼科では、医師二人が感染し、いま挿管治療を受けているという。さらにまずいことには、李文亮が亡くなったため、怒りを中央病院に向ける支援者がいる。中央病院には支援しないとはっきり言っている（このニュースの真偽は不明だ）。中央病院はすべての医療用品が不足しているとSOSを出したばかりなのに。ああ、李文亮が天国でこのニュースを耳にしたら、誰よりも悲しむことだろう。

二月一一日（旧暦一月一八日）

新たな命の誕生は、まさに天から賜る最高の希望だ

昨日と同様、天候は相変わらず曇り。だが、空はさほど暗くない。

昼に一枚の写真を目にした。日本からの援助物資の段ボールの写真で、「青山一道同雲雨、明月何曾是両郷」*という詩が書いてある。感動ものだ。また、アカデミー賞の主演男優賞受賞者の動画を見た。彼は嗚咽を漏らしながら、声を上げられない人々の代弁者になりたいと語った。** これにも感動した。また、ある文章には、ヴィクトル・ユーゴーの言葉、「沈黙は虚言と等しい」が引用されていた。これには感動ではなく、無念さを覚えた。

そうだ、私はただ無念さを噛みしめるしかない。

救いを求めたり、大声で罵ったりする多くの動画は、もう見たくない。私がどんなに理性的でも、耐えられないときはある。私より理性的でない人は、なおさらだろう。私たちがぜひしなければならないのは、顔を上げて希望に目を向けることだ。多大な困難にもかかわらず努力を続けている多くの人たち、例えば、火神山と雷神山の二つの仮設病院の建設者たちに目を向けなければならない。苦しい毎日を送りながら微力を尽くしている人たち、例えば、困窮生活の中で貯蓄から義援金を出している貧困老人（彼らからのお金は受け取らないという呼びかけに私も賛成だ）に目を向けなければならない。疲れ果てているのに頑として職場を離れない無数の人たち、例えば、感染の危険を冒して働くすべての医療スタッフに目を向けなければならない。さらに、日夜街じゅうを駆け回り、各種のサービス業務をこなしているボランティアたちもいる。まだまだ……たくさんの人たちがい

る。彼らに目を向ければ、わかるはずだ。ここまで来たら、私たちは決してパニックになったりくじけたりしてはいけない。パニックになったりくじけたりすれば、彼らの努力はすべて無駄になるのだ。だから、どれほど悲惨な動画に対しても、どれほど恐ろしいデマに対しても、パニックを起こしてはいけない。くじけてもいけない。私たちが唯一できるのは、自分と家族を守ることだ。指示に従い、しっかり協力する。歯を食いしばって、家に閉じこもるのだ。大声で泣いてもいいし、感染病を忘れてもかまわない。ビデオやテレビを見る、以前批判されたバカらしい娯楽番組を見るなどして、この難関をしのごう。おそらく、それこそが私たちの貢献になる。

現在の局面は、確かに好転しつつある。人々が期待したほど速くはないが、好転しているなら希望があるではないか？　湖北省以外の省はほとんど、最悪の時期を脱した。湖北省も多方面からの支援を受け、転換点を迎えようとしている。今日は仮設病院から多くの人が退院した。治癒した人たちは満面に笑みを浮かべていたが、これは作り笑いではなく、心からの笑顔だった。こうした笑顔は、少し前まで街じゅうにあふれていた。今日それを見て、まさに隔世の感がある。だが、私は思う。こうしたことが始まった以上、街じゅうに笑顔があふれる日も、すぐにやってくるのではないか？

考えてみれば私は六〇数年、武漢という街で生きてきた。二歳のときに両親に連れられて南京からこの地に移ってきて以来、一度も離れたことはない。私はここで幼稚園、小学校、中学校、高校、

＊　出典は王昌齢の唐詩「柴侍御を送る」。「異郷にあっても風雨をともにし、同じ明月を見ることができる」の意。

＊＊　受賞者のホアキン・フェニックスは受賞スピーチで、世界中の差別を受けている人と動物にも愛をと訴えた。

大学に通い、そして仕事に就いた。運搬工（まさに百歩亭で！）、記者、編集長を経て、作家となった。長江の北の漢口に三〇数年住み、長江の南の武昌にも三〇年住んだ。江岸《ジアンアン》区で育ち、洪山区で学び、江漢《ジアンハン》区で仕事をし、武昌区に住みついた。執筆するときは江夏区の家にこもる。大学卒業後の三〇数年のうちに、いろいろな資格で無数の会議に出席した。隣人、同級生、同僚、同業者、知り合い、友人、それに会議だけの友人が、この街の至るところにいる。本当に、角を一つ曲がれば知り合いがいるのだ。ネットの日記に、父親を救いたいと泣きながら書いていた女の子を思い出す。私はその女の子の父親を知っている。彼も作家だった。八〇年代に私がテレビ局で働いていたころ、彼と往き来があった。ここ数日、ずっとその父親の姿が脳裏に浮かんでいる。もしも今回彼の死を知らなかったら、私が彼を思い出すこともなかっただろう。いつも言っていることだが、私の記憶はこの街に深く根付いており、幼少時から現在までに知り合った武漢人としっかり結びついている。私は生粋《きっすい》の武漢人だ。数日前、ネットの友人が便りをくれた。彼か彼女かわからないが、私にある文章を送ってくれたのだ。私自身がすっかり忘れていた文章だった。前世紀のある年に、陳暁卿《チェン・シアオチン》＊が中央テレビのドキュメンタリー部で「都市と人」というシリーズを制作した際、武漢の回のナレーション原稿を私が担当した。その中にこんな一節がある。「私は自分に問いかけるときがあります。世界の多くの都市と比較して、武漢は決して住みやすくはありません。特にその天候にはうんざりします。では、私は武漢の何が気に入っているのでしょう？　その歴史や文化でしょうか？　それとも、その風土や人情でしょうか？　あるいは、その山紫水明でしょうか？　じつは、いずれでもありません。私が武漢を好きな理由は、ひとえに私が武漢をよく知っているからです。世界の全都市が目の前にあったとしても、私が熟知しているのは武漢だけです。たくさんの人が近づいてくるとしましょう。無数の見知らぬ顔の中で、一つだけは私に向かって微笑んでいます。馴染みのある笑顔を私に見せているのです。その顔がすなわち、武漢なのです」このドキュメンタリーの放送後、画家の唐小禾《タン・シアオホー》先生〔一九四一年生まれ。湖北省文聯主席などを歴任〕が電話をくれて、「この部分が特に素晴らしかった。私たちの武漢への思いそのものだ」、と言ってくれた。唐先生と奥さんの程犁《チョン・リー》先生〔一九四一年生まれ。画家〕は、私より長く武漢に住んでいる生粋の武漢人である。

私たちは武漢暮らしがとても長く、武漢の無数の人たちと密接な関係を築いている。だからこそ、この都市の命運が気になって仕方がない。この都市の苦悩を深く哀れむのだ。大らかでこだわりがなく、やたらに大笑いする武漢人。話し方がストレートで、他省の人には口喧嘩をしているのかと思われる武漢人。喧嘩っ早く、義理人情には篤く、根拠のない自信を持っている武漢人。知れば知るほど、武漢人がどんなに誠実で、どんなにカッコをつけたがるかがわかってくる。いま、彼らの多くは苦しみの中にいる。死神と闘っているのだ。だが私は、そして私たちは、手助けする力がない。せいぜいできることと言えば、ネット上で「お元気ですか?」と一声かけるだけだ。その勇気さえ出ないときもある。それは返事がないのが怖いからだ。

幼いころから年老いるまで武漢で暮らしてきた人でなければ、おそらくこのような感情は持たないだろう。また、このつらさを理解することも難しい。この二〇日間、私は毎日睡眠薬の力を借りて眠っている。私は自責の念にかられているのだ。結局のところ、勇気が足りないから。

この話は、もうよそう。

＊ 一九六五年生まれ。放送作家。大ヒットしたグルメ番組「舌尖上的中国」(味覚の中国)などを手がけた。

午後、自分で料理を四品作り、三日分の備えにした。ここ数日は、毎食適当に済ませている。ご飯も多めに炊いた。飼っている一六歳の老犬のドッグフードがもうない。この犬は二〇〇三年のクリスマスの夜に生まれたので、クリスマスプレゼントのようなものだ。当時、私は手術を受けたばかりで入院中だった。娘は一人で家に残り、うれしいような怖いような気持ちでいた。そして、子犬が一匹ずつ生まれてくる動画を見た。そのうちの一匹の白い子犬がまるで玩具のようだったので、引き取って飼うことになった。そういうわけで、この犬は我が家で一六年も暮らしている。春節前に私は淘宝《タオバオ》〔中国最大のネットショップ〕でドッグフードを注文したが、いつまで経っても送ってこない。問い合わせると、彼らも輸送手段がないのだという。封鎖の前日、私はわざわざ動物病院に行って、少しだけ買ってきた。だが意外にも、それでは全然足りない。動物病院に電話すると、犬には米のご飯を食べさせても大丈夫だと言われた。それ以降、ご飯は犬の分まで炊くことにしている。

ちょうど炒め物を作っているとき、同僚から連絡があった。彼女の同級生が午後、市の産婦人科病院で無事に出産した。帝王切開で、四・二キロの元気な男の子だという。「新たな命の誕生は、世界を明るくしてくれますね」と彼女は言った。

これは今日の最も素晴らしいニュースだ。そうだ。新たな命の誕生は、まさに天から賜る最高の希望だ。

二月一二日（旧暦一月一九日）

武漢市民の苦しみ、それはスローガンを叫んで和らぐものではない

封鎖二一日目。頭が少しぼんやりする。私たちは、なんと長く閉じ込められていることか。でも、相変わらずグループチャットで談笑できるではないか？　冗談を言い合えるではないか？　まだ落ち着いて、何を食べたかを思い出せるではないか？　私たちは本当にすごい。

ベッドに横たわり、スマホを開けると、微信の友人グループに同僚が上げた話が目に入った。彼女はキッチンから自室まで何度も往復し、合計一・五キロ走ったという。これは、もっとすごい。そのジョギングは、東湖沿いに景色を見ながら走るのとはまったく違う感覚だろう。私はもう年だ。そんなことをしたら、間違いなく目が回ってしまう。

今日は空が明るかった。午後になると、しばらく太陽が顔を出し、冬の景色を美しく見せた。昨日、団地の出入りが禁止されて、全員、外出できなくなった。今回の指示は、さらに厳しい隔離のために下されたものだ。あまりに長い隔離を経験し、あまりに多くの悲劇を目にしてきたので、人々は納得し、当然のように受け入れた。

どの家も食事の問題があるので、各団地はそれぞれの状況に基づいて、各家から三日に一度あるいは五日に一度、一人で買い出しに行くように制限した。武漢市民はここ数日、手分けして食品を購入し、数日分を蓄えておこうとしている。私の同僚は今日、夫を「雷鋒《レイ・フォン》*の再来」に仕立て上げた。彼は自宅の分だけでなく、私と楚風《チュー・フォン》の家の分まで食料を買い、家の前まで袋を届けてくれた。私は感染リスクの高い部類だし、楚風は腰痛で動けない。そこで私たち二人は、優待サービスの対象者となっている。袋の中身は、豚肉、タマゴ、手羽先、それに野菜と果物だった。武漢が

＊　雷鋒は一九六二年に事故死した解放軍兵士。毛沢東によって模範兵士と称賛された。

封鎖されるまで、我が家の食料がこれほど揃ったことはなかった。毎日百グラム足らずの米と少しのおかずで済ませていたので、これだけあれば三か月は食べられる。私は同僚にそう伝えた。

上の兄の話によると、団地の出入口は一つだけ開いており、どの家からも三日に一度、一人だけ外に出ることが許されるという。下の兄の話によると、彼らの団地にはデリバリー担当の青年がいて、毎日外から必要な食料品を購入してくるという。各家が注文書を書き、青年はそれに基づいて購入する。兄の家では、山のような野菜、タマゴ、調味料、消毒液、それに即席麺の購入を頼んだ。品物は団地の出入口で受け渡しする。これで数日は外に出なくて大丈夫だと兄は言った。彼の住む団地は中央病院の向かい側にあり、二、三日前に発表された団地のリスク調査で、第一位だった。兄は言う。「我々は心を一つにして頑張るよ。二月末には必ず好転すると信じて」

そうだ。これがきっと、すべての人の願いだ。

この困難な時期にも、善意の人は多い。雲南の作家の張曼菱《ジャン・マンリン》〔一九四八年生まれ。昆明の女性作家、映画監督〕が動画を送ってきた。彼女が文革中に暮らした盈江《インジアン》県が湖北省に百トン近くのジャガイモと米を送ったという。これは『青春祭』〔一九八五年製作の映画。張暖忻《ジャン・ヌワンシン》監督〕の故郷よ、と彼女は言った。『青春祭』は私たちの年代の誰もが見た映画、私たちの青春の記録だ。私は何度も雲南に行ったが、盈江県は知らなかった。しっかり記憶にとどめよう。

食事中は、いつものようにネットサーフィンをする。多いのは数日前の古い情報だ。大げさに騒ぎたてる動画が依然として多い。友人たちは同じ情報を何度も発信したり、タイトルだけ替えて発信したり、複数の情報を交錯させて発信したりしている。スマホのメモリがパンクしそうになったので、私もネット検閲官のように、ごっそり情報を削除した。

新たな情報は本当に少ない。感染状況は改善に向かっており、猛威をふるっていたウイルスも疲れてきたようだ。感染症発生初期の重症患者がまだ次々に亡くなっているが、ここ数日のうちに、転換点が来るのではなかろうか。だが、ある種の不安もある。救いを求める病人は確実に減ったし、武漢市民の自嘲気味の冗談も減った。このことから私は二つの可能性を考えた。一つ、秩序が回復し、すべてが軌道に乗りつつある。患者が助けを求めれば、必ず対応してくれる人がいる。二つ、武漢市民は悲観的になった。

武漢では、ほとんどの人が心に傷を負っている。おそらく、これは無視できない事実だ。二〇日以上家に閉じこもっていてもなお健康な人たち（子供を含む）であれ、冷たい雨の中を街じゅう駆けずり回っていた感染者たちであれ、みんな心に傷を負った。さらに、肉親の遺体が袋に入れられ車で搬送されていくのをただ目で追うしかなかった家族たちであれ、一人また一人亡くなっていく患者を前に救う手立てのなかった医療スタッフであれ、みんな心に傷を負った。こうした心の傷は、今後長期間のうちにトラウマとなるだろう。感染症が終息した後、武漢には多くの心理カウンセラーが必要になると思う。できることなら、居住区ごとに順次、個々人のカウンセリングをしてほしい。発散、号泣、悲嘆、慰めが人間には必要だ。武漢市民の苦しみ、それはスローガンを叫んで和らぐものではない。

今日は耐え難いことが多すぎる。言わずにはいられない。

いくつもの都市から、武漢の葬儀場に支援者が来ている。彼らはみな旗を掲げて写真を撮り、ネットにアップする。多くの支援者を見て、私は呆然としてしまった。心が痛み、恐ろしさに身が震える。彼らには感謝するが、言わせてほしい。何もかも派手にすればいいというものではない。私たちを怯えさせないでくれないか。

政府は公務員が現場に足を運ぶよう求めている。よいことだ。公務員の多くは、とても職務に忠実だと思う。けれども、友人からの動画は次のようなものだった。紅旗を高く掲げて現場に向かった人たちが映っている。彼らは紅旗の前で記念写真を撮る。まるで観光スポットを訪れたようで、苦難に満ちた深刻な感染地区で仕事をしているようには見えない。写真を撮り終えると、彼らは身につけていた防護服を脱いで道端のゴミ箱に投げ捨てた。彼らは何をしにきたのだろうと友人は言う。私にもわからない。これは彼らの習慣なのだと思う。彼らはどんな仕事をするときも、まず形式を整え、自画自賛を最優先することに慣れている。現場の仕事が日常的なことで、通常の出勤と同じならば、旗を掲げる必要などないだろう? ここまで書いたところで、同僚とのグループチャットに別の動画が入った。それは、さらに不適切なものだった。ある仮設病院に、政府の高官が視察に来たらしい。数十人が立っており、役人、医療スタッフのほか、おそらく患者もいたのだろう。彼らはみなマスクをつけ、ベッドに横たわる患者の一人一人に向かって高らかに「共産党がなければ新中国はない」を歌っている。この歌は誰が歌ってもいいが、どうして病室で高らかに歌う必要があるのだろう? ベッドに横たわる患者の気持ちを考えたことがあるのか? これは伝染病ではないのか? 患者は呼吸が苦しいのではないか?

湖北省の今回の感染症はなぜこれほど深刻化したのか? 湖北省の官僚はなぜ多くのネットユーザーから批判されるのか? 湖北省のとった措置はなぜ二度、三度と問題になるのか? 次々と誤りを犯し、そのたびに一般庶民の苦難は重くなる。いまだに、反省する人はいないのか? 感染のピークはまだ過ぎておらず、人々はまだ受難のときを家の中で過ごしているのに、急いで紅旗を掲げ栄光を称える歌を歌う必要があるのか？

私はさらに言いたい。役人が仕事に出向いた先で旗を掲げたり、記念写真を撮ったりしなくなるのはいつだろう。政府高官の視察のとき、恩義に感謝する歌を歌ったり、芝居がかったパフォーマンスをしなくなるのはいつだろう。そういう日が来ない限り、役人たちが基本的な常識とは何か、本来の仕事とは何かを理解するはずもないだろう。そういう日が来ない限り、庶民の苦難は終わることがない。

二月一三日（旧暦一月二〇日）
そのとき初めて庶民の心がわかるだろう

昼に窓を開けると、太陽が出ていた。今日は李文亮の初七日ではないか。初七日は、遠くに旅立った人が戻ってくる日だ。天国にいる李文亮は、この縁《ゆかり》の地に戻って何を目にするのだろう？

ここ二、三日鳴りを潜めていたネットが、昨夜から突然また活発になってきた。『長江日報』が悪魔のような三篇の記事を載せ、瞬時に多くの人々の大脳を刺激したのだ。その三篇を読んで、人々はエネルギーがまた湧いてきたと感じたらしい。人を怒鳴りつけたいというエネルギーだ。怒鳴ることは、心のモヤモヤを晴らすのによい方法だ。私の娘の祖父は九九歳まで生きた。あるとき尋ねたことがある。あなたの長寿の秘訣は何ですか？　脂身の豚肉を食べ、体は鍛えなくていいから、人を怒鳴りつけることだ。これが祖父の答えだった。三つ目の秘訣は、誰かに文句を言うことである。武漢市民はいま家に閉じこもり、何もすることがなくて、イライラしている。発散することが必要だ。会って雑談するのはダメ、感染するから。窓を開けて歌うのもダメ、飛沫がとぶから。李文亮を偲《しの》んで号泣するのもダメ、平和を乱すから。できるのは怒鳴ることだけらしい。しかも、武漢人は怒鳴るのが好きだし上手だ。怒鳴ってしまえば、体じゅうがさっぱりする。北方人が極寒の日に熱い風呂に入ったような爽快感である。ネットユーザーの三観〔世界観、価値観、人生観〕は正しいと言わざるを得ない。『長江日報』に感謝しよう。鬱陶《うっとう》しい気分だった人々に思い切り罵倒する機会を与えてくれたのだから。それだけではない。李文亮が亡くなったあと、上海の新聞は一面に彼を悼む記事を載せたのに、あなたたちは李文亮が勤めていた病院と目と鼻の近さにありながら、紙面はどうだった？　多くの武漢市民はこの恨みを記憶し、怒りをため込んでいると思う。当然だ。はっきり言えば、ほかのメディアを罵倒するのはダメでも、あなたたちだけはいくら罵倒してもいいはずだ。一夜明けて、ネット検閲官が、『長江日報』を罵倒する書き込みを削除したかどうか確かめようと思った。結果は？　なんと削除されていない！　だが、『長江日報』の例の記事は削除されていた。これはまたどういうことなのだろうか。

感染症の状況はいまだに緊迫しているが、ネットの話題は頻繁に変わる。悲しいときもあれば、楽しいときもある。湖北省と武漢市はついにトップが交替した。しかし、誰が来るかは私たちにとって重要ではない。重要なのは、大胆な行動で感染症を抑えられる指導者は誰かということだ。初歩的なミスを重ねて犯すことをしない、何の意味もない形式的なことをしない、くどくどと無内容な話をしない、それだけで十分だ。

免職になった湖北省政府の高官たちは、郷土を守り住民に安心を与えることが何一つできなかった。郷土と住民を悲惨のどん底に陥れた。交替させなければ民衆の怒りを抑えるのは難しかった。

彼らはほかの地方に行き、また政治にかかわるのだろうか。昔の皇帝の時代には「永久に任用せず」という法があった。国家と人民にこれほど重大な災難をもたらし、これほど重大な誤りを犯した官僚に対しては、この法を適用するのが当然だし、それは最も軽い処置と言うべきだ。彼らは故郷に帰って一介の庶民に戻ればいいのだ。そのとき初めて庶民の心がわかるだろう。

今日のニュースを聞いて、とてもつらくなった。画家の劉寿祥《リウ・ショウシアン》〔一九五八年生まれ、湖北美術学院教授〕が今朝亡くなったという。コロナ肺炎に感染していることは知っていたが、この難関を越えられないとは思わなかった。私の隣人は右も左も画家なので、彼とも面識があった。さらに胸が痛んだのは、友人の医師が送ってきた一枚の写真だ。それを見て、私は数日前の悲しみが再びよみがえってきた。それは火葬場の外一面に捨てられた持ち主のいなくなったスマホの写真だった。持ち主は、すでに灰になっている。もう語るべき言葉がない。

やはり感染症の話をしよう。湖北省以外のすべての省は、九日間連続して感染確認者が減少している。だが、湖北省はこれに反して、感染者が今日倍増し、その数字を知った人たちを震え上がらせた。その原因は誰でも想像がつく。専門用語で言えば「ストック」があったのだ。つまり、以前は多くの人が入院できず、ただ自宅で苦しみながら死を待つしかなかった。いまは政府が各種の手段をフルに活用し、感染確認者をすべて入院させ、疑似感染者をすべて隔離している。今日の数字がピークなのではないだろうか？　今後は、これほど大きな数字にはならないと思う。初期段階の誤りには様々な客観的な理由があるにせよ、どれもみな一般庶民の人命に関わっている。責任転嫁をしても無駄だ。ネットユーザーが一つずつ真相を掘り起こしてくれるから。幸い、天に向かって助けを求める動画は、ここ数日見なくなった。今回は、ネット検閲官が削除したわけではないと信じている。

　はっきりと感じることができるのは、政府の措置がだんだんと明確になったこと、そして徐々に人にやさしくなってきたことだ。多くの公務員が居住区の現場に派遣されて、仕事を手伝っている。作家協会のような組織にも、人を拠出する枠がある。党員身分のある専門技術者も、例外なく派遣された。一人が数家族を担当し、政府に代わって健康状態や生活面の問題などを調べている。同僚の『長江文芸』の副編集長は名門大学の修士号を持っているが、一般公務員と比べるなら低所得層に入る。その彼女でも、六家族を担当している。彼女から各家の状況を聞いて、ため息が出た。いまは多くが一人っ子で、老人も多い。ある若夫婦の家では分業して、妻は妻の親、夫は夫の親を見ている。妻は子供の世話も担当し、夫は買い出しに責任を持つ。武漢は大都市なので、家から家への移動が、たとえ車があっても大変だ。昔なら、多くの人に同情されただろう。だが、いまは感染者や死者の出た家庭に比べると、彼らはずっと幸運だ。家族みんなが生きていて、お互いに世話ができるのだから。人々は言っている。私たちはまだ頑張れる。私たちは政府を信じている。

　援助物資は、なおも続々と湖北省に届いている。下の兄の話では、ピッツバーグ市が武漢に一八万枚の医療用マスクを贈り、中国国際航空の定期便を使ってすでに運ばれた。さらに多くの医療物資を送ってくれる計画もあるという。このニュースをネットに上げてくれないかと兄が言うので私はすぐに応じた。アメリカのピッツバーグ市は武漢の友好都市だ。数年前に、私は二度訪れたことがあり、あの街の雰囲気がとても気に入っている。だが、兄にとって、友好都市であるかどうかは、どうでもいい。彼の息子と孫たちはピッツバーグに住んでいる。感染区域の中心に暮らす兄は、ピッツバーグ市からの義援品に謝意を示したいのだ。

ついでに一つ説明をしておこう。ある出版社が以前出した一冊の絵本に、ハクビシンの肉は食べられるなどという記述があった。しかも、責任編集者の名前が「方方《ファンファン》」だったのだ。その本の名前を色鉛筆で括《くく》り、私を非難する人がいる。私はここではっきり言っておく。この「方方」は私とまったく関係がない。今日、私は同僚に自慢話をした。私は編集者になんかなったことはないわ、いきなり編集長になったのよ〔一九九四年に『今日名流』の編集長になったことを指す〕。

今日はここまでにしよう。ネット上の投稿者のジョークを引用して終わりにする。「煙花三月揚州を下る」*ことは望まないが、「煙花三月楼を下る」**ことを願いたい。

二月一四日（旧暦一月二一日）　人々の人道精神は果たして他者のことまで考え及んでいるか

今日の天気はどこかおかしい。まず大雨、昼は快晴、その後また急に雨となり、変化が激しい。さっき、豊巣《フォンチャオ》〔大手の宅配ロッカー会社〕の宅配ボックスに行き宅配便（娘が思いついて買ってくれたドッグフード）を受け取ったとき、急に大風が吹き出した。家に戻ってほどなく、雷も鳴った。いまは雷雨が激しく、本来静かな夜が騒々しくなった。複雑なようで単純な音がしている。昨日の予報では、寒気がやってくるので気温は一〇度近くまで急降下し、雪になるかもしれないと言っていた。きっと政府は仮設病院に隔離されている患者のために、防寒対策を整えたことだろう。

＊　李白「黄鶴楼にて孟浩然の広陵に之《ゆ》くを送る」の承句。
＊＊　「楼を下る」は「階下に降りて自由の身になること」を意味している。

朝、微信を開き、友人の企業家がボランティア集団を率いて義援品のために奔走していることを知った。ここ数日、彼女は全精力を費やし、多くの企業主に声をかけて物品や現金を寄付している。これほどやつれている彼女を見たことはない。また、我々の共通の友人でアメリカにいる画家も、一〇万元を寄付してくれた。彼はこうコメントしている。「ほんのわずかな金額で、焼け石に水、お恥ずかしい限りです。あなたたちボランティア集団の人たちは、昼夜を分かたず黙々と働いている。これこそが模範的行為です。私たちは海を隔てて遠くにいます。心はつながり同じつらさを感じていますが、どうしても直接力を尽くすことはできません。ここに謹んで私とＪＵＤＹは、故郷の人々、悲しみの都市が直面している巨大な苦難に対して、深い憂慮と悲しみと心配を表明します。また、日夜最前線で奮闘し、犠牲を覚悟で時間と争い、病魔と命がけの闘いをしている白衣の天使たちに対して、支持と敬意と愛を表明します」この画家は本物の武漢人、しかも生粋の漢口人で、毎日武漢の感染症を注意深く見守っているのだ。親しさの程度に関係なく、同郷人はありがたい。

感染症はいまだ正念場が続いているが、状況は確実に好転している。幹部たちが怠けなければ、一般の市民は多大な苦しみを受けずに済む。私の高校時代の同級生が、「仕事をしないなら、辞めろ」というスローガンを教えてくれた。意味するのは、「感染症との闘いにしっかり取り組まないのなら、即刻辞職せよ」ということだ。武昌区の二人の役人は、今日すでに解任された。また、まだ隔離されている、子供のころからの隣人の話も聞いた。ここ数日、やさしい話し方の役人を目にするようになったという。これまでは、役人はいつも怒鳴りちらしていた。役人は人数が少ないのに、彼らを必要とする人はとても多いから、イライラしてつい声を荒げるのも理解できる。だが、やさしく話をしてくれる人もいるので、そんなときは、やはり感動する。この非常時に、病人の要求はたわいのないものだ。質問に対して温かい言葉で答えてくれるだけでいい。数日前までは、こうしたことも贅沢な要求だった。私はほとんど漢口で育ったが、いまは漢口の友人と連絡を取る勇気がない。連絡すれば、きっと血と涙にまみれた苦難の数々を聞かされることになる。何度か聞いているうちに、私も落ち込んでしまう。

少し別の話をしよう。いまは感染症との闘いが大事なので、そのほかの病人はみな道を譲っている。しかし、時間が延びると、病人によっては、道を譲ることが死につながるのだ。透析が必要な人や重篤ですぐ手術が必要な人は、危険がすぐ近くにあるに違いない。感染症患者がとても多いので、多くの病院はベッドを拠出し、もっぱらコロナ肺炎患者を収容している。一方、ほとんどの一般外来は診療を停止した。ほかの病人は治療が受けられないという状況になっている。昨日は、腫瘍専門の病院の癌患者が泣いて訴えている映像を見た。これは解決策のない難題ではないだろう？　解決策はあるのではないか？　一部の病人は家に戻って死を待つだけになってしまう。私たちは彼らに救いの手を差しのべる道を探さなければならない。

仮に、感染性の強いコロナ肺炎の病人を他省に移すと言えば、その省の人々はきっと賛成しないだろう。それなら、感染性以外の治療が必要な病人を、双方合意の上、他省へ車で移送するやり方なら、反対意見はないのではないか？　ただ、これは少し面倒で、お金もかかる。だが、こうした病人も感染症との闘いに貢献しているという大局的観点に立って、政府は一定の補助金を支給したらいい。つまり、これは命の問題である。人命を救うことになるのだから、やってみるべきだ。ボランティアを募集したり、社会に呼びかけて寄付を募ったりすれば、みんな賛意を示すのではないか？　午後、透析中の病人がすでに二人亡くなったという情報を得た。だから私は思う。感染症の転換点はまだだとしても、他省からの援軍は来たし、新たな指導者も着任した。私たちの感染症に対する闘いは、明らかに軌道に乗っている。いくつかの問題について、もっと詳細に検討するべきではないか。どの病気もすべて、人の命に関わっている。

さらに言いたい。今回の感染症は、社会全体が示す人道主義の水準がどの程度なのかを浮き彫りにした。感染症との闘いが終わったら、呼びかける人が出てくるに違いない。人道主義の教育を強化せよ、これは緊急の課題だ、と。これは本来、基本的な常識教育に属することだ。例えば、映画では普通、戦場の医療スタッフが負傷者を救助する際、民族や地域の違いで排斥はしないし、敵味方の厳格な区別もしない。人間である限り、救助する。これは最も基本的な人道精神だ。いま、この感染症治療の最前線は、戦場と化している。ところが、私たちの示す人道精神の低さ、これは本当に口に出すのも恥ずかしい！

そうだ、人はいつも口実を用意している。我々は文書に基づいて仕事をしている、とか。だが、現実は様々に変化しているのに、多くの文書は軽率に出され、内容は大雑把だ。同時に、文書の多くは常識に基づいて作成されるので、人道主義と矛盾はしていない。法の執行者に少しだけ人道精神があれば、高速道路を二〇日間走り続けた運転手の命が危険にさらされることはなかった。また、感染者が出た家に、何人もの人たちがすぐに駆けつけて、入口を鉄の棒で封じてしまうこともなかった。さらには、親が隔離されたため病気の子供が在宅のまま餓死することもなかった。こういうことが起こらないために人道精神が必要なのだ。

まだある。もし私たちに十分な人道精神があるなら、手ごわい病気との闘いに勝つためとは言え、そのほかの病人を無視することはあり得ない。そんなときは何とか方法を考えて、病に苦しんでいる人が継続治療を受けられるようにしろと、人道精神が私たちの後押しをしてくれるはずだ。方法は人が考え出すものではなかったか？　私たちの社会の環境は劣悪ではないし、国力も弱くはない。この問題を解決するのは難しくないだろう。問題は、人々の人道精神は果たして他者のことまで考え及んでいるかということだ。もし及んでいるなら、事前にこうした可能性をすべて考慮するはずだ。ああ、私はいつも常識問題について話しているが、人道精神を身につけることこそ、私たちの最も基本的で最も重要な常識なのだ。なぜなら、私たちはみな人間なのだから。

今日は特に、私の幼馴染みで小学校から高校までの同級生ができるだけ早く回復することを祈りたい。また、中学時代の同級生の夫が順調に透析を受けられることを祈りたい。そして、ずっと苦労の日々を送っている彼女の健康を祈りたい。

二月一五日（旧暦一月二二日）

武漢よ、今夜私は愚か者に関心はない、ただあなただけを想っている

非常時には、人間の善意と悪意がどちらも表に出てくる。まったく考えもしなかったことを目にする場合もある。人は驚き、悲しみ、怒り、そして慣れていくのだ。

雪が降った。昨夜は風が強く雷が鳴ったが、今日は雪が降り始めた。武漢で、このような大雪になる冬は珍しい。火神山病院の部屋の屋根が何枚もはがれたということから、昨夜の風がいかに強かったかがわかる。入院患者たちが落ち着いて移動し、大災難中の小災難を免れていればよいのだが。

今日の気分は最悪だ。朝、「飛象網項立剛《フェイシアンワンシアン・リーガン》」〔飛象（ダンボ）網は通信情報サイト、項立剛はその創設者で

CEO」という名のブログを見つけた。何と私の日記の文章に、ネットで出回っている他人のスマホの写真を貼り付け、さらにブログでこの写真は本人が貼り付けたものであり、デマを振りまいていると私を断罪している。私の日記は一貫して文字だけで、写真など載せたことはない。誰かがコメントをつけて項氏にこの点を指摘したが、彼はまったく相手にしなかった。こんな傲慢なやり方で人を陥れるなんて前代未聞だ。彼は立派な大人で、一一〇万ものフォロワーを持つ「大V」〔フォロワーの多いブログの有名人〕だ。彼は頭がおかしいと言っても、誰も信じてくれない。私が家に閉じ込められて外出できず、私のブログが閉鎖されて発信できないときに、こうした一連の行為に及ぶとは、まったくご苦労なことだ。少しでも善意があるなら、スクリーンショットを保存して、閉鎖された私のアカウントが解除されてから話をつけに来たらどうだ。それならば、一人前の男と言える。そうだろう？　いま私は、微信を通して声明を出すことしかできない。今日は友人たちが私のために弁護士を探してくれた。だが、この厳戒態勢の中、どうやって委任状を送るのか？　弁護士が公証役場に行く前に、項氏は早くも彼のブログをすべて削除した。当然、この削除は彼が法律上の過ちを認めたことを意味している。ひどい男だ！

　じつのところ、項立剛のような人間を私はよく見てきたから、少しも気にしていない。だが、残念なことに彼には百万人以上のフォロワーがいる。こんな男から、いったい何を学ぶのだろう？　果たして、彼のフォロワーの一部は分別をわきまえず、ネット上で書き込みをしたり、直接メッセージをよこしたりして、口汚く私を罵るのだ。まるで私が前世で彼らの祖先を殺した恨みがあるかのようだ。けれども、彼らの多くは私が書いた籠城日記を一篇も読んだことがない。徐浩東《シュー・ハオドン》という若者は、自称写真家の武漢人で、私に下品な言葉だらけの長いメッセージを書き、我が家に殴り込みに来ると騒いだ。どうして彼らは、一面識もない、見知らぬ相手に対して、八つ裂きにしてやりたいという強い恨みを抱くのだろう？　彼らが幼いころに受けた教育は、真心と善意ではなく、仇《かたき》と恨みだったのか？　こうした人たちはおそらく、いわゆる愚か者なのだろう。

今日は悪い知らせが次々に入った。柳凡《リウ・ファン》という看護師は正月二日も出勤し、何も防護服をつけなかったため、不幸にして感染した。そして感染は家族全員に及んだ。両親と弟が相次いで病に倒れた。両親が先に世を去り、昨日、彼女も亡くなった。弟だけが引き続き救命措置を受けていたところが午後、友人の医師が、弟も逝《い》ってしまったと知らせてきた。ウイルスは円満な家庭の生命をすべて、一気に飲み込んだのだ。私は悲しくてたまらない。彼らを飲み込んだのは、ウイルスだけだったのだろうか？

もっと悲しいのは、私の中学時代の同級生の死だ。長年机を並べた仲だったが、昨日亡くなった。彼女は私より一歳年下、上品で、声はか細く、美しく、とても健康的だった。あのころ、私たちは学校の音楽隊に属していて、私は洋琴《ようきん》〔中国の打弦楽器〕、彼女は琵琶だった。音楽隊の女性メンバーは私たち二人だけで、いつも一緒だった。高校時代もずっと仲がよかった。今年の一月中旬、彼女は二度春節の買い出しのために食品市場に行き、不幸にして感染した。なんとか入院できて、回復は順調だと聞いていた。だが、突然、家族は彼女の死を知らされた。今日、同級生たちはみんな彼女を思って泣いている。人生を謳歌していた同級生たちが、いまはこう叫ぶしかない。「人を害する悪魔を銃殺しなければ、民衆の怒りは鎮まらない！」

今日はまた、「ごろつきウイルス」という言葉を知った。このウイルスは変わり者で、抑え込むのが難しい、と専門家は言っている。感染初期は症状のない「無症状感染者」がいる。感染し治癒したあと、完全にウイルスは除去できたと思っても、体の奥深くに隠れている可能性もある。普通の生活が可能になったと思ったとき、突如ウイルスが爆発することもある。考えてみると、確かに「ごろつき」だ。しかし、ごろつきはウイルスだけではない。人命を粗末に扱い、庶民の生死に無頓着な人。寄付の名目で入手した物品を、ネットで転売し儲けようとする人。エレベーターでわざと唾を吐いたり、隣家の玄関扉のノブに唾を吐く人。病院が仕入れた救急医療用品を途中で強奪する人。さらに、あちこちでデマを振りまき人を陥れる人もいる。常識から考えて、この世に人間がいる限り、こうしたウイルスは永遠に存在するのだろう。社会生活も同様だ。人間がいる限り、このようなウイルス人(つまり愚か者)も同じように存在する。

平和な時代は、平凡な生活、平穏な日々が続き、人間の善意も悪意も表に出てこない。ときには、そのまま人生が過ぎていく。けれども、戦争や災害などの非常時には、善意と悪意がどちらも表に出てくる。まったく考えもしなかったことを目にする場合もある。人は驚き、悲しみ、怒り、そして慣れていくのだ。このようなサイクルが、いつまでも繰り返される。幸い、悪意が表に出るとき、善意はそれに対抗してもっと強く出てくる。それで、私たちは初めて何も恐れない無欲の人、己を捨てて他人のために尽くす人、そして英雄を見ることができるのだ。私たちがいま目にしている白衣の天使のように。

現在の武漢の状況を話そう。これは人々の最大の関心事だから。友人の医師は、今月二〇日までに武漢にベッド千床を有する仮設病院を増設し、一〇万病床の確保を終えなければならないという。つまり、当初専門家が予想した一〇万人という感染者数は、でたらめではなかったということだ。武漢は収容すべき感染者をすべて収容することになる。感染者数が多くても、状況は以前に比べて劣悪ということはない。臨床治療を通じて、医師は経験を積み重ね、以下のような結論を得た。
一、現下のウイルスの毒性はすでに明らかに弱まっている。二、治癒後、後遺症はあり得ない。肺も線維化しない。三、新たな感染者は、すでに三人、四人の感染を経ているので、基本的に軽症だから容易に治癒する。四、重症者は呼吸困難期を持ちこたえられさえすれば、基本的に治癒が可能である。
つまるところ、いま死亡者数がまだ減少しないのは、やはり発生初期の治療が遅れて、重篤になり回復できなかった人たちがいるからなのだ。ここまで書いたところで、上の兄からメッセージが届いた。華中科技大学教授で中国科学院会員の段正澄《ドワン・ジョンチョン》〔一九三四年生まれ。機械工学の専門家〕が午後六時半、新型コロナ肺炎で亡くなったという。華中科技大学にとって、この損失は大きい。

そのほか、友人の医師は特に私に以下のことを書いてほしいと言った。

武漢市では現在、同済病院、協和《シエホー》病院、湖北省人民病院の三病院だけが新型コロナ肺炎以外の患者を受け入れている。そのほかの病院はすべて新型コロナ肺炎の専門治療病院に指定された。薬の受け取りに便利なように、一〇か所の指定薬局が開設されている。医療保険カードと重症のカルテがあれば薬を受け取れる。前記の三病院は、漢口に二つ、武昌に一つある。交通手段がない場合、おそらく病人は居住区に頼んで車を手配してもらうしかない。

団地の全面封鎖管理令の第二号通知もすでに出ている。私の住む省文聯の宿舎では、これまで職場単位で指令が来ていたが、今回は家族単位の管理グループが立ち上がった。グループの代表が居住区の担当者と相談して、物品を購入する。番号をもらって宿舎の正門に行くと品物を受け取れる。新たな生活が新たな管理方式をもたらした。私たちは慌てず騒がず、感染のピークが過ぎるのを待とう。

突然、海子《ハイズ》〔一九六四年生まれ。一九八九年三月に二五歳で自死した詩人〕の詩を思い出した。少しアレンジして書き留めよう。「武漢よ、今夜私は愚か者に関心はない、ただあなただけを想っている」*

二月一六日
（旧暦一月二三日）

災難中には歳月は静かに流れない、生きる者の死に向かう生があるだけだ

封鎖されて何日になるのか、わからない。今日の太陽は本当に春というに相応しい。昨日の雪はすでに跡形もなくなった。二階から見ると、木々の緑が陽光を浴びて輝いている。

昨夜と比べて、すでに心はずっと落ち着いているが、北京からの攻撃はなおも続いている。どのような力が働いて彼らがこのような憎悪を持つのか、まったく理解できない。まるで彼らは一生の間、ずっと何かに憤慨しているかのようだ。多くの人、多くのことを憎んでいる。相手がどこにいようが、どんな状態であろうが、変わらず執拗に恨んでいる。そして、彼らに恨まれた私は、彼らと知り合いではないし、会ったこともない。

「飛象網項立剛」は昨日そそくさと、私を陥れるブログの記事を削除した。ところが、また別の文章を書いている。「あなたはどこで写真を手に入れた？　あなたは家に閉じこもって、社会をパニックに陥れ、大量の感染症死亡者が放置されているというデマ情報を流した。あなたに良心はあるのか？」これには泣くことも笑うこともできない。この人は通信業界で仕事をしていると聞いているが、どうしてこんな幼稚な質問をするのか？　ドローンが高空からピンポイントで人を殺す時代

に、私は家にいると外の写真を見ることができないというのか？　私には自分の住む街で何が起きているのかを知る手立てがないというのか？　私の日記を読んだ人は誰もパニックになっていないが、あなたはパニックになったのか？　私は感染地区にいて、家に閉じ込められているが、ネットを通して友人や同僚と交流している。そして、毎日見聞きしたことを日記に書き、ひたすら事態の好転を待っている。あなたは北京にいて、自由があるのに、わざわざ策略を用いて毎日私を罵っている。あなたこそ、良心があるのか？　あなたに言っておく。多くの人が私の日記を読み、安心したと言っているのだ。

　さらにもう一人、ブログで「盤索《パンスオ》」と名乗る人が言っている。「『医師が写真を送ってきた』とか、『同級生が死んだ』とか、『隣人がどうのこうの』などには、どこにも名前が書かれていない。こんなことを書いてパニックを増やせば、気が済むのだろうか。彼女の近日中の文章を読むと、多くの架空の人物を作り出し、文学に新機軸を打ち出そうと企んでいるらしい」またも常識のない大人が現れた。病人が亡くなり、親族はみな悲しみに沈んでいるとき、どうして私が名前を出して彼らの苦しみを倍加させることができようか？　どうして彼らの苦しみをみんなに知らせることができようか？　私は武漢で学校を出て、生活している。私の同級生や隣人もこの地にいる。私の日記は公開だから、もし私が捏造をしていたら、彼らが知らないはずはないだろう？　当局が公表している死亡者リストを、盤索は見たのか？　武漢だけでも死亡者は千人以上だが、私の日記で触れたのは、ほんの数人ではないか？　一〇人にも満たない！　はっきり言っておくが、およそ政府のメディア

＊　海子の詩「日記」の最終行「姉さん、今夜僕は人類に関心はない、ただあなただけを想っている」に基づく。

が公開していない死者の名前を、私は現在に至るまで公開したことがない。

湖北映画制作所の常凱《チャン・カイ》〔ドキュメンタリー監督で、対外連絡部主任。二月一四日に五五歳で死去〕一家は、新型コロナ肺炎で家族全員が死亡した。今日、彼の同級生が書いた追悼の文章が、ネット上を埋め尽くした。常凱の最期の言葉は、壮絶で悲惨、胸をかきむしられる。中央テレビのニュース番組や『人民日報』だけを見ている人は、この遺言もまたパニックを引き起こすものだと思うのだろうか？私はおととい、友人の画家が一〇万元を寄付したと書いたが、今日、彼の兄が新型コロナ肺炎で亡くなった。項立剛たちよ、これでもまだ、デマだと言うのか？

「友人の医師」について言うと、じつは一人ではない。項立剛たちに告げなければならない。彼らはみな、それぞれの専門分野の最高レベルの人たちだ。私はもちろん彼らの名前を口外するようなことはしない。口外しない理由は、あなたたちのような人間のクズがいるからだ。しかし、無能な当局は容易にあなたたちを信用してしまう。私は友人たちを理由もなく傷つけるようなことはしない。今日の午後、友人の医師（もちろん、彼も専門分野の最高レベルの人物だが、名前は明かせない）が電話をよこした。私たちは長い間連絡を取っていなかった。話題は私の籠城日記になり、彼は、他省の人から武漢の感染症の状況を尋ねられ、私の日記を読むように勧めておいたと言った。さらに、その日記で真実がわかるとも伝えたという。私たちは当然のように感染症のことを話し合った。彼は言った。感染症はいま抑え込むことができるようになった。その毒性はしだいに弱まったが、伝染力はしだいに強まっている。現在の患者の状況を見ると、感染者の多くは軽症で、治癒率が高い。致死率が下降しないのは、感染症発生の初期段階の重症患者がとても多いからだ。こうしたことは、じつは私も以前触れた。現在の重症患者は発生初期の「ストック」なのだ。医師たちの勤務する病院は同じではないが、現状に対する見方はほとんど変わらない。全体の状況は好転している。それは以下の点にまとめられる。

一、毒性が弱まった。二、支援部隊の到着で、医療スタッフは余裕を持って仕事ができている。三、医療用品はもう品薄ではなくなり、自己防御の条件が整った。四、医師たちは長きにわたる臨床治療を経て、薬の投与にも経験を積んだ。

雷神山病院の王《ワン》院長は、本当の感染症の転換点はすでに到来している、と公の場でメディアに語っている。彼らは新たな発病の状況から、発熱者の数は減少傾向にあると判断した。ゆっくりと、同じペースで減少しており、反転は見られない。王院長は、「私は自信を持っています」と言った。

これこそ、私たちが待ちわびていたよいニュースではないだろうか？

友人の医師は午後、また動画を送ってくれた。動画の内容は、一人の若者が医学論文などをわかりやすく解説するものだ。その中で、彼は同じ言葉を繰り返していた。自分が読んでも理解できないものを、勝手に批判してはいけない。私はこの考えに大賛成だ。

自分の文化レベルと理解能力でわからないことは、まずよく観察し、よく考えるべきで、結論を急いではいけない。ましてや、安易に罵倒などしてはいけない。とりわけ、項立剛たちの愚かなフォロワーだ。彼らは私を批判する書き込みで、火葬場に家族がいなかったわけではないだろう？とか、家族が遺品を持ち帰らなかったわけはないだろう？などと言っている。私は返す言葉が見つからない。彼らがもし平時の常識でこの災難を理解しようとしているのなら、いくら説明してもわかってはもらえないだろう。

武漢はいま、災難のただ中にある。災難とは何か？災難とはマスクをつけなければならないことでも、何日も外出を許されないことでも、団地に入るために通行証が必要になることでもない。災難とは、病院の死亡証明書の綴りが数か月に一冊使われていたのが、数日に一冊使い切ってしまうということだ。また、火葬場の霊柩車が以前は一台につき一遺体だけを運び、柩《ひつぎ》もあったのが、いまは袋に入れた数体の遺体を車に乗せ、一緒に運ぶようになることだ。また、一家から死者が一人出ることではなく、数日のうちに、あるいは半月のうちに、一家全員が死ぬことだ。病をかかえて寒風と氷雨の中をあちこち奔走し、受け入れてくれる一つのベッドを求めても、結局見つけられないことだ。早朝から病院の受付番号をもらうため列に並び、翌朝になってやっと番号を手にする、あるいは手にできないまま、その場に倒れてしまうことだ。自宅で病院からの病床確保の通知を待ちながら、届いたときにはすでに死んでいることだ。重症患者が入院中に死んだら、入院したときが家族との永遠の別れであり、二度と会う日が来ないということだ。よく考えてほしい。感染症で亡くなった人を家族は葬儀場で見送ることができると思うか？　家族は死者の遺品を受け取ることができると思うか？　さらに言えば、死者に尊厳があると思うか？　そんなものはないのだ。死はただの死だ。死者は運ばれて、すぐに焼却される。感染症の発生初期は、人手はなく、病床はなく、医療スタッフには防護設備がなく、広範囲に院内感染が発生した。火葬場は人手不足、霊柩車は足りず、遺体の焼却炉も足りなかった。しかも、遺体にはウイルスが付着しているから、できるだけ早く焼却しなければならない。こうしたことを、あなたたちは知っているのか？　関係者が職責を果たさなかったのではなく、災難が訪れたのだ。彼らは全力を尽くし、能力を超えるほど頑張ったが、ネット上の批判者たちが要求するようなことはできなかった。災難中には歳月は静かに流れない〔67ページ参照〕。病人のやりきれなさがあるだけだ。親族の断腸の思いがあるだけだ。生きる者の死に向かう生があるだけだ。

初期の混乱はすでに終息した。私の知るところでは、すでに専門家たちが、新型コロナウイルスの死者とその家族のために、配慮と敬意に満ちた報告書の草案を作っている。その中には、死者の遺品、特にスマホに関する項目もある。まず一か所に集めて保存し、感染症が終息したあと消毒して、通信業者と協力しながらスマホに残っている情報に基づいて何とか遺族を探し出すという。スマホは遺族にとって形見の品だ。もし持ち主が探し出せない場合でも保存しておけば、きっと歴史の証明になるだろう。

この世の中に、まだ私が期待を抱くのは、こうした善良で理性的な人たちが依然として努力を続けているからだ。

二月一七日（旧暦一月二四日）

あなた一人だけが苦しく困難なのではない、人が生きるのには多くの道がある

今日も晴れだ。以前なら、多くの人が外に出て日差しを浴びていたことだろう。残念なことに、いまは日差しを浴びる心温まる風景を見ることもできない。いまは非常時なのだということがわかる。窓辺に立って陽光を眺め、木々の緑を眺めるのも、またいいものだ。

最も厳しい管理令が下された。いかなる人も自宅で待機しなければならない。やむを得ない仕事がある人、公務を行う人だけが外出できる。しかし、通行証は必携だ。街で通行証を持たずに捕まった場合は、一四日間隔離されるという。真偽のほどはわからない。ネット上には、こんなジョー

クが上がっている。武漢はまだいい、黄岡《ホアンガン》市の場合は、隔離中に中学二年の数学の予想問題をやらされる。しかも、ほとんどの人ができないという。ここ数日、ネットのジョークは鳴りを潜めていたが、今日はなかなか面白い。投稿者はぜひ頑張って、二〇日以上封鎖されている武漢の市民がそのジョークを転送しながら思わず声を出して笑ってしまうようにしてほしい。

私のような人間には、外出しないことは苦ではない。犬も散歩させる必要はなく、自分で庭を歩き回っている。幸いなことに犬も年なので、庭を何周かすると洗濯部屋に戻って寝てしまう。私が専用の電気ストーブを用意してやったら、自分の寝床から出てこなくなった。私は今年目に見えない力に背中を押され、一月半ば、ほどなく春節というころ、突如思い立って家のボイラーを新しいものに換えた。設置はボイラー会社が休みになる前の最後の日だった。古いボイラーはまだ使えたが、何年も使っていたので故障するのではないかと心配したのだ。新しいボイラーの機能はやはり素晴らしく、部屋の温度を二二度から二五度の間に保つことができる。しかも、故障を心配する必要はなくなった。先日は気温が上昇し、室内が二五度以上になり、暑すぎて閉口した。

厳しい外出禁止令のもと、武漢の各団地では野菜の団体購入グループが急速に広がった。電商〔ネットの通販業者〕も即座に販売形式を整えた。考えてみると、電商がなければ、自宅に閉じこもっていた日々は本当に過ごしづらかっただろう。家族の飲食だけでも大変だ。いまは各団地の野菜購入について、電商が新機軸を打ち出した。販売の途中でも、実際の状況によって臨機応変の対応をしている。「無接触配送」による様々なセットメニューを次々に考案し、住民がグループ内で購入品を注文すると、電商が一括して届けてくれる。購入グループの代表も、電商の協力を得て合理的な運営をしている。文書に基づき前例どおりに進める硬直化した役所のやり方に比べ、民間の有能な人間はじつに素晴らしい。これこそ「事実に基づいて処理する」やり方で、役所は大いにこれを学び、まねるべきだ。実際、硬直化した政府の各部門が、仕事を遅れさせ、誤りを連発することがなければ、感染症は今日のようなことにはならなかったはずだ。同級生の老耿は私がグループに加入したくないことを知り、団体購入できるものを直接私に転送してくれる。おととい、仟吉《チエンジー》*のパンのセットメニューを注文した。山のような量があり、三人家族用に違いない。私にとっては、本当に多すぎる。少なくとも一〇日は食べられると思う。

今日は友人の医師に連絡して感染症の状況を教えてもらった。私が質問し、彼が答えるという形だ。結論をまとめれば、以下のようになる。

一、雷神山病院の王院長が言う転換点はすでに来ているという話題について。友人の医師は説明した。王院長の言う転換点は、我々と概念が異なる。転換点は科学用語で、普通に言えば感染発病者の数がピークに達するということだ。その概念で言えば、転換点はまだ来ていない。感染発病者数はまだ上昇中だ。ただ、個人的には二月末か三月初めには、本当の転換点が来ると思う。私は指折り数えてみた。まだ二週間もある。

二、医療スタッフがこれほど多く感染し、数名が殉職したことについて。現在、医療スタッフの状況はどうなのか。友人の医師は説明した。三千人以上の医療スタッフが感染したが、絶対多数は治癒が可能だ。この感染症は回復に時間がかかるため、大多数がまだ退院できていな

＊湖北、湖南、河南、安徽、河北、広西などに展開しているパンやケーキの製造販売チェーン店。

い。三千人以上という数字は、政府発表の数字である。だが、実際はもっと多いのではないか。この人数は、ほとんどがまだ拡大防止措置をしていなかった初期のもの、医療防護用品が極度に欠乏していたときのものなのだ。現在、医療スタッフの感染は大幅に減少している。

三、武漢で治療中に漢方薬を使用したかどうかについて。友人の医師は明言した。七五パーセントの感染者が漢方薬を服用し、明らかにその効用はあった。私は、「なぜ残りの二五パーセントは服用しなかったのか」と尋ねた。友人の医師は、「挿管治療を受けている患者には使えない」と言った。挿管患者は間違いなく重症なのだ。

四、それでは、重症患者は何パーセントいるのか、治癒率はどのくらいか？　友人の医師は答えた。以前は、武漢の重篤患者は三八パーセントを占めていた。多くの軽症患者が入院できず、重症化につながったのだ。現在は病床が大幅に増加し、感染者は直ちに入院し治療を受けられるようになっている。そのため、武漢の重症患者と重篤患者は一八パーセントまで下がった。その上、治癒率も以前に比べてかなり高くなった。私は、六万人近くの感染確認者はやはりとても大きな数字だと思う。致死率はおそらく、すぐには下がらないだろう。

ネット上では、私が毎日こうした細々したことばかりを書いて、解放軍が武漢に入ったこと、全国人民の支持と関心、火神山と雷神山の仮設病院の偉大な成果、恐れることなく支援に向かう人々などをどうして書かないのか、と言う人がいる。だが、私はどう答えればいいのだろう？　記録を残すのには、それぞれ分業があることがわからないのか？　料理にも、主菜と副菜があるではないか？　全国には多くの政府系メディアがあり、ネット上には多くのパーソナルメディアがあって、毎日人々の求めることを記録している。マクロ的視点からの情報、感染症の動向、感動もののヒーロー物語、熱き青春物語など。こうした文章は、すでに牛毛の数のように多い。

私は一人の物書きにすぎず、私の見る世界は狭い。私が関心を持ち、体験できることは、身辺雑事と、一人一人の具体的な人間だけだ。だから、私は細々したことを記録し、その時々の感想を書くことしかできない。自分のために、生きてきた過程の記録を残したいのだ。

まだある。私の主たる仕事は、小説を書くことだ。以前、小説について話したとき、次のようなことを言った。小説とは落伍者、孤独者、寂しがり屋に、いつも寄り添うものだ。ともに歩き、援助の手を差し伸べる。小説は広い視野を持って、思いやりと心配りを表現する。ときには、雌鳥《めんどり》のように、歴史に見捨てられた事柄や、社会に冷遇された生命を庇護する。彼らに伴走し、温もりを与え、鼓舞する。あるいは、こうも言える。小説自体が、彼らと同じ運命にある世界を表現することもあり、彼らの伴走、温もり、鼓舞が必要なのだ。この世の強者や勝者は普通、文学など意に介さない。彼らの多くは、文学を単なる装飾品、首にかける花輪のようなものと見なしている。だが、弱者たちは普通、小説を自己の命の中の灯火、溺れかかったときにすがる小枝、死にかけたときの命の恩人などと捉えている。なぜなら、そんなとき、小説だけが教えてくれるからだ。落伍してもかまわない。多くの人があなたと同じなのだ。あなた一人だけが孤独で寂しいのではないし、あなた一人だけが苦しく困難なのではない。また、あなた一人だけが気をもみ、くじけそうになっているのではない。人が生きるのには多くの道がある。成功するのに越したことはないが、成功しなくても悪くはない。

考えてみてほしい。私は小説書きなので、毎日些細なことを日記に書くときも、やはり自分の創作方法に沿って、観察し、思考し、理解してから書き始める。これは果たして間違いだろうか？

昨日の微信は、またしても削除された。残念至極としか言いようがない。封鎖の記録は何処《いずこ》に発す、煙波江上、人を愁えしむ。[*] 思考し、理解してから書き始める。これは果たして間違いだろうか？

二月一八日
（旧暦一月二五日）

民は疫の中に在りて泣く　相煎《あいい》ること何《なん》ぞ太《はなは》だ急なる[**]

今日も快晴だ。至るところに生命力を感じる。空にかかる雲は特徴的だ。私の郊外の家の隣人たちが議論している。あれは何という雲だろう、鱗雲《うろこぐも》かな？　いや、違う。私は去年ずっと、そこで小説を書いていた。春節前にやっと武昌の文聯の宿舎に戻ったのだった。郊外の村の隣人は、ここには感染者は一人もいないと言っている。ああ、私はいつになったらあの村に戻れるのだろうか。我が家の玄関の前と中庭の花は、ほとんどが枯れているはずだ。私は花を育てるのが苦手で、私が育てた花の運命は悲惨だ。途中で枯れるか、あるいはそもそも咲いてくれない。

都市封鎖から一か月近くになる。当初封鎖の通知を見たときは、これほど長期間になるとはまったく思わなかった。明らかに最近の強力な隔離措置によって、武漢はすでに暗く陰鬱な日々から抜け出した。最近、人々は自宅に閉じこもる生活に慣れたようだ。元気いっぱいの子供たちでさえ、この状況を受け入れている。生命の適応能力は、本当に大したものだ。

ネット上で救助を求めて叫ぶ声は、もう完全になくなった。逆に、野菜購入や、食品購入の方法についての情報が、とても多くなっている。日常生活に全神経を集中すると、今日の天気のようにすべてが生き生きとしてくる。大手スーパーはそれぞれ、セットメニューを売り出すと同時に、きめ細かく各団地の場所とその連絡者の名前、スマホの番号を明示している。これは野菜の団体購入グループの代表者にとって、とても便利なことだ。私たち文聯宿舎のグループも大人気で、近隣の団地からの加入も多いという。だが、団地相互の出入りは厳禁されており、往来ができない。どうやって品物の受け渡しをしているのだろうか。そんなことを考えていたとき、突然、私の同僚たちがスマホで野菜の受け渡し場所を決めているのに気づいた。塀のこちら側から塀の向こう側へ、野菜を吊して運ぶのだ。彼女たちには脱帽する。このような工夫をする人は少なくないのだろう。

同級生の老耿（彼の妻はグループ代表で、彼自身はアルバイトだ）が注文しておいたパンを届けてくれた。おまけに野菜もくれた。じつのところ、一人で食べているので、料理は楽しいものではない。そのため、麺類を作ったり豆絲《ドウスー》〔武漢の代表的な食品。緑豆と米をすりつぶし餅状にしてからカットし乾燥させたもの〕を煮たりして適当に食事を済ませてきたが、私の食生活はいま、かなり充実している。潘向黎《パン・シアンリー》〔一九六六年生まれ。上海の女性作家〕が今日、励ましのメッセージをくれた。私は、「今度上海に行ったらご馳走してちょうだい」と言った。彼女は、「三度三度たっぷり食べてもらいます」という返事をくれた。素晴らしい。約束はこうして決まった。そのほかにも私を励ますメッセージがきたので、みな同じ要求をした。どのレストランの料理がおいしいかということは、武漢人がいつも大好きな話題で、いまは特にそうなのだ。私が加わっているグループチャットは少なく、その中で

＊　崔顥《さいこう》の七言律詩「黄鶴楼」の尾聯「日暮郷関、何処か是れなる　煙波江上、人を愁えしむ」に基づく。
＊＊　曹植の「七歩詩」の結句、「本は是れ同根に生ぜしに、相煎ること何ぞ太だ急なる」に基づく。

最大のものは大学の同級生たちとのグループである。この一か月は、ほとんど全員が感染症について心配している。同級生の中で、地元の湖北省以外で最も多いのは湖南人《フーナン》だ。いつもは、みんなが湖南人を「弗蘭人《フーラン》」〔「弗蘭人」は湖南人と発音が似ている〕と呼んでいる。朝、一人の同級生が「弗蘭人」に「いいね」を押し、弗蘭人が指定支援している黄岡市で今日、新たな感染確認者がゼロになったことを告げた。細かい資料はないが、私は「弗蘭人」の援軍が旧暦の元日にもう黄岡市に入ったことを知っている。黄岡市の治癒率は湖北省で最高であり、「弗蘭」省自体の治癒率も全国で最高だ。私の娘は武漢生まれだが、彼女の本籍は「弗蘭」と書くべきだ。湖北省と湖南省はずっと密接な関係にある。それで、同級生グループのチャットの内容をここに書いてしまった。公平を期するために言うなら、各地からの援軍は、いずれも本当に力を与えてくれた。援軍のおかげで、緊張続きだった湖北人はホッと息をつくことができた。いまの状況は、急速に好転している。援軍の功績は大だ。

友人の医師が今日、長い電話をよこした。たぶん、腹にたまった話を吐き出したかったのだろう。感染症発生初期の医療スタッフのつらさを語った。病人一人の命を救うには大変な体力を要するのだという。救命措置のあとは、防護服にウイルスが多く付着しているから、すぐ着替えなければならない。発生初期には人手も設備も不足していて、患者が苦しみながら死んでいくのをただ見ているしかなかった。どうすることもできないのだ。医療関係者は、遺体を数多く見ている。だが今回は、救えるとわかっているのに、疲労困憊して、手を尽くす力が残っていなかった。また、防護設備がほとんどないので、緊急措置を施すこともできなかった。彼は言った。「あのやり切れなさは絶対に理解してもらえないだろう」また、こうも言った。「医者はもともと本分をわきまえて、みな自分の仕事に没頭しているが、今回は本当に命を投げ出して頑張ったんだ」彼のこの見方に、私は心から同意する。医療スタッフが人命救助のために、すべてを顧みずネット上で訴えるのを私たちは見ている。まさにこうした発言があって初めて、多くの問題が明るみに出たし、多くの援助物資が直接病院に届けられることになった。多くの命はおそらく、このような発言で助かり、生き残る機会を得ることができた。友人の医師はさらにこう言った。「仮設病院の建設は、とてもよかった。もっと早く建てていれば、もっと早く隔離でき、軽症から重症になる感染者はずっと少なかっただろうし、これほど多くの死者を出すこともなかっただろう」専門家の判断は確かに筋が通っていると思う。まさにここ数日の思い切った隔離政策が、感染症の凄まじい蔓延を急速に抑える結果を生んだ。現在の武漢市民は、比較的ゆったりとした精神状態にある。必需品の買い物だけの生活を続け、ピークが過ぎるのをじっと待っているのだ。

二日前に看護師の「柳凡」一家が世を去ったことを書いたが(本当に申し訳ない。彼女の名前は「柳帆《リウ・ファン》」だった。あのときは両方の表記があり、どちらが正しいのかわからなかった。友人の医師が提供した名前を選んでしまった)、また「デマを飛ばした」と認定された。ああ、いつものことだが、デマを暴いたように見える人こそ、本当はデマを飛ばしているのだ。湖北映画制作所の常凱は、柳帆の弟だ。どこかのメディアが書いていたように思うが、常凱の遺書は極力感情を抑えたものだった。だが、読んだ人は誰もが胸を締め付けられた。友人の医師が教えてくれたのだが、彼ら姉弟は一人が母親の姓を継ぎ、一人は父親の姓を継いだ。両親とも医学界で仕事をしている。彼らの家族もそれぞれ感染を疑われたが、いまのところ健康状態に問題はない。この悲惨な一家を、武漢市民は永遠に忘れないだろう。このようなことを言うと、私を罵倒する人はまた私がデマを飛ばしたと認定するのだろうか。実際、ここ数日私を罵倒している人は、以前から悪意を持って私の小説を批判した人だ。かつて高官に取り入って後ろ楯になってもらっていた人たちは、今回もまた高官に取り入っているのだろうか。だが、ここで私ははっきりと言っておこう。あなたたちがどの高官を後ろ楯につけようと、私は以前と同様に恨んでやる。もっと容赦なく恨んでやる。彼らの名前を、以前の数人と同様に「歴史の恥辱の柱」に刻みつけてやる。

今日は、長らく心の中にしまってきた話をしたいと思う。中国の極左分子は、基本的に「国家と人民に災いをもたらす」存在だ。彼らは文革の復活を願い、改革開放政策を敵視している。彼らと考えが異なる人は、すべて彼らの敵なのだ。彼らに協力しない人に対しては徒党を組み、様々な攻撃をしかける。「社会に向けて恨みをばら撒く」粗暴な言葉を使う。さらに卑劣な手段もあり、その低級さは不思議なほどだ。特にわからないのは、彼らがネット上ででたらめを言っても、彼らの書き込みを誰も削除しないし、彼らの行動を誰も阻止しないということだ。まさか彼らの中にネット検閲官の親戚がいるのではなかろう?

ここ数日は疲れやすく、頭痛がする。あるネットの友人TAは、昨日の私の微信に対して、「文章からお疲れの様子がうかがえます」とコメントしてくれた。TAの直感は大したものだ。これからはできるだけ執筆の時間を短縮し、少し休もう。今日は、もうこれ以上書かない。

最後に、同じく感染区域の黄岡市にいるXYMさんにメッセージを送りたい。城を封じ戸を閉ざすこと急なり、民は疫の中に在りて泣く。本は是れ同難の人、相煎ること何ぞ太だ急なる。

二月一九日（旧暦一月二六日）

死者の亡霊が、依然として武漢を徘徊している

今日の日差しは昨日ほど強くない。だが、空は明るい。午後になって雲が広がったが、寒くはない。天気予報は、ここ数日は比較的暖かだと言っている。

起床する前に、数日前に一〇万元を寄付してくれた友人の画家がニューヨークから電話してきた（これを、敵に内通していると言う人はいるだろうか?）。遠くドイツに住む蘇《スー》という画家も一〇万元を寄付したいと言っているらしい。しかも彼は私を知っており、数年前に私の家に来たことがあり、ここ数日は私の日記を読んでいるという。彼ら夫婦は武漢に対して、誠意の限りを尽くしたいと思っている。私の友人が始めた慈善プロジェクトを信頼して、武漢に寄付をしようと思ったのだ。友人はもうすぐ届く医療物資の支払いに困っていたので、大喜びしている。画家夫婦も生粋の武漢人で、武漢の感染症を心配していることは言うまでもない。多くの人にとって、どんなに遠くても、どんなに時間が経っても、武漢は変わらず心の故郷なのだ。蘇さん夫妻に感謝したい。

昨日頭痛がすると書いたら、同僚が夫を派遣して風油精《フォンヨウジン》〔痛み止め、風邪などに効く薬〕を届けると言ってくれた。彼女の夫は仕事の関係で、毎日外で奔走しているのだ。彼は夜になって、風油精と生薬を一包み持ってきてくれた。文聯宿舎の入口まで受け取りに行くと、そこには多くの人がいた。春節以来、このような光景は初めて見た。

尋ねてみると、団体購入グループが注文した食品が届いたところで、数人のボランティアが荷物を下ろしていたのだ。私は、ボランティアはみな職場のスタッフだと思っていた。ところが、隣人

によれば、彼女の娘も参加しているという。娘はフランスに留学して帰国し、自分で会社を立ち上げた。いまは家に閉じこもっているので、自らボランティア活動に参加を申し込んだ。国連の「ボランティア」の定義は、自ら進んで社会的に公益性のある活動を行い、いかなる利益も金銭も名誉も受け取らない者で、「慈善活動家」とも呼ぶとある。ボランティアのこうした組織形態は、本当に素晴らしい。多くの善良な若者たちによって支えられている。社会的な奉仕活動に加わるとき、彼らは個人の力を捧げるだけではなく、その活動を通して社会を洞察し、人生を理解し、自分の見識と能力を成長させることもできるのだ。感染症の流行期間中に、武漢では数万人のボランティアが様々な社会貢献をした。彼らの力強い援助がなく、融通のきかない政府機関にだけ頼っていたなら、さらに事態は悪化していただろう。

荷物の配送係のほか、宿舎の入口にはセロリの大きな山が積み上げられていて、そばに居住区の職員らしい人が立っていた。私が近くを通ると、その職員が、「このセロリ持って行っていいよ」と言った。私は、「野菜は足りてるから、いらないわ」と答えた。職員は、「こんなにあるんだから、好きなだけ持って行ってよ。みんな文聯宿舎の人たちのために届けられたものだから」と言った。私は数本手にして、これで十分だと思った。警備員の王《ワン》さんがやってきて、私の分までセロリをつかみ、「余るほどたくさんあるな、山東から送ってきたんだ」と言った。私は不思議に思って、職員に尋ねた。それでわかったのだが、これは確かに山東省から送られてきたセロリだった。居住区に二トンも届き、多すぎるので、庁や局に少しずつ分け、さらに一部を家族にも配ったのだ。職員は言った。セロリは少し萎《しお》れてしまった。芯はまだ大丈夫だけど。

これほど山積みの野菜を見て、山東省の寿光《ショウグワン》〔有名な野菜生産地〕がいち早く武漢に野菜を寄贈してくれたことを思い出した。どこかの部署がこれをスーパーに送って売り出したので、多くの批判の声が上がった。ネット上には、市政府に訴えた電話の録音が残っている。だが私の考えでは、もし直接病院食堂に寄贈したり、貯蔵施設のある部門に送ったりしないなら、より合理的で有効な方法はやはりスーパーに送って、通常の価格で市民に売るのがいい。スーパーは少なくとも備蓄用の倉庫を持っており、分配能力もあり、販売ルートもある。売り上げは寄贈者の名義で慈善部門に送り、医療関連品を購入する。または相手に返金し、引き続き通常価格で野菜を武漢の市場に供給してもらう。これは、ウインウインの関係だ。居住区に送るよりずっといい効果がある。感染症の発生以来、居住区の職員はもうすでに限界だ。寄贈された野菜の分配を彼らに求めるのは、あまりにも酷だろう。その上いまは、人手も車も少なく、トラック一台分の野菜、例えば二トンが届くと、それを仕分けするのは簡単なことではない。だから、私は寄贈品であっても、現実に基づいて処理するのがいいと思う。寄贈品が無駄になるなら、結局は寄贈者の真心と善意、そして彼らの財産も無駄になる。

今日、またやるせない動画があった。武昌病院の院長劉智明《リウ・ジーミン》〔一九六九年生まれ。神経外科の専門家〕医師の霊柩車が去って行くのを見送りながら関係者が号泣している。動画を見た人は誰もが涙を流した。彼はまさに働き盛りで、豊かな才能と技術があり、活躍の舞台もあったから、生きていれば医学界のためにどれだけ貢献し、また社会のためにどれだけの人を救うことができただろう？　ここ数日は、訃報が続いている。武漢大学では博士が一人、華中科技大学では教授が一人亡くなった……死者の亡霊が、依然として武漢を徘徊している。

目下のところ、湖北省の新型コロナウイルス感染確認者数は七万人に達している。この数字は、友人の医師が当初予想した数字にすでに近づいた。毎日、新しい感染者が千五百人以上のペースで増えている。数は大きいが、増加率のカーブは緩やかになってきた。止まらないのは死者の数で、すでに二千人を超えた。これは政府の発表した数字だ。このほかに、感染未確認のままの死者、病院に行けずに自宅で亡くなった人もいるが、その数は含まれていないと思う。だから、本当の死者がどれくらいいるか、おそらくいまは誰にもわからない。感染症が終息したあと、関係各部門が連携して統計を取れば、より正確な数字が出るかもしれない。

実際、状況は依然として厳しい。火神山病院と雷神山病院およびそのほかの病院には一万人近くの重症患者がいて、救命措置を受けている。この人たちは、新型コロナ発生初期の感染者だ。治療を受けられず、時間ばかりが過ぎて重症化につながった。彼らの中から、さらにこの世界を去る人が出てくるのだろうか？　家族と同様、私たちも心配で仕方がない。

いわゆる状況の好転とは、感染症の発生初期の厳しい状況に比べて言っているにすぎない。当時のネットの動画は、治療を求める病人の姿ばかりだった。病院内は治療を求める患者でごった返していた。だがいまは、少なくとも感染すればすぐ入院できる。入院したくなくても、強制的に連れて行かれる。入院すれば治療が保証される。だから友人の医師はずっと、患者はほぼ軽症で、すべて完治すると言っている。転換点は近い。

さらに別のニュースもある。武漢市は今後のコロナ対策の方式を改めるため、四つのグループを設立した。一、病床確保グループ。二、感染拡大防止グループ。三、武漢援助医療チームの受け入れグループ。四、党員管理評価グループ。この四つのグループを通じて各項目の仕事がつながり、実効性がずっと高まる。ただ、「党員管理評価グループ」は「評価監督グループ」と名前を変えればもっといいし、もっと現実に基づいた対応ができると思う。そうすれば、政府が人命を党務より優先させていることがよくわかるだろう。つまるところ、感染症との闘いは社会全体に関わることであり、多くの非党員の一般市民も最前線で働いているのだから、彼らを部外者扱いしてはいけない。

ついでに言っておこう。極左勢力の私への攻撃は、徐々に増大しているようだ。しかも「名は売れているが、その実は伴わない」者ばかりだ。だが、私は常識を重んじる人間だ。このところ、常識について語る機会が増えている。ある人が、常識とは何ですかと尋ねた。例を挙げてみよう。例えば、一四の犬があなたに襲いかかってきたので、あなたは棒で犬を撃退した。その後、逃げた犬は仲間を引き連れて、また襲いかかってきた。その中には、大きな犬もいれば、狂犬もいた。そんなとき、常識は教えてくれる。逃げなさい！　犬に場所を譲るのだ。すると犬たちは狂ったように吠え、そのうちに吠え声の大小や骨の分配の違いで、互いに咬み合うようになる。一方、あなたは家でお茶を飲んだり本を読んだり、レストランに行ったりできる。ウイルスからの隔離も、人間を咬む犬の群れからの隔離も同じこと、これが常識だ。

二月二〇日（旧暦一月二七日）　家から出るな、さもないと私たちの命がけの努力は無駄になる

今日はまた快晴だ。これ以上はないほど、晴れ渡っている。暖かい陽光がこの寂しげな街の隅々に、寂しげな中山公園、解放公園、東湖の緑道に降り注いでいると想像すると、もったいない気が

する。

同僚と一緒に東湖の緑道をサイクリングしたときのことが懐かしい。ほぼ毎週あの緑道に出かけた時期もあった。人の少ない落雁《ルオイエン》島の方角を一回り、坂を上り橋を渡り、全三時間の行程だった。途中の辺鄙《へんぴ》な村で、農民から特別新鮮な野菜を買って持ち帰ることもできた。また、優雅な湖畔で話に花を咲かせることもできた。私たちは決して「鉄の双肩で正義を担う」*ような人ではあり得なかった。自分の身の丈に合った生活を送れれば、それで満足だった。ところがいま、サイクリング仲間二人（私の同僚）のうち、一人は病気で、一人は家族が病気にかかっている。どちらも新型コロナ肺炎ではないが、病名を言えば誰もが顔色を変えるだろう。彼女たちは私より、ずっとつらい思いをしている。こうした病人がいったい何人、苦痛に耐えているのだろう？　じっと待ち続けているのだ。

今日の感染症報道は、同級生たちの議論を呼んだ。武漢の新たな感染確認者が劇的に減少したことに、誰もが驚いた。これはどういうことだろうか？　今日が転換点なのではないか？　友人の医師も今朝早く、喜びに満ちたメールをよこした。感染を食い止めたぞ、不思議だ！　もう病床を増やす必要はない。あとは治療の問題だけだ。だが間もなく、彼は自分の意見を疑うメールをよこした。早すぎないか？　不思議すぎるよ！　信じられない。一時間後のメールで彼の考えはまた変わった。「細かく調べてみた。武漢のデータが劇的に下降したのは、感染確認の基準がまた変わったからだ。**……明日出るデータが鍵になる」

昼にも、同じような情報をいくつも見たので、また尋ねた。友人の医師は言った。今日のデータからは状況が明らかに転換すると結論づけることはできない。数日前に突然急増したのと、今日急激に減少したのは同じ原因だ。だが、全体としては好転している。私はさらに、転換点はいつ来るのかを尋ねた。友人の医師は自信を持って答えた。「一週間以内に訪れるはずだ」

一週間以内に転換点がやってくるのか？　私はそれを期待する。でも、期待が外れることが心配だ。

ほとんど同時に、別の書き込みを見た。同じく専門家の意見だ。ここに書き写しておく必要があるだろう。専門家は言っている。「新型コロナウイルスの殺傷力は、我々が想像したよりずっと強い。ウイルスは呼吸器系統を攻撃するだけではない。治癒したはずなのに症状が改善しない患者は、肺炎を合併しているだけでなく、心臓や肝臓、腎臓などにも損傷を受けている。造血機能にまで影響を受けていることさえある」専門家はさらに言っている。「我々が防護服を脱ぐまで、みんな家から出るな。さもないと、私たちの命がけの努力は無駄になる」

そのとおりだ。新型コロナ肺炎がどんなに恐ろしいかは、やはり専門家の意見を聞くべきだ。状況は好転しているが、少しも警戒を緩めてはいけない。間もなく封鎖一か月、知り合いの中には、我慢できなくなった人がいる。多くの人が、規則を破って外出したがっていると聞く。自分でしっかり防護しさえすれば、感染することはないと思っているのだ。現実に、感染しても自分でさえ気がつかない場合がある。帰宅して家族を感染させてしまってから後悔しても遅い。もしみんなが規則を破り出かけたら、街は人でごった返すだろう。そうなれば、私たちのこれまでの努力と苦しみは、すべて水泡に帰す。新型コロナウイルスの最も恐ろしい特徴は、その類い稀な伝染力だ。いま

＊　革命精神を宣伝する言葉。李大釗《りたいしょう》の人生を描いた同名のテレビドラマが二〇一〇年に放映された。

＊＊　無症状感染者を一時はカウントしていたが、またカウントしない方針に切り替えたことを指す。

は勢いが衰えつつあるウイルスだが、人々が外出すれば再び猛威をふるおうと待ち構えている。こんなウイルスに協力する気か？　実際、私たちはもうこんなに長く頑張ってきた。私たちのために命をかけてくれた人の努力を無駄にしてはいけない。これほど長く我慢してきた自分の努力を無駄にしてもいけない。

今日、隣人たちのグループチャットで、かつて黄鶴楼の再建設計を担当した向欣然《シアン・シンラン》先生〔一九四〇年生まれ。湖北省博物館新館の設計にも携わった〕が書いた「私の感謝、私の祈り」という一文を見た。それは、彼が自分を気遣ってくれる同級生に向けて感謝の気持ちを伝えたものだ。書かれたのは今日である。向先生は齢《よわい》八〇に近い。隣人の唐小禾先生の友人だ。以前会ったことがあるが、付き合いはない。今日この老先生の文章を読んで、感動もしたし、言いようのない悲しみも覚えた。先生の同意を得て、全文を記録する。

わたくし、向欣然は、わたくしたちの居住区の「感染症公告」を読んでいます。それによると、「武漢市の大々的な検査によって、居住区で見つかった感染確認者、疑似感染者、発熱者、濃厚接触者の四分類に該当する人は、計一五人である」とのことです。みなすでに「入院すべきは入院し、治療を受けるべきは受ける」ことになり、すでにここから離れました。

わたくしが住む居住地は、市の区分けによれば、新型コロナ感染症リスクの極めて高い地区です。いままでに、すでに六名の感染者が世を去りました。彼らの多くは亡くなるまで入院できなかったのです。団地の隣は感染症指定病院ですが、病床一つ得ることも難しく、診察を求める病人は夜を徹して並び、列は団地の裏門にまで続こうかというほどでした（団地は慌てて裏門を閉めました）。

これは武漢が封鎖された初期のことです。

わたくしたちの居住地はもともと、かつての建築設計院の職員宿舎でしたから、互いによく知っており、よき同僚、よき隣人でした。ですから、彼らの突然の死に、わたくしたちは驚き恐れ、受け入れがたい思いでした。この街の暗雲たれこめる日々、わたくしたちのように子供がそばにいない老夫婦は、なんと心細かったことか！

まさにそんなとき、微信に建三〔清華大学建築学科六三年卒〕の同級生からの声援が届きました。「君が武漢にいるので、ぼくたちは武漢の感染症との闘いを心配し応援しています！」そうなんです。一九六三年にわたくしたちは卒業して、計三名が武漢（中南建築設計院）に配属されました。まだ武漢で頑張っているのはわたくし一人だけです。

その後も、続々と同級生がネット上でわたくしに便りをくれ、さらにある同級生は直接電話をくれてわたくしを慰め励ましてくれました。遠くアメリカにいる同級生とは、微信で話し合うこともできました。……こうした友情は肉親の情にも劣らず、わたくしに温もりと力を与えてくれました。わたくしは永遠に、これを銘記し恩を忘れません！

特にわたくしを感動させたのは、ある同級生が転送してくれた恩師からわたくしへの激励の言葉です。先生はわたくしに、「健康に気を配り、水分を多く取り、ヨモギを燻《いぶ》して……」と言ってくれました。

本心を言えば、わたくしは死をそれほど恐れてはいません。わたくしはすでに中国人の平均寿命を超えており、自然な死が遅かれ早かれやってくるでしょう。しかし、感染症のために死ぬのは、まさに「他殺」と同じです。わたくしはとても受け入れられません！

わたくしは一か月ほど階下に降りていません。毎日のように五階のベランダに出て、周囲の死んだように静かな光景を見ながら呆然としています。

これまで多くの書き込みがありました。年寄りは何かを気にかけることも、何かを考えることも必要ない、ただしっかり食べ、楽しく遊び、ちゃんと生きればいい、と言うのです。これには一定の道理があります。なぜなら、何かを気にかけたとして何の役に立つでしょう？　この世界を変えるために何ができるのでしょう？　しかしながら、古い言葉があります。「朝《あした》に道を聞かば、夕べに死すとも可なり！」〔『論語・里仁』〕ですから、わたくしはやはり我慢できません。気にかけるし、考えもします。

この疫病が猖獗《しょうけつ》する日々、この長く続く都市封鎖の日々に、わたくしはずっと考えています。我が中国人はなぜにこんなに苦しむのだろう？　我が民族には、なぜにいつも耐えがたい災難が降りかかるのだろう？　ここまで考え、わたくしはただ祈るのみです。この大災難のあと、中国に平穏な世界が訪れること……それだけを祈っています。

文章には深い情がこもり、真実がある。「感染症のために死ぬのは、まさに他殺と同じです。わたくしはとても受け入れられません！」この言葉は、多くの武漢人の考えに違いない?!

向先生のような老夫婦だけの世帯は、武漢全体に少なくないはずだ。以前なら、家政婦やパートタイマーが手伝いに行けた。だがいまは家政婦やパートタイマーはみな正月を過ごすために帰省し、日常生活のすべてを自分でやらなければならない。私はかつて、劉道玉《リウ・ダオユー》*元学長は家に手伝いの人がいないのではないかと心配した。普段はいつも家政婦に頼っていたからだ。微信を通して、劉先生の息子夫婦が正月を過ごすために帰省し、老夫妻の面倒を見ているということを知った。同級生の老道の両親はともに九六歳で、団地の中に閉じ込められており、息子と娘は手助けに行くことができない。幸いなことに、この老夫妻は健康で、身の回りのことはすべて自分で処理できる。社会のお荷物にならないだけでなく、できるだけ子供たちに心配をかけず、楽観的な姿勢で市民とともに感染症の終息を待っている。

彼らの身になって考えてみよう。こうした老人が自分で日常の細々したことをこなすには、多大な労力がいるのではないか？　おそらく彼らは全エネルギーを使わなければならないはずだ。なぜなら、我々の経験からして、買い物、食事、洗濯、掃除、部屋の整理など、細々した家事は、決して容易なことではないから。居住区の職員は、老夫婦だけの家庭の環境を把握しているのだろうか。できる限り彼らにヘルパーを派遣しているのだろうか。

死神の暗い影は、まだ武漢三鎮〔武漢を構成する武昌、漢口、漢陽の三地区〕の上空を徘徊している。今日、その死神が私たちの眼前にも飛来した。『湖北日報』の著名な評論家の一家四人が感染したのだ。半月前に入院を申請したが、ずっと認められなかった。入院したときには、すでに重症化していた。本人は今日、亡くなった。この世界で、また一つの家庭が破壊された。

＊　一九三三年生まれ。武漢大学化学科を卒業し、一九八一年から八九年まで学長を務めた。

二月二一日（旧暦一月二八日）

遺体を国に捧ぐ、私の妻は？

封鎖から三〇日目。ああ、こんなにも長く続いているのだ。今日の陽光は素晴らしく、とても暖かい。ピクニックに出かけたい人もいるに違いない。昔の漢口人はよく後湖《ホー》にピクニックに行った。竹カゴを提げ、おやつを入れ、人力車に乗って出かけたものだ。現在の武漢三鎮は、ほとんどの湖畔に公園があり、どこもピクニックに恰好の場所となっている。黄花澇《ホアンホワラオ》の湿地は毎年春になると、見渡す限り、思い思いのポーズで写真を撮る人や凧揚げに興じる人でいっぱいになる。東湖の公園を埋め尽くす梅は、今年はきっと寒さにめげずに咲いていることだろう。すでに静寂の中で、散ってしまったかもしれない。しばし思いを馳せることにしよう。

人々がもう限界にきていることは明らかだ（遊びたい盛りの子供は可哀そうだ！）。ただ残念ながら、安全を考え、生活を考え、今後のことを考えると、いま私たちは家に閉じこもり、待つしかない。この感染症との闘いの中で、私たちが貢献できるのは、間違いなくこのことだけだ。

昨日の新たな感染者数の激減は、市民の間で大きな議論を呼んだ。友人の医師によると、これは計算法が変わったために起きた結果だという。計算法を修正したのは、数字の見栄えがよくなるからに他ならない。私が意外に思ったのは、今日政府がすぐにこの新たな計算法を否定したことだ。明らかに数字上の見栄えのよさは、感染症との闘いにとって意味はない。ただし、政府がこうも迅速に対応したということは、本当に空気が変わってきたと言えるのではないか？　結局のところ、事実に基づいて処理するしかない。迅速に誤った判断を修正し、各種の遺漏を補って、初めて感染症を制御できるのだ。

新指導者が来て、湖北の感染症との闘いは、これまでのもたつきと無策が一気に改められた。感染症対策に大鉈《おおなた》が振るわれて、明らかに方向性が変わった。取られた対策は、効果を上げているように見える。ウイルスに対して先手を打つことが大切で、ぐずぐずして死を招いてはいけない。時間との闘いが極めて重要だ。とりわけ武漢市は、ここ数日実行力を発揮し、短期集中のやり方を取っている。これは多くの動画や情報から、はっきりと見てとれる。

だが私は、政府高官は唐突に指示を出さないほうがいいと思うときがある。一般の市民は政府を信頼しているから、彼らに時間を与えている。高官も方針を決めたら、部下の事務員に時間の余裕を与えるべきだ。急ぎすぎると効果が出ない。例えば、武漢の街全体に網をかけるやり方で、全面的な検査を進めることはとても重要だ。このやり方で、すべての感染確認者、疑似感染者、発熱者、濃厚接触者の四分類を探し出す。だが、たった三日間でできるだろうか？　これは極めて現実的な問題だ。武漢はとても広く、市街区の構造も複雑である。団地以外の住民も多いし、さらに都市と農村の境界も入り組んでいる。事務員が三日ですべてを回るのは難しく、詳細な調査は望むべくもない。もし三日間頑張ってもできなかったら、どうなる？　区長のクビが危なくなる。すると、区長はどうするか。部下を次々にクビにするのではないか？

今日、別の動画を見た。どんなに説得しても、頑として隔離を拒む老人が映っていた。武漢は歴史的に、埠頭から発展した都市だから、自由奔放な人間が多いし、悪人も少なくない。だが、この老人を悪人と見なしてはいけない。ただ少し頑固なだけなのだ。悪人よりさらに多いのは、こういう筋金入りの頑固者なのである。動画の中では警官も打つ手がなく、強硬手段に出て頑固者を連行して行った。我慢強い説得から、強制的な隔離に至るまで、少なからぬ人が動員され、多くの時間が費やされた。だから、三日で足りるのかと思うのだ。私は区長たちを心配している。三日後にはみんな免職になって一人も残っていないのではないか。政府の高官はただ発破をかけるために大げさな要求をしただけであればよいのだが。

今日になっても、相変わらず悪いニュースが続いている。私は絶対に「悪いニュースを発信せず都合のいいことだけを発信する」人にはなれない。悪いニュースというのは、もちろん死に関するものだ。死神は休まず私たちの中をさまよい歩き、毎日毎夜、人を追い立てている。二九歳の彭《ポン・》銀《イン》華《ホワ》〔一九九〇年生まれ。江夏区第一人民病院、協和江南病院の医師〕医師が昨晩亡くなった。もともと彼は正月八日〔新暦二月一日〕に結婚する予定だったが、感染症のため式を延ばして治療の最前線に加わった。だが、不幸にして感染し、不幸にして世を去った。つまり、彼は花嫁を迎えることができなかった。若くて前途のある青年だったのに、本当に惜しまれる。そして、さらに悪いニュースは集団感染である。以前、あるネット投稿者がイラストを載せて、刑務所がいま最も安全な場所だと冗談を言っていた。ところが今日伝わってきたニュースは、全国の多くの刑務所の服役者が感染し、その感染源は看守だというのだ。これはひどい！　刑務所の中には、もともと反社会的な受刑者もいる。治療をするとなれば、厄介ではないか。微信で友人の医師に尋ねると、確かにちょっと面倒だという。ついでに、それでも状況はやはり改善しているのかと聞いてみた。改善はしているが、とてもゆっくりだという答えだった。

もう一つニュースがある。私は特にこのことを書き留めておかなければならない。武漢で肖《シアオ・》賢《シエン》友《ヨウ》という患者が亡くなった。死の直前に、彼は二行一一文字の遺言を残した。ところが、新聞は、

「曲がりくねった七文字の遺言が滂沱《ぼうだ》の涙を誘う」と報じた。涙を誘った七文字とは、「遺体を国に捧ぐ」である。だが実際は、彼の遺言には続けて「私の妻は?」という四文字があった。多くの一般市民は、この後半の文字に涙を流した。死の直前に自分の遺体を寄贈すると申し出るのは、感動的だ。だが、死の直前に残した最期の言葉が妻への気遣いだというのも、同じように感動的だろう。新聞のタイトルは、なぜ「曲がりくねった一一文字の遺言が滂沱の涙を誘う」と書かず、後半の四文字を削除したのだろう? 編集者は国を愛するのが大きな愛で、妻を愛するのは小さな愛にすぎない、とでも思っているのだろうか? 新聞はこういった小さな愛を蔑《さげす》んでいるのか? 今日、ある若者とこの話をしたとき、彼は大きくため息をついて、メディアのやり方に反発を示した。若者が自分の考えを持つのは喜ばしいことだ。私は、「政府は上の七文字を好み、一般市民は下の四文字を好む。メディアはニュースを重んじ、一般市民は人間性を重んじる。これこそが価値観の違いだ」と言った。

そこで思い出すのは、支援にやってきた医療チームのことだ。出発する前に、チームリーダーが一歩前に出て話をする。普通は三つの点を強調する。あるリーダーは、第一にチームの栄誉、第二に全力で患者を救助すること、第三に自己管理。別のリーダーは第一に全力で患者を救助すること、第二に自己管理、第三にチームの栄誉。どちらもチームリーダーの話で、強調する三つの内容はほとんど変わらないが、何を第一に置くかは、その人の価値観による。

自分の生活のことを話そう。私はいつも夜が遅いが、下の兄は寝るのが早い。だが、昨夜はずっと起きていてメッセージをくれた。おまえは日記を書いているのだろうが、おれは団体購入なんだという。こんなに遅くまで団体購入とは不思議だと思った。兄は言った。いろいろな団体購入グループに参加しているのだが、情報を見逃したものもあるし、情報を見たときにはもう売り切れていたものもある。三一日間も自宅にいたので、食べ物はすっかりなくなった。数日前には慌てたよ。団地の出入口が閉鎖されるというので、向かいのスーパーはごった返していた。ネットでは夜一一時半に販売が開始されるというので早々に品物を選んでカートに入れ、ちょうど一一時半に注文しようとした。ところがサイトに入れない。やっと入れたときは、品物はすべて売り切れていた。その夜、兄夫婦はすっかり慌ててしまった。幸い、それから二、三日のうちに、米、麺、油、薬、野菜などを注文できた。すでに届いた品もあれば、待っている品もある。私は兄に、安心するように言った。食べ物がないような事態にはならないだろう。中国はまだ、そこまで落ちぶれていない。下の兄が住む団地は、漢口で最も感染リスクの高い団地で、長い間危険度一位だった。兄は体があまりよくないので、万一感染したら大変だ。だから、私たちは絶対に外出してはいけないと言っている。集合住宅の中に三〇日以上も閉じこもっているのだから、とてもつらいことだろう。

私は下の兄に比べれば恵まれている。同僚や隣人がいつも手伝ってくれる。昨日は同僚の夫が突然、鶏スープを数缶届けてくれた。本当にびっくりしたが、ありがたく頂戴した。その同僚の交換条件は、私の当日の日記を最初に彼女に転送することだった。私にとって、これはボロ儲けではないか？　私はもちろん、二つ返事で了承した。作家協会の同僚は私にとても親切で、大多数は成長をこの目で見てきた人たちだ。この同僚も、そうだった。彼女が作家協会に就職したときは、恐らく二〇歳前だったろう。愛くるしく、同時に意志の強さがあった。その彼女が瞬く間にもう五〇歳だ。

ここまで書いてきて、同級生のグループチャットに、武漢がさらに一九の仮設病院を建設しようとしているという書き込みが転載された。それを見て私は数年前、武漢植物園の劉《リウ》先生が私のブログに書き込んでくれたコメントを思い出した。そのコメントをここに転記しておこう。

劉先生はこう提案している。もしも新型コロナウイルスとの闘いが短期間で終わらないなら、あまりにも長い武漢封鎖は国家の経済回復に影響を及ぼす。さらに封鎖による武漢市民の精神的打撃がもたらす一連の影響もある。そこで、「長江隔離モデル」を提案したい。具体的には、長江の中洲である白沙洲《バイシャー》、天興洲《ティエンシン》や現役を終えた客船などを活用するのだ。万単位の患者を収容できる。また、天興洲の面積は二二平方キロあり、マカオより二平方キロ広い。マカオの現人口は約六〇万人だ。だから、天興洲に一五万人収容の仮設病院を建設するのは問題ない。さらに、白沙洲と現役を終えた大型長江客船がある。もし、すべての感染症患者を長江の中に移し、ウイルスを上陸させないことにすれば、武漢は徐々に封鎖を解くことができる。武昌、漢口、漢陽の封鎖解除を時間と人数を分割して進めるべきだ。仮設病院の建設が間に合わないなら、まず一〇万のテントに収容して治療する。とにかく、封鎖を長期の方針にしてはいけない。国家は耐えられないし、一般庶民も耐えられない。

これは極めて大胆かつ興味深い考えだ。だが、長江の中洲のような場所で、汚水の処理ができるのか？　寒さの厳しい早春に人がテントで過ごすことができるのだろうか？　私にはわからない。専門家なら方法があるのだろうか？

いま、人々が経済回復について議論する時間は、すでに感染症について議論する時間を上回っている。多くの企業が倒産に直面し、多くの人が収入を失い、生存の危機が迫っている。これは直接、社会の安定に関わってくる。私たちは感染者を隔離するのと同時に、健康な人も閉じ込めた。それがこれほど長引いたので、今後はこれに付随する災難がきっと次々に訪れるだろう。すでに多くの人が呼びかけている、健康な人も生き延びなければいけない。
私には名案がない。ただ記録を続けるだけだ。

二月二二日（旧暦一月二九日）

蔓延は制御しがたい、これがじつに難題だ

今日も相変わらずよく晴れていて暖かい。ベッドに横たわってスマホを見る。最初に見たのは、ネット上で武漢の女性が居住区の対応を批判している音声だった。歯切れのよい武漢語で、てきぱきとした話しぶりだ。言葉は下品でなく、成語まで使っている。みんな爆笑し、彼女のファンになった人もいる。私自身も笑いが止まらない。彼女の訛《なま》りには馴染みがある。それは、私が青春時代を過ごした江岸区二七路一帯の住民が使っていた方言に違いない。純粋な武漢語ではなく、漢口の中心地帯で使われている本場の正統的な方言と比べると、いくらか違いがある。でも、私よりはうまい。多くの友人がこの音声を転送してきた。それで私は言った。武漢の女性が理解できたでしょう？　言葉に下品さはなく、筋道が通っている。武漢の上品な罵語と言うべきだろう。

素晴らしい天気だ。それに痛快な武漢語の罵語が加わって、気持ちのよい一日の始まりとなった。封鎖から一か月、再び中国新聞社副編集長の夏春平の取材を受けた。インタビューはネット上ですでに終わっており、彼らは午後やってきて写真を撮り、世間話をした。文聯の入口の当直は責任

感が強く、彼らはみな記者証などを所持していたのに、一人ずつ来訪者名簿にサインを求め、その上、熱まで測ったという。私は笑って彼らに言った。秘密調査員だと思われたのかしら？　だったら、私たちは大損することになる。今回、夏春平はマスクだけでなく、ヨーグルトと牛乳も持ってきてくれた。帰宅してから、チョコレートが一箱入っていることに気づいた。私はすぐ同僚に連絡し、「いつか当直になったら取りにきてね、お子さんにご褒美をあげるから」と言った。いつも私は、もらい物のチョコレートを同僚の子供にあげている。ある日、その子供が突然、「方おばさんは雷鋒の再来〔77ページ参照〕だね」と言ったことがあった。それからは、チョコレートをあげることがますます楽しくなった。立派な理屈がつくと張り合いが出るものだ。

夏春平一行を見送ってから半時間もたたないうちに、遠くアメリカにいる同級生からネットに公開されたインタビューが転送されてきた。撮ったばかりの写真も載っている。私は本当に驚いた。ネットの伝播の速さは、まったく不思議だ。私の父や兄はほとんど理工系で、私はその影響を受けハイテクへの適応力があると思う。パソコンでの創作も、一九九〇年から始めた。だが、やはり現代の科学技術発展のスピードにはついていけない。いつもその性能には驚かされる。「今日頭条《ジンリートウティアオ》」〔ニュース配信アプリ〕の誘いを受け、私は初日に彼らの「微頭条」〔「今日頭条」のミニブログ〕に一日分の日記を投稿した。すると、翌日には閲覧回数が二千万件、その後は三千万件に到達した。びっくり仰天だ。私のような日ごろ読者の少ない作家は、読者が多すぎると逆に恐ろしくなり、これはおかしいと思って、書き続ける気がしなくなる。同級生たちの励ましで、やっと続けられているのだ。

当局のメディア操作について、私はよく知っている。取材のときの質問は多いのに、採用される答えは少ない。そういう事情を理解しているので、私はできるだけ詳細に答え、彼らに選択の余地を与える。彼らが別の内容を付け加えてきた場合、私は妥協しない。すると彼らはあっさり削除し、私の本意を尊重してくれる。総じて言えば、中国新聞社の言論基準は緩やかではあるが、かなり慎重だ。パーソナルメディアのような気軽さと自由はあるはずがない。比較してみると、新浪網のブログの言論基準が最も緩やかである。特に私はそこの小さな枠の中に書き込むのが好きだ。毎回一気に書き上げ、気持ちがすっきりする。残念なことに、極左分子の組織的な投稿を防ぐことができず、私のブログは閉鎖されてしまった。彼らにひと言言っておこう。あなたたちは、私がブログに捧げていた愛情を台無しにした！

今朝早く、友人の医師が感染症に対する見解を送ってくれた。私は午後、改めて状況について尋ねた。回答の概略は以下のとおりである。三日間のデータに基づくと、好転はしているが、質的な変化はない。現在のところ、感染症の蔓延はまだ完全に制御できたとは言えない。疑似感染者の総数は依然として多い。ただ、病床の逼迫はいくらか緩和している。緩和の理由は、一に退院者、二に死者だ。死者数は毎日百人近い。

これはつらくなる情報だ。武漢市の一斉調査はすでに広範囲に及び、多くの市民はうんざりしている。だが、感染の蔓延は相変わらず制御されていない。そのためだろうか、武漢市はさらに一九の仮設病院を作るという。病床を増やして患者を受け入れ、軽症患者が重症化するのを防ぐためである。友人の医師は、以前の発言を繰り返した。発生初期のころからの重症患者と重篤患者は、武漢にまだ一万人近くいる。だから、死亡者数が減少しない。重篤患者は呼吸が困難で、その問題の解決を酸素吸入器などに頼っている。昨夜読んだ財新《ツァイシン》〔独立系の経済メディア〕の記者の記事を思い出す。一本の吸入管が生死を分けるという内容だった。

友人の医師の話の中に、「いま漢方薬に一定の治療効果がある」というひと言があった。私は、ネットの友人が漢方薬の効果はどうなのかと言っていたのを思い出し、その質問を友人の医師に丸投げした。彼は西洋医学の専門家だから、私は現在彼らがこの問題をどう見ているかを知りたかった。

友人の医師は次のように答えた。多くの病院ではすべての患者の担当を漢方医が引き継ぎ、治療効果を上げている。もちろん、漢方医も西洋医学の薬と方法を使う。中国医学と西洋医学の結合には明らかな効果があり、国家レベルの高い評価を受けている。当初は、西洋医学側が強く反対し、嘲笑する声もあった。いまは効果が出たので、反対した人はみな黙っている。感染症との闘いが終了したら、国は中国医学の発展を強く支持すると思う。漢方医が今回の闘いの中で存在感を示したことは、衆目の一致するところで、西洋医学側も認めざるを得ない。それに中国医学は安上がりだ。自分は中国医学の心得がないが、これまで漢方を排斥したことはない。五千年の中華文明は途切れることなく続いている。西洋医学が中国で主流となったのは数十年来のことにすぎず、中国医学に効果があることは間違いない。友人の医師の以上の話は、何回かに分けて送られてきたもので、私が一つにまとめたのだが、すべて本人の言葉である。

私の同級生の中に、いま中医学院で教えている人がいる(中国文学科を卒業して中医学院に就職した。古代の医学書でも教えているのか? 私も尋ねたことがない)。感染症が発生してから、彼は、中国医学による治療は必ずよい効果をもたらすと主張してきた。しかも、一貫してこの考えを宣伝し堅持している。さらに、武漢では中国医学がちゃんと利用されていないと腹を立て批判している。私は友人の医師の意見を大学の同級生のグループチャットに上げた。すると一人のメディアの仕事をしている同級生が、「ある意味でコロナウイルスは中国医学を救ったな」と書き込んだ。この言葉は、驚きでもあり恐ろしくもある。

思ったとおり中医学院の同級生は返信してきた。今回のウイルスには、本当に感謝しなければならない。おかげで中国医学と漢方薬は面目が立った。中国医学は西洋医学と思考経路が違う。「中国医学は相手に活路を残し、体内から出ていってもらう。そのあと相手が死ぬか生きるかは関知しない（一般的には生きられない）。西洋医学はウイルスを死滅させる。殺したつもりでも死ななければ、もうお手上げだ」これは彼の考えで面白いが、偏りがあるのではないかと思う。彼の理解する中国医学は哲学的で、一方彼の西洋医学理解は歪んでいる。

夜になって、同級生のグループチャットで再び中国医学について議論があった。中国医学を認めない人が少なくない。中医学院の同級生が再びはっきりと意見を述べた。厳密に言えば、中国医学と西洋医学を結合することはできない。別々の道を走る車のように理論がまったく違うから。現在のいわゆる中国医学と西洋医学の結合は、漢方薬を西洋医学の機材と設備と一部の薬と一緒に使うということだ。これで双方の長所が発揮される。だが、ここには大きな問題が含まれている。矛盾と言ってもいい。

中国医学と西洋医学の話題に関して、私はまったく素人だから、発言をそのまま記録している。いつも自分が診察を受けるのは、主に西洋医だ。だが、日常の健康管理には漢方薬を使う。例えば、毎年冬になると、多くの生薬を煎じて飲む。私はこのやり方を同僚の楚風に紹介した。彼女は飲んだ後、だいぶ体が楽になったと言っている。

ここまで書いたところで、突然あるニュースが入った。今朝述べた「武漢語の罵語」に政府の各部署が注目しているという。居住区を担当する役人や規律委員会などが乗り出して、中百《ジョンバイ》スーパーはすぐに対応を改善した。こうしてみると、罵語にも効果があるのだ。ある友人によると、この「武漢語による罵語」の英語版がもう出ているらしい。私はまた笑い転げてしまった。

武漢語による罵語は、些細なことが発端で飛び出してくる。実際のところ、封鎖が長引き、一般の市民にとって飲食の問題が自然と目立ってきている。団体購入が続くうちに、この方式の欠陥が明らかになってきた。各団地の入口は、毎日団体購入した品物を受け取りに来た人で混雑している。その上、注文した品物は一度に届くわけではない。団地によっては数回に分けて受け取っている。もともと、外出は一日一回だったが、団体購入が始まってからは一日に数回外出するようになった。同時に、住民の中には迷惑な人もいて、生活必需品を買うだけでなく、ケースごとビールなどを買ったりする。団体購入を手伝いに来ているボランティアは運搬作業で疲れ果ててしまう。たとえ日常生活の必需品の購入でも、科学的な管理が必要だ。だが、どうすればより科学的に管理ができて、それが感染症の拡大防止に通じるのか。一人の小説書きには、よく理解できない。

今日、ある人がネット上で、感染者の推移を以下のようにまとめた。第一波は春節前の感染者、第二波は院内感染者、第三波はスーパーでの感染者、第四波はでたらめな団体購入による感染者。

友人の医師は言う。ウイルスの蔓延は制御しがたい、これがじつに難題だ。

二月二三日（旧暦二月一日）

自分で下した選択なら、その責任を取るべきだ

今日も快晴だ。幼いころ、家に『快晴』という題名の本があったことを思い出す。内容はもうすっかり忘れてしまった。数日前、梅の花はもう散ったと思っていたが、昨日突然、庭の紅梅が満開に咲き誇っていることに気づいた。しかも、今年のように美しく艶《あで》やかに咲くことは、これまでなかったように思う。ある種どっしりした存在感がある。

旧暦の正月はあっという間に過ぎた。私たちはもう封鎖が何日目になるのかを数えようともしない。どうせ家にいて静かに、忍耐強く、できるだけ落ち着いて待つしかないのだ。待っているのは転換点ではない。いつ外出許可が出るのかを待っているのだ。私にとって、転換点が来るかどうかは、重要ではなくなった。先行きはわからないのに、苦労して追い求める必要があるだろうか？雷神山病院の王院長が言っているとおりなのかもしれない。彼は「転換点はもう過ぎ去った」と言っている。つまり、武漢の最も恐ろしく悲惨で苦しい日々は遠ざかった。現在の状況はゆっくりすぎて、じれったいけれども、改善に向かっている。

だが、私たちはまだ死の網から逃れていない。今朝、若い女医が殉職した。二日前に亡くなった彭銀華と同じで、わずか二九歳。名は夏思思《シア・スースー》〔一九九〇年生まれ。協和江北病院の医師〕。二歳になる子供が残された。さらに夜、四〇を出たばかりの男性医師が世を去った。名は黄文軍《ホアン・ウェンジュン》〔一九七七年生まれ。孝感市中央病院の医師〕。ため息とすすり泣きを禁じ得ない。その後、人々は黙々とこの情報を転送した。いったい殉職医師は何人目になるのだろう？

今日、私は考えている。体力の劣る人が感染しやすいと言われていたのではないか？　感染初期に治療を受けられなかった人が重症化し結局死に至ると言われていたのではないか？　二九歳と四〇歳の彼らに、この二つは当てはまらない。なぜウイルスに抗しきれなかったのか？　私は友人の医師に疑問をぶつけた。彼は言った。そうだ。高齢で基礎疾患を持つ人は、容易に死に至る。医療スタッフは感染しても、確かに恵まれた治療が受けられる。それなのに、なぜ死に至ったのか、これは個人の体質の違いが関係している。人によって、ウイルスに対する反応が違う。友人の医師の話もはっきりしなかった。このウイルスは捉えどころがないんだ、と彼は以前と同じことを強調した。私は昨日、九七歳になる老人が治癒して退院したというニュースを目にした。それで、医療スタッフの致死率がこれほど高いのには、別の可能性があるのではないかと思った。

今日は同級生のグループチャットで、在学時の班長の老楊《ラオヤン》が私と老夏《ラオシア》を表彰してくれた。私と老夏は当時老楊の班のメンバーだった。老楊は北京で役人になったが、私たちにとっては、やはり彼が班長なのだ。大学の同級生はほとんど退職し、一九六〇年代生まれの数人だけがまだ仕事をしている。老夏もその少ない中の一人だ。一九七八年に入学した当時の老夏は、まだ一七、八歳で、童顔なので、一四、五歳に見えた。それでもなぜか、当時からみんなは彼を「老夏」と呼んだ。

老夏はメディアの人間だ。卒業後、メディアの仕事に就き、現在に至っている。一度も職を変えていない。老夏によると、感染症が流行してから、新聞社は戦時体制に入ったという。記者は最前線に出て、ネタがあればどこへでも直行する。報道の仕事以外に、居住区の職員の手伝いも命じられた。彼も四つの居住区を担当し、必死で感染拡大防止に努めている。さらに住民サービスとして、野菜や薬の購入なども手伝った。何事も誠心誠意を尽くすことは簡単ではない。同級生の中で、老夏だけが感染症の最前線で忙しく働いている。彼は冗談めかして言った。「老八舎を代表して貢献しているんだ」「老八舎」とは、私たちが武漢大学で学んでいたころの学生宿舎の名前だ。一人の同級生が、今年の「感動老八舎」賞を彼にあげようと提案した。

私の知る限り、今回武漢に来て感染症の状況を取材した記者は三百人ほどいた。各サイトやパーソナルメディアの記者も加えれば、おそらく三百人を超えるだろう。まさに彼らが各地を奔走し、様々な人を取材し、原稿を書いてくれたおかげで、外出せずとも多くの臨場感があり内容の深い報道に接することができたのだ。記者の中には、問題をとことん追及し、細部を見落とさず、キーポイントとなる時間と場所を押さえた報道をしてくれた人がいた。そのおかげで、さらに多くの問題点が暴かれ、無数の英雄的人物や事件が人々の知るところとなった。

だが武漢は、汶川《ウェンチュワン》地震〔二〇〇八年五月一二日に発生した、いわゆる「四川大地震」のこと〕の現場とは異なる。ここは疫病地帯なのだ。どこが危険なのかは、わからない。取材相手がウイルス感染者かどうかもわからない。あるいは、わかっていても、会いに行かなければならないときもある。多くの記者は若く、プロ意識が強く、危険を厭わず命をかけて働いているという。私も若いころ、テレビ局で働いていたことがあるので、遠方への取材がどんなに疲れて面倒なことかは、身に染みている。

ただ、今日目にした文章は、内容がとても辛口で、胸に響くものがあった。自分の反省のためにも、その中の一段をここに引用しておきたい。

「湖北と武漢のメディアの社長は、とんでもない連中だ。一部の官僚に責任があることは言うまでもないが、おまえたちも恥ずかしいと思わないのか？　数千万の湖北省人の安全よりも、自分の出世や待遇が重要なのか？　おまえたちは長期にわたって専門的な訓練を受けたのに、このウイルスの危険度を知らないのか？　なぜ反抗精神を示して、真実の報道をしないのか？」

とても厳しい言葉だが、反省しなければならない。ただ、この文章を書いた人も知っているはずだ。基本的な常識があり、技術水準が高く、職業倫理をわきまえたメディア指導者はまだいるだろうか？　長年のうちに、よいものは淘汰され、ダメなものが残って、結果として優秀なメディア人材は大量流失してしまったから、ドングリの背比べだ。メディアの仕事を踏み台にして出世しようとする人が多いのではないのか？　彼らはもちろん、タブーを犯して正月の期間に人民のために呼びかけたりはしない。正月には何をするべきか、メディアの人間なら知ってるのだろう。人民のことに言及しても、彼らの眼中に人民は存在しない。彼らはただ上司に対して責任を果たせばいいのだ。なぜなら、彼らのポジションは上司に与えられたものだから。人民とは、びた一文の利害関係もない。

湖北省や武漢市にも、勇敢でプロ意識が豊かな記者は多くいる。張欧亜《ジャン・オウヤー》〔『湖北日報』の記者。一月二四日にブログで武漢市のトップは交替すべきだと主張した〕は大声で政府のトップを換えろと言い放ったではないか。ただ残念なことに、こうした声に対する彼の上司の反応は、ウイルスに対する反応よりも速かった。彼らはまず第一に周囲と違う声を上げた人をどう処分するか考えるが、ウイルスという悪魔のことはまったく問題にしない。ウイルスのいちばん近くにいるのは、医療スタッフを除けば、メディアの記者に他ならない。記者はウイルスを前にして恐れることなく闘えるはずだが、感染症発生初期には沈黙を押し通した。これは悲しむべきことだ。話を元に戻そう。メディアの仕事をする人は可哀そうだ。双方から批判されるから。上からは真実を報道するなと言われ、下からは真実を報道しろと求められる。彼らはいつも、自ら選択ができない。だが、上からの命令を聞くしかないことが多い。そうであるなら、下から罵倒されたとき、彼らは甘んじて受けるしかない。自分で下した選択なら、その責任を取るべきだ。私はずっと、そう思っている。

今日、我が家の玄関前がまた消毒されたようだ。家にいると、外の様子がわからない。ゴミ出しのとき、初めて貼り紙を見て消毒のことを知った。夜、この付近一帯の管理者の小周《シアオジョウ》から、「愛《アイ》心菜《シンツァイ》」〔武漢市政府が品不足を解消するために無料または安値で提供した野菜類〕は玄関前に置きましたというメールが届いた。飛び出してみると、大きな袋が二つ、「チンゲンサイ」だ。とても新鮮で、見た目もいい。どこからの寄贈品だろう。これはまさに私がほしかった野菜だ。

二月二四日（旧暦二月二日）

ある国の文明度を測る唯一の基準は、弱者に対して国がどういう態度を取るかだ

旧暦二月二日は、龍擡頭《ロンタイトウ》〔冬眠していた龍が頭をもたげる日とされる〕だ。春耕は今日から始まる。だが、今年はこの日、畑で作業をする農民はいるのだろうか？　晴天が続き、暖かい。大きな太陽が照りつけて、ウイルスを殺してくれるような感じがする。庭のコウシンバラが芽を出した。私はほとんど世話をしていないのに、コウシンバラは相変わらず生命力旺盛だ。

普段は、いつも仟吉〔101ページ参照〕の「工匠パン」を食べている。今日、そこの社長の陸《ルー》さんがパンを段ボール一箱分届けてくれた。どう感謝すればいいのかわからない。宿舎の出入口の当直をしていた同僚の道波《ダオ・ボー》が、遠くから私に気づいた。歩き方ですぐ私だとわかったという。私の歩き方は大股で速いほうだが、彼女はいつもハイヒールを履いていてゆっくり歩く。以前、一緒に出張に行ったことがあったが、彼女はほとんど私の歩みについてこられなかった。彼女は家まで段ボール箱を運んでくれたので、私はパンを一袋おすそ分けした。私たちは、よく食べ物を交換し合う。私が彼女の好きな鉄観音を送ると、彼女は自分が作った料理を私のところに届けてくる。こうした関係が、もう何年にもわたって続いてきた。彼女の作る藕夾《オウジア》〔レンコンの挟み揚げ〕や珍珠元子《ジェンジューユアンズ》〔もち米シュウマイ〕は私の大好物だ。文聯の宿舎に住んでいる最大の長所は、食べ物に困らないことだ。

北京にいる同級生がグループチャットに、武漢の感染症防止指揮部が出した一八号令は何なんだという書き込みをした。事情を知っている同級生がすぐに解説した。一七号令の内容が間違っていたので、一八号令はそれを否定するために出された。悪事は千里を走るという言葉は、まさにそのとおりだ。すると今度はネット上である教授が「朝令暮改」という成語を引用し、その後すぐ、これは「朝令暮改」ではなく、「朝令午改」だと言った。ああ、全国の人々が注目しているのに、武漢はとんでもないミスをよく犯す。本当に困ったことだ。

発生初期の対応の遅れで重症化した患者を、医師たちはいま全力で治療している。だが、致死率はなかなか下がらない。この病気は重症化すると、本当に治癒が難しい。助かるかどうかは、ひとえに抵抗力にかかっている。一方、軽症者を重症化させないことについては、現在の対応で問題ない。仮設病院に入院した患者は治っても退院したがらないという。仮設病院は広いスペースがあり、食事もおいしい。ダンス、合唱、雑談、トランプと、遊びの相手にも事欠かない。そのほか、何かあれば見てくれる人がいる。重要なのは、すべてが無料だということだ。寂しく自宅にいるよりはずっと心強い。考えてみれば、笑うに笑えない話だ。

感染症を抑え込み、蔓延を許さない。これが現下の最大関心事であり、現下の最大難事でもある。

武漢の新指導部は各戸の訪問調査という厳しい命令を下したが、この都市には現在なお九百万の人口がいる。広大な地域に住む、複雑な生活環境の市民を個別訪問するのは、現実には難しい。居住区の職員に加え現場に派遣された幹部や大学の教員までが動員された。一人が一〇人、百人、千人を調べなければならないのはまだしも、感染の危険もある。相手がドアを開けなければ、どうすることもできない。いつも警官を呼ぶわけにはいかない。警察の力にも限界がある。さらに、居住区の職員や公務員も、防護服は言うに及ばず、マスクを集めるのさえ容易ではない。数日前、作家協会の同僚が電話をよこし、防護服を入手する手立てはないかと言った。私は問い合わせてみたが、大変難しいことがわかった。防護服を医師と奪い合うわけにはいかないだろう。感染の危険の高い居住区で、こうした仕事を進める人の安全を確保するのは難しい。仮に彼らが感染し、帰宅して家族に感染させたら、それこそ大変なことではないか？　是が非でも、感染確認者、疑似感染者、発熱者、濃厚接触者の四種類の人を探し出し、隔離と治療を行わなければ、武漢の封鎖解除は永遠に望めなくなる。だから、戸別調査を行い感染症の蔓延を防止することは、とにかく武漢の最大重要事だ。

昼になって、北京にいる同級生が中国文学科一九七七年組の張《ジャン》ADの提案を転送してきた。ADは言う。膨大な潜在的感染者の数は確認する方法がなく、このことが、全国の感染防止策にとって最大の障害となっている。今朝このことを考え、焦燥のあまり気が滅入ってしまった。そこで彼は自分の提案を私に世界に拡散してほしいという。私はそれを読み、有効かもしれないと思ったので、ここに貼り付けることにした。

私の提案：国の各部門の許可を得て、三大通信会社（中国電信、中国移動、中国聯通）を動かして、全国のスマホユーザーに通知し、国家緊急事態における有効なフィードバック機構を打ち立てる。全員が毎日の健康状態を登録し、杭州や深圳などで使われている健康アプリを導入する。前述の三大会社のほか、民間のオンライン決済システム（ウィーチャットペイ、アリペイ）も加える。五社の顧客情報によって、全国一四億人の大多数をカバーすることができる。スマホやアリペイを使っていない人は、感染症が流行している地区にはほとんどいない。年配者にも手助けする家族がいるから、知らせることができる。さらに、深圳の大疆《ダージアン》（ドローンの大手メーカー）のドローンや多くの優れたドローン会社の参入（国家緊急事態下の徴用とする）を得て、感染地区でドローンによる検査を実行する。放送、通信、空中監視システムによって、地上における人の接触をできるだけ減少させ、仕事の効率をできるだけ高め、未調査の潜在的感染者の問題をできるだけ早く解決する。これが当面の急務だ。

スマホ、微信、アリペイの顧客を把握することには、もう一つ大事な意味がある。すべてのユーザーの一定期間内（例えば一一月一日から現在まで）の行動を正確につかむことができる。誰も逃れることはできない！

以上はADの原文で、私はそのまま転記した。合理的か否か、利用できるか否かは、専門家に考えてもらおう。ADの父親は「黄河大合唱」の作詞者の張光年《ジャン・グアンニエン》先生（一九一三～二〇〇二。詩人、文芸評論家）で（先に触れた同僚の道波の伯父は「黄河大合唱」の作曲者の冼星海《シエン・シンハイ》（一九〇五～一九四五。「黄河大合唱」は一九三九年に作曲）である）、私は雑誌『今日名流』の編集をしていたとき、張先生の日記数篇を掲載したことがある。後に日記が出版されたとき、張先生は一冊贈ってくれた。本に手紙が挟まれていて、ADと私が同級生であることに言及していた。張先生は地位が高く、同じ世界の人なので〔中国作家協会書記処書記、同副主席を務めた〕、私は気が引けて、返信しなかった。あのころの私は若く、自分に対して厳格すぎた。有名雑誌の編集長という立場を借りて各地の有名人と交流することを慎しみ、反対にできるだけ有名人と距離を保っていた。しかし、のちに張先生が亡くなったと聞き、私は自分の迂闊《うかつ》さをとても後悔した。

午後、財新の記者の文章を読んだ。主な内容は、福祉施設や養老院に暮らす老人たちの感染症社会での生活状況だ。感染症がなかったとしても、老人は弱者の中の弱者であり、社会の中心から最も離れた人たちだ。彼らの日常生活は平均水準に達しているのか、多くの人は疑問に思っている。ウイルスが健康な人を次々に襲っているとき、彼らの状況は想像するに忍びない。

じつはおよそ一〇日近く前、福祉施設の老人たちが感染し、相次いで亡くなったと聞いた。ニュースソースは信頼できるものだったが、確認が取れなかったので、すぐネットに上げることはしなかった。私を罵倒しよう、私のアカウントを取り上げようと狙っている人がたくさんいるのだ。いま、記者が極めて詳細な取材をし、場所、人数、名前、時間をはっきりと公表してくれた。もはや誰も否定できない。「涙も枯れ果てた」というような言葉では、私たちの悲しみはとても表現できない。

財新の記者（TAに感謝！）の文章は述べている。昨日、「康養《カンヤン》センター」に入っている何人かの老人の家族は電話を受け、不安になった。隔離のためにホームから出ることになったという。隔離されて、どこへ行くのか？　世話はしてもらえるのか？　どのような基準で隔離と治療が決まったのか？　残される老人は感染していないのか？　有効な予防治療をしてもらえるのか？　老人たちのPCR検査の結果は知らされるのか？　施設側は本当の状況をすぐ明らかにするのか？　政府は養老院の医療、看護の人手や資源を増やしてくれるのか？」家族はいてもたってもいられず、じりじりと回答を待っている。だが私は、政府がこの件を引き継いだからには思いやりを発揮して、こうした老人の抱える問題を軽視することはないと思う。

私は言っておきたい。ある国の文明度を測る基準は、どれほど高いビルがあるか、どれほど速い車があるかではない。どれほど強力な武器があるか、どれほど勇ましい軍隊があるかでもない。どれほど科学技術が発達しているか、どれほど芸術が素晴らしいかでもない。ましてや、どれほど豪華な会議を開き、どれほど絢爛《けんらん》たる花火を上げるかでもなければ、どれほど多くの人が世界各地を豪遊して爆買いするかでもない。ある国の文明度を測る唯一の基準は、弱者に対して国がどういう態度を取るかだ。

今日は、もう一つ記録すべきことがある。私のブログは数日前、すでに閉鎖解除された。当初はもう戻る気がなかった。言ってみれば、一種の失望感だ。その上、ブログには例のごろつきが多いうえ、同級生たちからも精神衛生上悪いからブログはやめたほうがいいと言われた。だが、その後よく考え、やはりブログを再開することにした。少し前にある音声を聞いたことがあった。最後のひと言は「世界をあなたが軽蔑する人に譲り渡してはいけない」だった。それと同じ理屈で、気に入っているブログの地盤を私が軽蔑する人に譲り渡してはいけない。幸い、ブログにはブラックリストのシステムがある。私を罵倒したことのある人は、一律受け取り拒否にできる。ブラックリストのシステムこそ、私がごろつきウイルスを隔離する防護服であり、N95のサージカルマスクだ。

二月二五日（旧暦二月三日）

葬送曲が終わったら、私たちは解毒剤を探そう

驚くほどよい天気で、昼の温度は二〇度に達したのではないか？　暖房をつけると、暑く感じる。だが、夜になると突然雨になった。本当におかしな天候だ。どのみち外出はできないから、スマホを見ることが日課となっている。

朝早くに見たいくつかの動画について言いたいことがある。動画は二種類に分けられる。一つは、他省から寄贈された野菜が湖北省に到達したあとの災難だ。中途で抜き取られたり、袋ごとゴミの山に投げ入れられたり、倉庫で腐ったりしている。こうした動画は多かった。もう一つは、団体購入する野菜があまりにも高いと言って住民が激しく抗議する姿だ。多くの一般市民は、よく考えてお金を使っている。野菜を買うときも、何度か選び直してから買う。量り売りの醤油の価格が一分《フェン》〔約〇・三円〕でも下がると、客は長蛇の列を作る。なぜか？　その日暮らしなので、一分でも節約したいのだ。団体購入は品質も種類も選べない上に、高すぎる。市民が文句をつけるのは無理もない。さらに言えば、これほど長く閉じ込められ、イライラも募っている。

説明しておきたい。これらの動画はどれも友人が転送してくれたもので、私には真偽を確定することができない。だが、真偽はどうであれ、寄贈された大量の野菜はもっと合理的な分配システムが必要だと思う。現在のやり方では、一方は供給がうまくいかず、一方は高くて手が出ない。どちらも困っている。その上、寄贈してくれた他省の人たちの善意を傷つけることになる。いっそ、寄贈された野菜は卸売部門を通して各スーパーに統一分配すればいい。スーパーに対しては、通常価

格か低価格の団体購入で市民に行き渡るよう、厳格に指導する。売り上げは義援金とするか、または今後も通常価格で仕入れるための補助金として使う。こうすれば、一般庶民は安く買えるし、居住区の職員は運搬、仕分け、配達といった仕事から解放される。もちろん、職場や居住区が自ら入手した「愛心菜」〔136ページ参照〕は職員によって各家庭に届けられるが、これは別のことだ。暑くなるにつれて、野菜の保存はますます難しくなる。何事も現実に合わせて対応しなければならない。

　感染症の話を続けよう。今朝、友人の医師が情報を送ってくれた。武漢を除いて、ほかの地域の感染症はほぼ制御できている。武漢だけ蔓延が続き、うまく制御できていない。病床の逼迫《ひっぱく》状態は徐々に緩和されたのに感染症が蔓延し続けていることが、私にはどうしても理解できない。武漢は一か月以上封鎖されているから、たとえ二四日を隔離期間と考えても、発病する人はとっくに発病しているはずだ。外出しないでいれば、新たな感染者は減り続け、最後はゼロになるだろう。なぜ新たな感染者がまだ出るのか？　友人の医師も合点がいかないらしく、感染確認者と疑似感染者が新たに出る原因がわからないと言っている。感染源はどこにあるのか、究明しなければならない。新たな感染ルートを分析し、ターゲットを絞って感染防止策を調整するべきだ。私たちがこれほどの犠牲を払っても、隔離効果は考えていたほど理想的ではない。友人の医師は、再び「捉えどころがない」という言葉でこの新型コロナ肺炎を表現した。そして、このウイルスとは一定期間にらみ合いを続けねばならず、長期戦になると思うと言った。

　長期戦になるということは、私たちが家の中に隔離され続けることを意味する。それがどれだけの期間になるのかは、おそらく誰も知らない。これはとても苦しい隔離だ。ネット上の冗談も減った。武漢人は大変だ。発生初期は緊張とパニックの日々を過ごし、次に未曾有の悲しみ、苦しみ、孤立を味わった。いまは、パニックも悲しみもないが、言いようのない憂鬱と焦燥に覆われて、ただじっと待っている。本当にどうしようもない。いま、私は自分に対して、またすべての人に対して言いたい。やはり私たちは待とう。それ以外に方法はないのだ。すでにこれほど長く待ったのだから、この先はそんなに長くはないと信じよう。世界保健機構（ＷＨＯ）の人たちは武漢に来て、謝意を示した。感謝されても何の慰めにもならないが、少なくとも全世界の人たちは知っただろう。私たちは彼らのために犠牲となった。私たちが家に閉じこもっているのは、彼らが自由に行動するためなのだ。最も退屈で品のないテレビドラマでも見て暇をつぶそう。例えば「春光燦爛猪八戒*」だ。どうせ、ほかにやることはない。

朝、もう一つ動画を見た。一人の女性がマスクをつけず、外出しようとしている。どんなに説得しても、彼女は帰ろうとせず、マスクをつけずに話そうとする。こうした人と出会うと、現場で働く公務員であれ、居住区の職員であれ、どうすることもできない。また、別の動画では、人通りの絶えない狭い道で、小さい店がみな営業しており、いつもと変わらぬ賑やかさだ。動画の投稿者は、この人出はとても武漢とは思えないと言っている。私の知り合いなら誰もが名前を知っている道だ。こうしたショットがまだたくさんあった。これではほとんど隔離の意味がない。彼らの大半が感染症は自分と関係ないと思っている。だが、感染拡大が抑えられず、私たちが自宅待機を続けるしかないのは、彼らと大いに関係しているのだ。

昨日私が転載したＡＤの提案について、多くの人が、プライバシーが暴かれるから反対だとコメントした。こうした考えは少なくない。私はこのコメントをＡＤに転送した。ＡＤは次のように返信してきた。「そのとおり。個人の行動は本来プライバシーそのものだ。でも、いまは感染の危険が身に迫っているし、感染の有無の見極めも難しい。やはり国家緊急事態の下では、あらゆる有効な手段を用いるべきだろう！」

じつは昨日転送したときも、私はこの問題を意識していた。とりわけＡＤの最後の「誰も逃れることはできない」という言葉を見たあと、数秒躊躇した。だが、結局ネットに上げた。なぜなら、私はいま武漢にいるからだ。私は、九百万人の生存権はプライバシーより重要だと思う。私たちの現下の最大関心事は、生き続けることだ。プライバシーは命と比べれば、何でもない。手術台の病人は医師を前にして、おそらくプライバシーを気にしないだろう。まして、ハイテクは幸福をもたらすし、災いももたらす。もちろん、悪を取り除くこともできる。武侠小説の中の毒を扱う名人は、懐の中に解毒剤を隠しているものだ。現在の武漢市民にとって、プライバシーは第一になり得ない。生き続けること、それが第一だ。

死神がこの地でまだ葬送曲を奏でている。葬送曲が終わったら、私たちは解毒剤を探そう。

今日、同級生がチャットで報告した。出かけようとしたら三歳の孫娘が、「おじいちゃん、外はウイルスだから、出かけちゃダメ」と言ったという。また、別の動画では、三歳くらいの子供が遊びに出たくて、「ウォルマートに行くだけだよ」と言いながらお父さんから鍵をもらおうとしている。もちろん最も悲惨なのは、おじいさんが亡くなったあと、外のウイルスを恐れて自分から外出する勇気がなく、ビスケットを食べて数日を過ごしていた子供だ。家に閉じ込められる多くの子供たちは、大人からどのように脅かされているか、知っている。ウイルスだ！　ウイルスだ！　ウイ

＊『西遊記』をパロディー化した連続テレビドラマ。二〇〇〇年に放映され、大ヒットした。

ルスは彼らの心に住みつき、悪魔のような存在になっている。いつの日か、外出を許されても、外へ出る勇気のない子供がいないとも限らない。また、このウィルスの影が子供たちの心にどれほどの期間残るかもわからない。弱者である子供たちは、この世界で何も間違いを犯していないのに、大人たちとともにこの苦難を引き受けている。午後、私たち数人の同僚はネット上で、一月二〇日前の体験を振り返り、ひとしきり悪事の張本人を罵倒し、ようやくすっきりした。私たちはみな傷を負っている。振り返ってみれば、私たちは運がよかったのではなく、たまたま生き残っただけなのだ。

午後、「今日頭条」に『長江日報』の例の記事〔123ページ参照〕のための「尻ぬぐいの文」が載った。おそらく、「当てこすりの名人」の仕業だと思われる。『長江日報』のある記者の言葉を引用し、私と戴建業《ダイ・ジエンイエ》教授*に攻撃と嘲笑を浴びせ、私たちを「ほら吹き」だと非難している。この「当てこすりの名人」の陰険な精神については、ここでは語らない。だが、人を罵った『長江日報』の記者は気が弱すぎた。基本的な理解力も判断力も欠けている。「曲がりくねった七文字の遺言が滂沱の涙を誘う」という記事の内容について、私はひと言も言っていない。ただ、そのタイトルは「曲がりくねった一一文字の遺言が滂沱の涙を誘う」のはずだと思っただけだ。標題の数字を改めれば、とてもよい文章になっただろう。さらに言えば、私は根本的に、原稿を書いた記者の問題だとは思っていない。私の経験から判断すると、これは背後にいる編集者の問題なのだ。一読者がタイトルに意見を言うと、「ほら吹き」になるのだろうか？　正直に言うと、私はずっと『長江日報』によい印象を持っていた。若いころ『長江日報』に多くの原稿を書いたし、共同で仕事をしたこともある。長年にわたって、『長江日報』にはずっと高水準の記者と編集者がいた。高いプロ意識と高レベルの報道を保っていたのに、どうしてこんな面目丸つぶれの新聞になってしまったのだろう。『長江日報』が批判を受けるのは、自業自得ではないか。『長江日報』がこれまで築いてきた名声は、あの政権に媚びた記事を書いた人、遺言を削除した人、そして「当てこすりの名人」によって台無しになった。これは彼らが反省し、自己批判すべきことだ。ここで本来はさらに、思い切り「ほら吹き」になってやるつもりだった。しかし考えを変えた。あの新聞社には同級生もいる。彼に面倒をかけては申し訳ない。

ほかにいくつかの小さいニュースがあるので、書き留めておこう。

一、新型コロナウイルスの犠牲になった医療スタッフは、二六名に達した。安らかに眠ってほしい。私たちはしっかり自己管理をし、家に閉じこもっている。彼らの死を無駄にしないために。

二、ある教授が私に言った。WHOが北京で、新型コロナ肺炎に唯一有効な薬は目下のところレムデシビルだと発表した。

三、武漢市には毎日マスク二百万枚が提供される。毎日午前一〇時から、身分証などの確認書類に基づいて、ネットで購入を予約する。詳しい方法については、ネットで調べればいいという。

＊　一九五六年生まれ。華中師範大学教授。『長江日報』などの政府系メディアを批判し、方方を強く支持した。

「いかなる代価も惜しまない」のは、本質的に科学に基づく戦略ではない

二月二六日
（旧暦二月四日）

空はどんよりしているが、寒くはない。窓の外は春の気配に満ちている。外に出て、犬を庭に放した。ひと月も洗ってやっていないので、少し臭い。だが、犬を洗う流し場のバルブが壊れていて、水が出ない。ペットショップも閉まっている。頭の痛いことだ。これから二、三日はこの問題を考えなければならない。

友人の医師が引き続き感染症の現状を伝えてきた。医師の観点と私の感想と理解を加えて、以下の七点に整理しておこう。

第一、武漢では現在、治癒して退院する人の数が増加し続けている。明らかに、重症化しなければ治癒率が高い。私の同級生は昨日退院し、ホテルに入り一四日間の隔離生活に入った。彼女は、すっかり気が楽になったようだ。

第二、死亡者数は明らかに減少している。これは素晴らしいニュースだ。人命は何よりも大事である。私はいま死亡のニュースを恐れているが、耳にしない日はない。おととい の夜半、若い友人が私に、おじさんが亡くなったと知らせてきた。これより前に、彼女のおばさんもすでに世を去っている。またしても夫婦揃ってだ。彼女の家はかつて我が家の向かいにあり、私は彼女の成長を見てきた。彼女によれば、この二人の老人は大晦日の夜、交通手段がないので歩いて病院に行き診察を受けたそうだ。その場面を想像すると、心が痛む。彼女はおじさんの死を母親に伝える勇気がなかったという。母親とおじさんはとても仲がよく、どう言えばいいのかわからなかったからだ。あ

あ、こうしたニュースが次々と入ってくる。私にはもう他人を慰める力が残っていない。医師たちは大変だ。彼らはもう十分に努力し頑張っている。だが私たちは、彼らがさらに努力し頑張ってくれること、そして世の中の悲しみに暮れる人を少しでも減らしてくれることを願っている。

第三、この一週間、新たな感染確認者と疑似感染者は相変わらず小幅ながら増えている。調べてみると、昨日の武漢の新たな感染確認者は四〇一人だった。だが、武漢以外の湖北省全体の新たな確認者数は四〇人に満たない。湖北省以外の全国各地の新たな感染者は一〇人だけだ。つまり、各地の感染症は現在どこも制御されており、残っているのは武漢だけなのだ。これは私がずっと理解できないことだ。封鎖以来、ほとんどの市民はまる一か月外出していないのに、こんなに多数の感染者はどこから来たのだろう？　私は別の医師とこのことについて討論した。彼女は、死角になる場所が多いのだろうと言った。例えば刑務所ではあっという間に感染が広がる。同じように、福祉施設の老人も多くが感染する。これらは誰も考えつかなかった場所だ。こうした場所にも職員がおり、彼らが普通に帰宅すると、また何人かの濃厚接触者が出るのではないか？　おそらく、この人たちがみな感染源となる。このほか、住所不定のホームレスがいる。彼らの中の何人が感染しているかは、誰も知らない。こうしてみると、社会の中心から離れた人たちは、じつのところ少なくない。ほかにも、一部の老人は感染しても、重症でないと仮設病院に入れず（年齢制限がある）、一般の病院にも入院させてもらえない。どれも問題だ。唯一の希望は、新たな感染者の多くが軽症で、治癒率が高いということだ。

第四、病床不足の問題はさらに緩和されている。私が提起した高齢者の入院問題に関して、友人の医師は、現在高齢者は軽症者でも入院できるようになっていると答えた。だが、ほかのルートを通して、私は患者や家族の中には病院のえり好みをして、自分が指定した病院でないと入院しないという者もいることを知った。入院できないなら、むしろ家にいると言うのだ。新型コロナ肺炎の治療は、どの病院でも同じではないだろうか？ まずは入院し、治療を受けるのが最良の選択だ。自分の気に入った病院の病床が空くまでに重症化してしまったら、命の保証はできなくなる。だから、私は病院をえり好みする病人に言いたい。どの病院であれ、まずは入院する。命より大事なものはない。

第五、武漢の感染症はまだ制御されていない〔だが、医師のこの考えに対して、すでに制御されていると言って同意しない人もいる。医師はそれに対して、では毎日数百人もの新たな感染者はどこから来たのか、と反論している〕。現在のところ、政策は成果を上げていない。友人の医師によれば、黄岡市は数人の官僚を更迭してから、感染症対策は明らかに強化され、成果が上がっている。黄岡は人口が多く貧しい。武漢とも近く、人の往来が盛んだが、迅速に感染症を制御することができ、確かにうまくいっている。黄岡に支援に来た国家チームはすでに撤退し、羅田《ルオティエン》〔黄岡市の郊外にある〕に行き温泉に入っている。実質上感染症との闘いに勝利したことを宣言したのだ。朝、友人から来た劉雪菜《リウ・シュエツァイ》の「五つの最」のメールを思い出した。「五つの最」とは、最も早く市衛生健康委員会主任を解任したこと。最も早く居住区、村、街、道を封鎖したこと。最も早く全市で発熱者を一斉調査したこと。最も早くパトカーの先導と沿道の警官の敬礼で医療チームと感染防止用品を迎えたこと。最も早く救援医療チームを羅田の三里畈《サンリーファン》温泉ホテルに案内し、半月休養してもらったこと。以上である。劉雪菜という名は見覚えがあるが、誰だったか忘れてしまった。百度《バイドゥー》〔中国最大の検索エンジン〕で調べると、現職は黄岡市党委員会書記で、華中科技大学電力工程科の卒業生であることがわかった。

第六、これほど長期間の封鎖と外出禁止は、人々の生活に多大な不便をもたらし、忍耐も極限に近づいている。けれども、理想的な効果は得られていない。すぐに検討すべき問題は、毎日増えている三百人以上の新たな感染確認者と三百人の疑似感染者は結局どのような経路で感染したのかということだ。一か月以上が経過しているから、発生初期のウィルス潜伏期に感染したのではない。新たに感染したのだ。毎日六百人以上という数字は無視できない。高度な監視体制が必要だ！　だが、都市全域における長期の隔離政策も、深刻な問題を引き起こすだろうから、よろしくない。いまやるべきなのは新たな感染者の感染ルートを特定し、的確に隔離することだ！　感染確認者、疑似感染者、発熱者、濃厚接触者を隔離すれば、外は安全になり、徐々に正常な社会秩序が回復する。

以上の内容は基本的に友人の医師の話をそのまま書いた。

第七、支援に駆けつけた国家チームは、一か月の困難な闘いで心身とも極限に達しており、至急休養が必要だ。だが、国が再び三万人の交替要員を派遣することはあり得ない！　できるだけ早く感染症を制御しなければ危い。これも友人の医師の話をそのまま書いた。

今日、素晴らしいインタビュー記事を読んだ。『財経《ツァイジン》』の記者と浙江大学の王立銘《ワン・リーミン》教授〔一九八三年生まれ。生命科学分野の専門家〕の対話である。王教授の多くの観点は明晰な判断で納得がいく。ここに、そのいくつかを書き記しておこう。

1、一人の科学者として、私は陰謀論の流行が人類の世界において一つの常態となるのではないかと思っている。現代社会はますます複雑化し、科学技術もますますハードルが高く、そして常識に反するものになっている。すでに一般人が複雑な現代社会で生活するための確実な根拠を提供することは難しい。

2、啓蒙時代から、人類はいつも、あらゆる事物は人類の知恵の枠内で解釈できると考えてきた。これはもちろん人類の英知の勝利だが、実際はある意味で人類の傲慢とも言える。

3、公共衛生問題の危機に対する管理と制御は、まず科学を尊重し、専門家を尊重しなければならない。政治的任務を専門家の知見に基づく指導より優先させてはいけない。

4、私はもう一度強調したい。感染症と闘う過程において、国の資源と力を集中して困難に立ち向かうのは、大変よいことだ。だが、最初に問題点を明確化するとき、つまり感染症との闘いの過程で最終目標を調整し明確化するときには、必ず科学的規律を尊重しなければならない。「いかなる代価も惜しまない」〔中国政府のスローガン〕のは、本質的に科学に基づく戦略ではない。

5、感染症が拡大する段階では、流行病学の専門家の助けを借りて、新型コロナ肺炎の特質とそのほかの流行病との異同を分析し、それから今後の趨勢《すうせい》を科学的に判断し、さらに将来の感染防止策を調整することが特に必要である。私たちは思いつきで感染症の管理と制御の目標を設定してはいけないし、またそんなことはできない。

6、新型コロナウイルスがここまで蔓延した現在、数万人が感染し数千人が死亡した。さらに数万億元の経済損失が出ることになるだろう。だが、一人として責任ある立場の人が、私の責任だと言うのを聞いたことはない。少なくとも、私に責任があると言って一般市民に謝った人を見たことはない。誰にも責任はないことを黙認しているかのようだ。感染症と闘っている期間、私たちは士気を高める必要がある。「プラスのエネルギー」が必要だ。負の側面だけを見てはいけない。これはすべて正しい。だが、責任の追及と制度の改革も忘れてはいけない。

今日、一人の同級生が私にネット上の呼びかけに賛同してほしいと言ってきた。殉職した医師夏思思〔132ページ参照〕の夫（同じく医師）を最前線に派遣しないでくれという要求だ。同級生はこう言った。「これは極めて人道的な『プライベート・ライアン』〔ノルマンディー上陸作戦を描いたアメリカ映画〕のような呼びかけで、我々も「サリバン法案」*のような法律を作るべきだという提案も出ている。日記の中に書いてくれたら、最前線の医療スタッフの家族が同時に犠牲となることが避けられる」

人々の善なる心、それは大いに理解できる。だが私はこの呼びかけには賛同しない。一、最前線に出るべきかどうかは、夏思思の夫本人の意志を尊重すべきだ。二、夏思思が感染したのは初期のことで、あの当時、医療スタッフは新型コロナ肺炎の「ヒト－ヒト感染」という事実を認識していなかった。また、防護設備も不十分か、そもそも装備をしていなかった。いまは違う。医療スタッフの防護設備はすべて揃い、感染の可能性は極めて低くなっている。三、病院はすなわち最前線である。だが、すべての仕事が直接患者と接触するとは限らない。だから、夏思思の夫はいつものよ

＊ 家族の中で兵役による戦死者が出ている場合、その家族は兵役を免除されるというアメリカ軍の法律。第二次世界大戦でサリバン兄弟が犠牲になったことを契機に制定された。「ソウル・サバイバー・ポリシー」とも呼ばれる。サリバン兄弟は『プライベート・ライアン』にも登場する。

うに仕事に行ったり休んだりする。それが彼にとって、いちばんいいことかもしれない。

二月二七日（旧暦二月五日）そうだ、生きてさえいればいいのだ

また曇りになった。少し涼しいが、寒くはない。外に出て空を見上げると、太陽がないので陰鬱で重苦しい感じがする。

昨日微信のアカウントで発信した文章は、またしても削除された。ブログもまた遮断された。ブログはもう使えないのかと思って試してみると、別の文章は発信することができた。遮断は昨日の分だけだとわかって、すぐ気分は晴れた。私はまるで弓の音に怯える小鳥のようだ。話していいこと、話してはいけないこととの区別が、もうわからない。感染症との闘いは最重要事項だから、全力で政府に協力し、あらゆる指示に従う。私は拳を握って誓う。それでもダメなのか？

私たちはまだ家に閉じ込められ、外出ができない。だが、一部の人たちは大声で賛歌を歌っている。勝利を称える本の表紙までできた（もしも、ふざけてやっているのでないのなら）。武漢市民が言えることとは何なのか？　焦りであれ、イライラであれ、私たちは耐えていくしかない、そうだろう？　勝利だとしても、私たちの勝利ではない。今日、ネットで皮肉のきいた投稿を見た。「我々はいかなる代価も惜しまない」という言葉を聞いたとき、自分がその「我々」だと思ってはいけない。その「代価」のほうなのだ。

もうやめよう。待ち続けるのだ。穏やかな心を保ち、落ち着いて待つ。上の兄の素朴な言葉を借

りて言えば、暇だったら家でドラマを見て時間をつぶせばいい。

今日、友人の医師が話してくれた。退院者は多くなった。治癒者が二千人以上になっており、軽症患者の治癒は難しいことではない。病床不足の問題は大いに改善された。死亡者数もかなり減少している。私が調べたところ、以前は毎日ほぼ百人近くの死者がいたが、昨日は二九人に減っている。ああ、できるだけ早く死者ゼロを達成したい。そうなれば、不安に怯えている家族も安心できるから。人が生き続けられれば、ほかのことはどうでもいい。治療に時間がかかってもかまわない。たったいま『南方都市報』〔中国共産党広東省委員会の日刊紙〕の動画を見た。内容は医師が患者の命を救うプロセスとその医師の考えの紹介で、ほかに患者自身の感想もあった。感動ものだ。救われた患者は言っていた。自分の意志の力と医者の励ましが頼りになった。また、同じプロセスを体験した別の患者は言っていた。いま生きている毎日の生活を大切にしたい。そうだ、生きてさえいればいいのだ。

どうしても理解できないことは、新たに増加する感染確認者と疑似感染者数がやはり多いということだ。これが武漢の感染状況を膠着《こうちゃく》状態にしている。昨日の状況を見ると、感染確認者と疑似感染者は九百人以上に達している。これは私たちがまったく考えていなかったことだ。彼らは封鎖以降に感染したに違いない。だから、彼らはどんな人なのか、どういう場所にいたのか、どのような環境で感染したのか、もっと細かい情報を公表すべきかもしれない。新たに増える患者の感染ルートを公開すれば、一つ目にはそのほかの人たちの感染予防に役立つし、二つ目には患者のいた場所から遠く離れている市民に外出許可を出すことができる。もう一人の友人の医師は、感染症はもう制御されており、新たな感染者は主に刑務所と養老院だと言っている。そうであるなら、これほど多くの人の外出禁止を続ける必要があるのだろうか？　あるいは、数日後にはよいニュースが届くだろうか？　自分の勝手な推測だが！

感染という角度から考えれば、この九百人以上は大きな数字だ。だが、全省の九千万人の中に置いてみれば、わずかな数字にすぎない。だが、たとえわずかな数字でも、全省九千万の健康な人を縛りつけ動けなくする。すると、この健康な人たちは何に直面するだろう？　犠牲の代償はさらに増えるのではないか？　私にはわからない。

さらに、市外に留まっている五百万の武漢人は、帰宅できず、どう日々を過ごしているのかわからない。これまで受けてきた差別は、現在いくらか改善されたのだろうか。また、武漢に閉じこめられた市外の人は、武漢から出ることができない。昨日目にしたニュースでは、ホテルに泊まるお金のない人、泊まれるホテルがない人、終日駅で過ごす人がいる。さらに食べものがなく、仕方なくゴミをあさって捨てられたものを食べている人もいる。大事を成し遂げる人は、よく小事を見過ごす。多数を気にかける人は、いつも少数を忘れるものだ。幸い、そのあとで別のニュースを見た。そこでは「感染症のために武漢滞在を余儀なくされている生活困難者相談ホットライン」が取り上げられていた。各区にこうした電話が用意されている。ただし、こうした電話が役立っているかどうかは疑問だ。なぜなら私は、多くの役所のホットラインが上司などへの見せかけだと知っているからだ。実際、一つ試してみてほしい。ほとんどが役に立たないはずだ。盥回《たらい》しに遭い、最終的に何の援助にもならないばかりか、電話代が無駄になる。役所には人が多いが、彼らは生涯何も学ばない。ただし、トリックプレイはお手の物だ。彼らは思いもよらない方法で対応してくる。その上、彼らは責任転嫁の技にも長けている。このような役所の体質がなければ、今回の感染症が今日のような災難に拡大することはなかっただろう。

武漢の感染症は、その最初の発見から封鎖までの間に、二〇日以上の時間の浪費があった。これは争えない事実だ。この浪費の原因はどこにあるのか、つまり誰が何ゆえに、ウィルスの蔓延に時間と空間を提供し、武漢の歴史上未曾有の封鎖を招いたのか。九百万人を自宅に閉じ込めておくのは、ある意味奇観だが、絶対に自慢してはいけない。このことの根本的原因はこれから究明しなければいけない。中国には媚びへつらう記者が多いが、勇気ある記者もいないわけではない。ここ数日、私たちは記者たちが問題の所在を突き止め、手厳しく批判しているのを見ている。このネットの発達した時代に、有能な記者たちは繭《まゆ》から糸を紡ぐように調査し、ネットユーザーと力を合わせて、鍵となる時間の接点と事件の原型を一つずつ掘り起こして、最後には包み隠されていた秘事を白日の下に暴き出してくれるだろう。

どのようなことであれ、徹底した追究の過程が必要だ。例えば、武漢には三回にわたって専門家チームが来たが、各チームのメンバー、リーダーの名前、武漢で接待したのは誰か、どの病院を案内したか、いくつの診療科を回ったか、何度会議を開いたか、誰が発言したか、どんな医師に質問し、どんな回答を得たか、どのような資料を調べたか、どのような状況を把握したか、最後にどのような結論を得たか、誰が最終的な判断を下したのか、こうした事柄を追究してほしい。「ヒト－ヒト感染はない、予防も制御もできる」という言葉が、武漢の人々に塗炭《とたん》の苦しみを味わわせたのだから。そこまで細やかな調査をしなければ、嘘をついた人を引っ張り出せない。嘘をついた人はなぜ嘘をついたのか、どこからの指令で嘘をついたのか、嘘だと知っていたのか、それとも相手の欺瞞《ぎまん》を知りながら、自分から欺瞞を信じようとしたのか、それとも自分から欺瞞を求めたのか。役人であれ専門家であれ、一つずつ整理していけば、すべてがはっきりするはずだ。このような災難を免職や更迭で終わりにしては絶対にいけない。武漢市民は、すべての首謀者と共犯者を一人も許さない！　二千人以上（さらに多くの名簿に記載されない人がいる）の「他殺」された犠牲者とその家族、日夜懸命に救助に当たった医療スタッフ、九百万の苦しみに耐えた武漢市民、五百万人の帰宅できない流浪の民は、みんな一つの説明、一つの結果を求めている。

だが、私たちは現在、ただ待っている。まず封鎖解除、それから説明を聞こう。

二月二八日（旧暦二月六日）　早春には必ず、このような日々がある

相変わらずの曇り空。雨になる。また寒くなってきた。夜も早くやってくる。四時すぎには電気をつけないと、部屋の中が暗く感じられる。早春には必ず、このような日々がある。

かつて朱鎔基《ジュー・ロンジー》〔一九二八年生まれ。一九九八年から二〇〇三年まで国務院総理を務めた〕総理が上海で自己紹介をしたときの動画が今日ブログサービスにアップされていた。その中の「私の信条は、独立思考だ」という言葉を、私は気に入っている。私が考えていることと同じだからだ。私は大学を卒業してすぐに、ある文学関係の会議に参加したことがある。席上、老作家の姜弘《ジアン・ホン》先生〔一九三二年生まれ。武漢の作家〕が、私たちの頭脳は自分の力で育つのだと語った。この言葉はとても強く印象に残っている。そうなのだ。私たちの頭脳は教師の教えによって育つのではない。新聞記事によって育つわけでも、会議の書類によって育つわけでもない。自分の力によって育つのだ。頭脳は独立思考して

初めて価値あるものとなる。だから、極左からの罵声であれ極右からの批判であれ、この世界に対する私自身の見方を変えることはできないし、社会と人間に対する私の考察を揺り動かすこともあり得ない。昨日、易中天《イー・ジョンティエン》＊学兄と話したとき、私は極左も極右も本質的には変わらない、と言った。彼は強く同意してくれた。この二つが同じなのは、彼らが自分と異なる考えの人を許さないところだ。易学兄の言葉を借りれば、「一枚の硬貨の裏と表で、どちらも多様な生き方を許さない。一つの声、一つの言説だけを許す」のだ。

　私は毎日細々したことを記録し、同時に自分の考え方や感想を書き留めている、とても意義のあることだと思う。これは日記体による純粋に個人的な記録である。もともと、スケールの大きい物語ではない。感染症との闘いのすべてを書くこともできないし、文学青年が好む言葉を使うこともできない。心の赴くまま、私の喜怒哀楽を書くだけだ。ニュースでもないし、小説でもない。そして、喜怒哀楽がすべての人と同じであるはずはなく、各個人の基準と一致するはずもない。個人の記録がどうして規格どおりの作品になるだろう？　これは常識ではないか？　一部の人たちは、この日記を読むために多大な精力を使ったと言って私を恨み、私を罵って、自分の楽しむべき時間を浪費している。残念なことだ。もちろん、私を恨み罵ることが彼らの楽しみなら、彼らの勝手にすればいい。

　今日、ある人がネットで、方方は家に隠れて根拠のない話ばかり書いていないで現場に入るべきだ、と言っていた。これには返答のしようがない。現場に行くべきかどうかの問題ではなく、私は

＊　一九四七年生まれ。歴史学者。武漢大学を卒業。二〇一五年まで厦門大学教授を務めた。

まさに現場のただ中にいるからだ！　武漢はすべてが現場である。私は九百万人の被害者の中の一人だ。私の隣人、同級生、同僚たち、武漢から出られないすべての人も同じである。彼らがネットを通して自らの体験や見聞を知らせてくれるのだから、私は記録しないでいられようか？　まさか医師の働いている病院に行ったり、警察官が勤務しているところに行ったり、あるいは居住区で働いたりすれば、現場に入ったということになると言うのか？　私が現場に身を置いている中で知り得たこと、聞き得たことを根拠のない話だと言うのであれば、勝手にすればいい。

もういい、こんな話はやめよう。

昨晩、日記をネットに上げてから、私は自問した。新たな感染者は結局どこから来たのだろう？すぐ友人が武漢における新たな感染者の分布表を送ってくれた。それによると、感染者の分布は集中しておらず、分散していることがわかった。こうした状況下では、武漢のどの区からも先行して外出許可を出すことはできない。今日、友人の医師はメッセージで「ウイルスはクラスター状に拡散している」と伝えてくれた。新たな感染者は武漢の一三の行政区に点在しているのだ。いまは全国各地の感染症はほぼ抑え込まれ、残されているのは治療の問題だけだが、武漢だけは依然として感染症の完全な制御に至らず、まだ警戒を続けなければならない。

よいニュースは、退院者数が徐々に増えていることだ。私は政府の発表を調べてみた。経過観察の結果、退院後の新型コロナ肺炎患者が他人に感染を広めた例は見られない。新たな感染は、実際そのほとんどが疑似感染者の中から確認されたもので、その比率は八、九〇パーセントである。こうした政府の発表は、友人の医師の説明と比べると楽観的だ。病床数が患者数を上回るという目標はすでに達成した。以前は病床が逼迫していたため、仮設病院も比較的重症の患者を少なからず収容していた。いまは仮設病院に重症患者は一人もおらず、みな指定病院に移っている。友人の医師は、現在の重症患者の症状は以前に比べるとそれほど重くはない、と言っている。

致死率ははっきりと下がっている。ネットで多くの人が伝えているのは、解剖の結果、痰が問題だとわかり、それに応じた治療をすることで致死率が下がったのだ、という説だ。一方、友人の医師はこう述べている。「致死率の低下は総合的な要素によるものだ。各種の医療資源が充実したこと、医療スタッフの責任感が強まったこと、さらに能力と気力と財力が綿密な管理体制を作り上げたことなどがあり、決して遺体解剖後の知見だけが原因ではない。もともと、重症化後のARDS（急性呼吸窮迫症候群）では大量の分泌物が肺胞に入り込み、広範な粘液質の痰が出ることは珍しくない。したがって多くの場合、一旦気管にカニューレを挿入し、まず看護師が普通の吸引カテーテルで痰を吸い取るか、医師が気管支鏡検査で痰を吸い取る。しかし、細気管支と肺胞内に溜まっている粘液性分泌物は、なかなか吸い出すことができない。これがARDSの特徴なのだ。これと同じ理由で、肺の換気機能に障害が出て、純酸素を与えても低酸素血症を改善することができなくなる」これは彼の話をそのまま記した。私の理解は生半可で、もちろん正しいかどうかは判断できない。彼の同意を得て、原文のまま書いて記録しておく。

同じく記録すべきは、劉良《リウ・リアン》〔一九六一年生まれ。華中科技大学同済医学院法医学科主任〕教授のチームが困難な状況下で、新型コロナ肺炎による死亡者の遺体を病理解剖し、研究したことだ。劉良教授のインタビュー動画を見ると、その作業の辛苦のほどがわかり、本当に頭が下がる。研究の結果は、必ずや現在の治療と将来の感染防止策に大きな力となるに違いない。とりわけ、遺体を解剖に付すことに同意した遺族の方々に感動させられる。彼らの無私の貢献がなければ、劉良教授のチームが新型コロナ肺炎に対する新たな知見を獲得することはなかっただろう。人類の無知の領域は、人類が獲得した知識よりずっと大きい。我々の知識を一センチ広げるためにも、様々な努力が必要である。私のような一介の文人にできることは、可能な限り記録することだ。

現在、武漢の疑似感染者数はまだ少なくない。彼らは、いったいどういう人たちなのだろう？　どこで感染したのだろうか？　ある人のメールによると、それはボランティアの人たちと居住区の職員だという。これは大いにあり得ることだと思う。ボランティアは長期間武漢各地を奔走してサービスに努め、居住区の職員はこの非常時に本当に忙しく働いた。上からは何かと圧力をかけられ、多くの一般市民からは何でも頼られる。中には手に負えないような人も多い。彼らは様々な人と接するので、どの人から感染したかははっきりしない。彼らの防護設備は、すべて揃っている医療スタッフに遠く及ばない。中にはマスクだけの人もいる。だが、私の友人に言わせれば、ボランティアと居住区の職員が感染したのは初期のことで、いまはほとんどいない。彼女はさらに、「養老院、留置場、精神科病院は当初、まったく平穏だった。弱者に対する配慮によって、全員に検査をしたことで、感染者が増えたのだ」と言う。諸説紛々、それぞれが判断するしかない。

武漢人はいま、冷静のように見える。もちろん、心の中は重苦しいのだろう。野菜の団体購入のときに、住民が団地の入口に殺到することはなくなった。集団感染を防ぐためだ。ただ、人はみな外出できず、どうしても家で食べなければならない。そこで、人々は別のやり方を考え出した。各家庭がプラスチック製のバケツをロープで吊し、ベランダから下ろす。居住区の職員が野菜をそのバケツに入れると、自力でバケツを引き上げるのだ。中には六階まで引き上げる人もいる。これは技のいる仕事だが、みなうまくやっている。今日二分ほどの動画を見て、何とも言えない切なさを感じた。武漢人の苦難と居住区の職員のつらさは、普通ではない。

二月二九日（旧暦二月七日）

集団の沈黙、これが最も恐ろしい

また晴れた。だが晴れたり曇ったり。まるで開いたり閉じたりする私の籠城日記のようだ。自宅待機が長引き、今後また外出することに慣れるかどうか、外出したくなるかどうかさえわからない。今日、隣人の唐小禾先生が東湖の写真を送ってくれた。ドローンで撮ったらしい。最近のものだという。広々とした静かな東湖に、満開の梅の花、紅と白が織りなす美しさは喩えようもない。同僚に転送すると、見ているうちに泣き出しそうだと言ってきた。ああ。一年春事幾何《いくばく》空し、杏の花は紅なり。海棠《かいどう》は紅なり。枝頭を看取し、天公を怨む語無し〔宋代の劉辰翁の古詩「江城子」より〕。この詩句は、むしろ現在の私たちにぴったりだ。

武漢市民はみんな気分が晴れない。私は強くそう感じる。これまで活発だった同僚たちも、口数が少ない。家族のグループチャットも発言がほとんどない。みんな連続ドラマでも見ているのだろうか？　それならよいのだが。蟄居《ちっきょ》状態がこれほど続くと、受け止めるには強い意志が必要だ。武漢では誰もが目に見えない圧力を感じている。よその人には、なかなか理解してもらえないと思う。どれほど美しい言葉でこの感染症の中の武漢市民の貢献を称賛しても過言ではない。私たちはまだ頑張り続ける。これからも政府の命令に従い協力する。今日で武漢の封鎖から三八日目だ。

全国各地の感染症の蔓延はすでに抑え込まれている。新たな感染はごくわずかで、武漢だけが例外だ。だが、武漢の状況も決して悪くはないと思う。友人の医師によれば、武漢には現在四万人近い濃厚接触者がいて、疑似感染者はみなこの人たちの中から出ているのではないだろうかという。もしそうなら、感染確認者はほとんどこの疑似感染者から出ているのだから、感染経路はもう明らかである。四万人近い濃厚接触者を検査隔離すればいいのだ。そう考えると、武漢の感染症も抑え込まれていることになる。だが、友人の医師は相変わらず、楽観視していない。政府が発表するデータは、もっと詳細なものであるべきだと言っている。しかし、私はもう楽観的になった。たとえ検査から漏れた例の四種類の人が、まだ九百万人の中に混在しているとしても、現在の検査隔離の精度とその方式をもってすれば、すぐに見つけ出せると信じている。

今日、同僚がある動画を転送してくれた。山東省淄博《ズーボー》市の市民が武漢から戻った藍天《ランティエン》救援隊〔緊急救援機構。ＢＳＲ（Blue Sky Rescue）のこと〕を歓迎している動画だ。隊員たちは無事に故郷に戻り、誰もが目に熱い涙を浮かべている。私も同じだった。多くの省外からの援助がなければ、武漢がいまどうなっていたか、想像できない。彼らが涙を流したのは、武漢での仕事がいかに危険であったか、無事に戻れたのがいかに幸運だったかをよく理解しているからだ。武漢における感染者は医療スタッフが多いが、それに次ぐのが警官だそうだ。私は驚いて、ネットで検索してみた。果たして、湖北省では四百人近い人民警察と補助警察が新型コロナ肺炎に感染していた。なんと多いことか！

そこで、友人の警官にメッセージを送り、状況を尋ねた。友人は言った。ずっと最前線で働いていて、彼自身は一日も休んでいない。基本的な物流を確保しなければならず、人の外出と車の通行を制限し、不要不急であるか否かを識別しなければならない。多くの人民警察は車で病人を移送している。医療スタッフだけでは手が回らないのだ。まだある。市外に通じる道を二四時間監視し、支援の車両は通行させ、感染者の流出は防がなければならない。そのほかにも、病院、隔離施設、居住区といった場所での治安と交通秩序の維持、医師と患者のトラブル防止などがある。接触が多くなると、リスクも大きくなる！　だから、多くの感染者が出るのも不思議なことではない。その友人は最後に言った。しっかりと警官のことを書いてほしい、本当に我々には休む時間がないのだから。

武漢人は、よく言う。忙しい人はとことん忙しく、暇な人はとことん暇だ。現在はこの対比がより鮮明になっている。暇な人は精神的な負担が大きく、忙しい人は肉体的な負担が大きい。みんな歯を食いしばり、力を合わせて武漢を支えている。

ここ数日、記者たちは武漢の感染症対策が二〇日近くも遅れた原因を追跡調査している。追跡すればするほど勢いづき、経緯がますます明らかになってきた。感服せざるを得ない。多くの優秀な記者はメディアから離れたが、より優秀な記者がいまも努力を続けているのだ。中には時系列で事の推移を洗い出し、武漢市の衛生健康委員会はなぜ数日間報告を怠ったのかを明らかにしている記者もいる。

専門家にインタビューした記者もいる。専門家によると、彼らは内情がわからず医療スタッフの感染を疑って電話で問い合わせたが、否定されたという。そこで私は友人の医師に尋ねた。専門家が医師に電話するなんて聞いたことがある？　友人は、医師に電話するのはあり得ないという。私は重ねて、病院の上層部に電話をかけた可能性はあるかと尋ねた。友人は、わからないという。そこで私は、別の医師に同じ質問をした。答えはあっさりしたものだった。彼らはみな病院に来たことがあるから、知らないはずがない。だが、専門家は「病院はとても広いので、我々は隅々までは調べられない」と言っている。また、政府の役人は「我々は専門家の意見に従っている」という。私は専門家と役人の見解をもう一度、友人の医師に投げかけてみた。彼は言った。実際のところ、医師たちはとっくに「ヒト－ヒト感染」があることを知っていたし、上層部にも報告した。だがずっと、一般市民には知らされなかった。鍾南山が来て初めて公表されたのだ。別の医師は言った。集団の沈黙、これが最も恐ろしい。では、その集団には誰が含まれているのか？　私はその質問をしなかった。実際、彼に面倒をかけるわけにはいかない。しょせん、私は記者ではない。やはり、ネットの友人がうまくまとめてくれている。責任転嫁の競争が正式に始まっている、と。

中南病院の彭志勇《ポン・ジーヨン》医師〔重症医学科主任〕が記者のインタビューを受けたときの話をいくつか採録しておこう。

「このウイルスは本当に感染が速い。一月一〇日、我々のＩＣＵが準備した一六床はもういっぱいになった。状況は厳しいと思い、すぐ病院の上層部に、必ず上に報告してほしいと伝えた。病院の上層部も事態の深刻さを理解し、武漢市衛生健康委員会に報告した。一月一二日、武漢市衛生健康委員会は三人の専門家グループを調査のために中南病院に派遣した。彼らは、症状がＳＡＲＳと確かに類似していると認めたが、診断の基準などにこだわっていた。我々はすぐ、診断の基準は条件が厳しすぎて、この基準に基づけば感染確認をするのが難しい、と報告した。この間、我々の病院の指導部は衛生健康委員会に何度も意見を伝えた。ほかの病院も意見を伝えたと聞いている」

「これより前、国家衛生健康委員会が派遣した専門家グループが金銀潭病院に来て調査を行い、一連の診断基準を作った。それは、華南海鮮市場に立ち寄っていること、発熱の症状があること、ウイルス検査で陽性反応が出たこと、この三点が揃って初めて感染確認者となる。特に三番目は厳しすぎる条件で、現実には、ウイルス検査をする人は極めて少ない」
「私は医者としての臨床治療経験と蓄積した知識に基づいて、このウイルスは極めて強い伝染力があり、最高レベルの防護措置を取る必要があると判断している。ウイルスは人為的に追い払うことができない。科学的精神を尊重し、科学的規律に基づいて処置すべきだと思う。私の指示で、中南病院ＩＣＵは厳格な隔離措置を取ったので、我々の科の新型コロナウイルスの感染者は二人だけだった。一月二八日の時点で、病院全体の医療スタッフのうち感染者は四〇人だけで、ほかの病院と比較すると、感染率はとても低い」

この三段落の文から、一月一〇日に状況は極めて厳しくなっていたことがわかる。最終的には、医師自ら警戒心を高めている。それにもかかわらず、中南病院では四〇人の感染者が出た。これでも感染率は低いのだ。ほかの病院では、感染者数はもっと多い。よく考えると、この集団的沈黙の報いは自身の体に及んだのだ。このことは感染症の終息後、すべての病院が総括しなければならないだろう。

午後、友人と子供の問題について長時間話し合った。感染症はいくつもの家庭を崩壊させてしまった。老人よりもっと悲惨なのは子供だ。今回の伝染病による遺児は何人になるのだろう？　数えた人がいるのだろうか。私たちが知る何人かの殉職した医師が残した子供だけでも四名いる。幼い子が二人と父親の死後に生まれた子供が二人だ。友人の話では、もっと大勢、おそらく二〇人以上いるだろうという。両親を亡くした子供もいれば、両親が隔離されているか入院している子供、両親のどちらかが亡くなった子供もいる。現在、政府はそのような子供たちを一か所に集めて面倒を見ている。いずれも未成年で、幼い子供はまだ四、五歳だ。彼らは防護服の人、マスクの人を怖がっている、と友人は言う。まだ幼いので、誰かに訴えようにも訴えようがないのだと思う。食べることに問題はないにしても、心には必ず傷を負っている。特に孤児は、雨風を防いでくれる大樹が倒れ、背後からしっかり支えてくれる山がなくなった。細やかな愛情に包まれることは、もうないのだ。悲しみを取り除いてくれる人はいるのだろうか。友人の言葉を借りて言えば、心の手当は早ければ早いほどいい。

たまたま、ある録音が耳に入った。どこの子供かわからないが、声を限りに泣き叫んでいる。お母さん、ぼくを見捨てないで、ぼく、お母さんが大好きだから……こうした声を聞くと、母親たる者はみんな全身が凍り付く。

三月

三月一日（旧暦二月八日）

私たちの涙が尽きることはない

春節が過ぎて久しくなったので、今日から日記の日付を新暦に改める。*

空は晴れたり曇ったり。気持ちがますます重くなる。突然、今日が日曜日だということに気づいた。外出しないと、日付がわからなくなるのが最大の問題だ。まして曜日は記憶にない。いつになったら外出できるのだろう？　いつになったら封鎖が解除されるのだろう？　それがいま、最大の関心事である。感染症が終息傾向にあることは、言うまでもない。全国の人たちが応援してくれているのだから、武漢がこの難関を乗り越えられないはずはない。そういう自信を当然、武漢市民は持っている。ただ、外出と封鎖解除がいつになるのか？　みんながひそかに情報を探っている。

下の兄は、もう四二日間、外出していないという。私はまだましだ。出かけようと思えば、敷地内を散歩することができる。少なくとも、この敷地の中は安全だ。娘は今日、家族のグループチャットで、自分が作った料理を自慢した。料理は面倒くさいと言いながら、努力して自分の生活の質をキープしている。紅焼肉《ホンシャオロウ》〔豚肉の醤油煮〕の作り方も、それなりに上達したように見える。以前は痩せてしまったと言っていたが、こうやって肉を食べていれば、体重が元に戻るだろう。娘の父親は、べた褒めしている。若い人の能力は私たちの想像を超える。娘は、すでにネットで多くのレシピを検索しているという。なるほど、こういうことは両親が教える必要はない。彼らには手段がたくさんあるし、優秀な師匠も多い。

悲しいことが、依然として時間とともにやってくる。災難の傷跡はあまりにも深く、私たちの心に刻まれてしまった。いま、人々は涙もろくなっている。同僚が自分の居住区の動画を見せてくれた。住民の一人が、居住区の管理人に謝意を表し、管理人の男性はボロボロ涙を流している。これに対して、「武漢市民はこの一か月に、数十年分の涙を流した」というコメントがあった。それは実際、本当の話だ。悲しみの涙だけではない。いろいろな味がする、万感胸に迫る涙である。そういう涙を流している人を鼓舞し、奮い立たせ、我々は勝利者だと世界に宣言させるのは無理だ。私たちの涙が尽きることはないのだから。

早朝五時、李文亮が勤めていた中央病院の江学慶《ジアン・シュエチン》〔一九六四年生まれ〕主任が亡くなった。五五歳で、まさに働き盛りだった。よく言われることだが、武漢では角を一つ曲がれば知り合いがいる。私は江主任を知らないが、私の友人の奥さんは親しい知り合いだった。彼女は朝、メッセージを送ってきて、こう述べた。江学慶医師は「警鐘を鳴らす人ではなかったけれど、一貫して穏やかで、義侠心のある人でした。患者は彼を信頼し、誰もが彼と知り合いになることを望みました。私が紹介した多くの患者を助けてくれました。あなたに頼まれたからには、全力を尽くさないとね——と言って。たくさんの患者が彼の名前を慕って診察に訪れ、手術を受けました。彼はいつも温かく患者に接し……でも私は、彼を宣伝することは控えました。彼がよく言っていたからです。医者は病気を治すのが仕事だ。患者が感謝してくれるのが、いちばんうれしい！」親しかっただけに、友人の奥さんの悲しみは大きかった。彼女は生前、江医師のために何もできなかったことを悔やんだ。

友人の医師が、またコメントをくれた。江主任は全国で唯一、甲状腺乳腺外科の分野で「中国医

＊ 邦訳では混乱を避けるため、初めから新暦（旧暦）の表記とした。また、旧暦の併記は三月三日までで消える。

学賞」を受賞している医者だという。今回の感染症流行において、犠牲になった医療従事者はあまりにも悲惨だ。江医師の死に関しては、その背後に言うに言われぬ事情があると聞いている。なんと哀れなことか。命を失ったという悲しみのほかに、口に出せない悲しみがある。私も言及を控えておこう。

現在の武漢の状況は、困難はあるが徐々に好転しているというところだ。新たな感染確認者および疑似感染者は、依然として数百人に達している。友人の医師は少し落胆し、一つの予測を立てた。質的変化にはさらに十数日、制圧には一か月、完全な終息には二か月が必要だろう。私たちにとってみれば、一か月あるいは二か月という時間は、あまりにも長い。私は友人の医師の予測がはずれることを願う。外は春の光にあふれている。今年の美しい春をすべてウィルスに独占されるのはたまらない。何としても早く外へ出たい。

多くの私あてのコメントが、李躍華《リー・ユエホワ》という医師に言及している。神業の持ち主で、漢方の鍼《はり》治療で新型肺炎を治療するという。しかも、彼は何一つ防護なしに治療に当たっても、感染しないらしい。私に彼のことを書いてほしいと言うのだ。しかし、私の日記は自分の気ままな記録にすぎず、特に何かを書こうという意識がない。ところが、私に李躍華を紹介する人は多かった。さらに、彼が患者を治療している動画も転送してくる。それを見ると、本当に神がかっていた。彼はぜひ新型コロナ肺炎の患者を治療したいのだが、許されないらしい。ネット上でも、議論が紛糾していた。中医学院で教えている同級生に問い合わせたところ、彼の返事は以下の三点だった。

一、李躍華が現在、医師免許を持っているかどうかは重要ではない。重要なのは、彼の治療法が有効かどうかだ。有効ならば、彼に病人を救ってもらえばいい。これが現実的な方法ではないか？

二、多くの民間療法の先生は、医師免許がないために診療内容が制限されている。合法的な診療か、非合法の診療かは、医師免許の有無によって決まる。だが私が知るところによると、医師の資格はなくても確かに腕前を持っている民間療法の先生は、「師匠からの伝授」と「特技の証明」を足掛かりにして、合法的な診療行為が可能になる。

三、関係部署の動きは事実を隠し、圧力を加える意図がある。正義を装っているが、ターゲットが別のところにあることは明らかだ。一歩譲って、李躍華が確かに違法な診療行為を行ったとしても、もし彼の治療法が新型コロナ肺炎に有効ならば、関係部署は特別措置を取るべきだろう。彼に患者を救ってもらう。証明書などの問題は後回しでよい。現在、行政機関は李躍華の医師資格は合法か否かの問題にこだわり、彼を窮地に追い詰めている（文書によると、行政手段はおろか、司法手段まで取ろうとしているようだ）。表向きは正義のためだが、実際は背筋が凍るような仕打ちである。李躍華の治療法が有効ならば、彼の医師資格の有無にこだわるべきではない。有効かどうかについては、彼の患者に最大の発言権がある。患者に対して調査を行えば、難なく結論が出るだろう。

以上は同級生の言葉そのままだ。道理があるように思うが、私は素人なので、論評は差し控える。私は普段、いわゆる闇医者を信じていない。以前、個人営業の漢方医に足を診てもらったことがある。大金を払ったが、薬を飲んだせいで症状が悪化してしまった。最終的には、西洋医のおかげで治癒した。だから、私は主に西洋医を受診している。日常の体力維持にだけ、漢方薬を使う。だが、私の考え方は多くの人たちと同じだ。彼が治せると明言しているなら、あれこれ議論する必要はない。試してみればいいだろう。鄧小平の名言「白い猫でも黒い猫でも、ネズミを捕るのがよい猫だ」があったではないか？　これを援用すれば、「漢方医でも西洋医でも、病人を治すのがよい医者だ」ということになる。診察は実用的でなければならない。特に緊急を要するときは、人命が何よりも優先される。なぜ、機会を与えようとしないのか？　その場で彼の化けの皮がはがれ、真相が暴露されるとしても、それでいいではないか？

三月二日（旧暦二月九日）　武漢市民が何を経験したのか、後世の人に伝えよう

また雨が降り、空はどんよりとしている。春節前後の寒波の時期のようだ。同僚が雨の中、饅頭《マントウ》や花巻《ホワジュエン》*などの食べ物を届けてくれた。私は文聯の宿舎に住んで、もう三〇年になる。長年にわたり、隣人や同僚に世話になってきた。本当に私は恵まれていたと思う。今夜は、その花巻と粟のお粥を食べた。一人住まいで料理を作るのは、何とも味気ない。

毎日、遅く寝て遅く起きるので、友人の医師のメッセージを見るのはいつも昼ごろになる。昨日の落胆とは打って変わって、彼は今日、少し興奮しているようだった。昨日、新たな感染の症例が増えた原因は、刑務所で判明した二三三名にあったことがわかったからだ。そのあとすぐ、私たちは湖北省が刑務所の役人たちを免職にしたのを知った。驚くほど速い対応だった。一方、新たな感

染確認者は初めて二百人以下になった。新たな疑似感染者も百人に満たない。友人の医師によれば、二、三日のうちに低減期（百人以下）に入るかもしれないという。武漢市民に希望の光が見えた。これは……もしかして、封鎖解除が早まるのではないか？　九百万の武漢市民が現在、いちばん望んでいるのはそれだ。夜、友人に告げた。あと半月、待てばいいのだろう。この情報は予想を上回っている。四月までは長引かないだろう。

沈鬱というのが依然として、ここ数日の武漢市民の印象である。今日、ネット上で資料を見た。多くの人が武漢を語るとき、「悲情城市」＊＊という言葉を使っていた。私は、どう表現したらいいのかわからない。春節のころの情景について言えば、「悲情」の二文字では軽すぎる。当てはまるとしたら、「凄惨」ではないだろうか。常凱〔96ページ参照〕の遺書を読み直せば、すぐに「凄惨」の意味がわかる。最近、ある文章が、広東の医療スタッフが初めて漢口病院に着いたときの様子を語っていた。その中に、こんな描写がある。「正月二日の昼に、私たちは重症患者の病室を引き継いだ。二時間もしないうちに二、三人が亡くなり、夜にはまた二人が亡くなった。別の日には、急診で担ぎ込まれた患者が、病室に入る前に亡くなっている。最初の数日は、特に患者が多かった。ピーク時の発熱外来の患者は千五百人から千六百人に達した」これは一つの病院の状況にすぎない。武漢の病院の数だけ、同じ光景があったのだ。各省から応援に来た医療スタッフには、暇ができたら、ぜひ記録してもらいたい。武漢に着いたばかりのころに、彼らが見た光景はどうだったのか。そして、当時の武漢が彼らに、どんな驚きをもたらしたのか。それはきっと、終生忘れられない出来事

＊　小麦粉をこね、くるくる巻いた形にして蒸した食品。
＊＊　「悲しみの都市」の意、同名の台湾映画（侯孝賢《ホウ・シアオシエン》監督）がある。

だっただろう。記録して、武漢市民が何を経験したのか、後世の人に伝えよう。

そこで、思い出した。感染症の経緯を全力で再検証しようとしていた記者たちは、調査と追跡を進めているだろうか？　武漢市民にとって、それこそがいちばん大事なことだ。いまはもう情勢が落ち着いてきているから、原因追及を議事日程に上げてもいいだろう。そうでないと、時間の流れにつれて、痛みも忘れられてしまう。私は心配している。人は気持ちが楽になると、それまでの苦しみを思い出すことを望まない。災難の中で死んでいった常凱たちのことも忘れようとする。そう言えば、感染症が終息したら記念碑を建てるという話もあるではないか。記念碑の一角に、常凱の遺書を刻みつけてほしい。後世の人がそれを読めば、二〇二〇年の武漢の災難の様子がわかるだろう。あらゆる武漢市民は、命を救うために献身した医療スタッフも含めて、記者たちが追跡調査を続けることを全力で支持する。二〇日間を無駄にしたのは、いったい誰だったのか。あの二〇日間のせいで、二千人の武漢市民が命を落とし、数千人の武漢市民がいまも病床で生死の瀬戸際にある。九百万の人たちが外出できず、五百万の人たちが帰宅できなくなった。これは絶対に、ゆるがせにできない問題だ。連中の責任転嫁を許してはならない。今日、「専門家による原因不明の肺炎の上層部への報告は、なぜもみ消されたのか」という文章を読んだら、こんな一節があった。『中国新聞週刊』の取材に対して、当時のことを語った曽光《ゾン・グアン》〔一九四六年生まれ。国家衛生健康委員会の専門家〕は、机を叩いて言った。あのときの私が、李文亮や張継先《ジャン・ジーシエン》〔一九六六年生まれ。湖北省中西結合病院の女性医師、呼吸器内科主任〕の存在を知るはずがないでしょう？」能力と勇気と良識を持った親愛なる記者のみなさんに、調査の継続をお願いする！　家にこもった九百万と省外を流浪した五百万の武漢市民は、記者たちの声に耳を傾けているのだ。私たちはみな知りたがっている。いったい誰が、事実を隠蔽したのか！

四〇日間、家にこもっていると、人間の忍耐力は限界に達する。これは私が、ずっと気にかけているることだ。ネット上には多くのカウンセリングサイトがあるが、問題を解決してくれるかどうかわからない。幸福な家庭は似たり寄ったりだが、不幸な家庭にはそれぞれの不幸がある。「武漢市民の九百万種の心の悩み」という文章のタイトルは素晴らしい。武漢市民がネットで訴えた悲痛な話を集めている。心の内をさらけ出すことは、いちばんいいカウンセリングの方法だ。私が毎日、この日記を書くように。しかし、「プラスのエネルギー」〔52ページ参照〕という棍棒が、さらけ出した者の頭上にときどき降りかかってくる。それは大義名分のある棍棒だ。多くの人が、それを振りかざす。泣きながら訴えると、「混乱を引き起こした」「感染症との闘いを邪魔した」「マイナスのエネルギーだ」と言われてしまう。マイナスのエネルギーを消滅させることが、プラスのエネルギーの絶対的使命である。ああ、世の中のことがそんなに単純に割り切れるなら、生まれてきた意味がない。プラスのエネルギーが我がもの顔で登場するなら、その「プラス」とは何なのか？　泣いたあと、心の内をさらけ出したあとで立ち上がり、前進を続ける人もいるのではないか？

最近、たくさんの記者から取材を受ける。その中で、面白い質問があった。今回の感染症流行において、なおざりにされている人たちや物事はありますか？　考えてみると、なおざりにされている人たちや物事はじつに多い。初期の武漢は慌ただしく封鎖されたので、穴だらけで底も抜けている大きな桶のようだった。政府は必死で底をふさいだ。だが、たくさん開いている穴にまでは、手が回らなかった。無数のボランティアたちに感謝したい。あの若者たちは大したものだ。彼らが穴をふさぎ、綻《ほころ》びを繕《つくろ》った。例えば、金銀潭地区の医療スタッフの送り迎えを請け負った汪勇《ワン・ヨン》〔宅配便の配達員〕。封鎖から一か月の間、六百人以上の居住民のために薬を買いに走り、逆に告発されてしまった呉悠《ウー・ヨウ》。そして四川からやってきて、武漢の病院の医療スタッフのために弁当を作った劉鮮《リウ・シエン》。ほかにも、たくさんたくさんいる。しかし、誰かが命じてやらせたわけではない。彼らは困っている人がいるのを見て、自発的に引き受けたのだ。理屈から言えば、政府の各部門に担当者がいて、都市封鎖と同時に責任を果たし、このような問題に適切に対処すべきだった。残念なことに、彼らは俗世間の生活を知らず（言い方を換えれば、管理水準が低く）、指示文書がないと一歩も行動できない。政府は、自分たちの失敗をカバーしてくれたボランティアに感謝すべきだ。彼らがいなければ、武漢はさらに多くの困難に見舞われていただろう。

今日、「二次災害」という言葉を覚えた。都市封鎖はやむを得ないが、全体的な展望のない長期封鎖はまずい。今後の副作用は、想像を上回る可能性がある。もしも官僚たちが民生問題を直視せず、健康な人たちが今後向き合う苦境を現実として受け止めず、さらに臨機応変に対応策を考えなければ、そのあとの問題が新たな「ウイルス」になるだろう。ここ数日、多くの人がこのことを議論している。

昨夜、友人がグループチャットで流布しているアピールを転送してきた。農民工〔出稼ぎ農民〕の問題にも触れている。ここに原文を採録しておこう。

> 国は民を根本とし、民は食を天となす。政府は国民の政府であり、国民は労働で家と国を豊かにする。感染症と闘うと同時に、政府の各部門は「農民工の復職推進チーム」を設立するべきだろう。現在、湖北人は省外へ出られない。採用してもらえないのだ。いずれ改めてなどと言って、婉曲に

断られる。しかし、区域を分けてから三〇日（ちょうど経過観察の一四日が二回分）が過ぎたのだから、感染のない一部の区域は制限を解除するべきだ。合わせて、政府が手配した専用車、もしくはボランティアによる輸送によって、職場復帰後一四日間の隔離という措置も免除するべきだ。もし政府がこれを重視しないなら、湖北の農民工はほかの地方の人たちに職を奪われ、大多数が失業してしまう。これは何とも大きな後遺症で、重視されなければならない。例えば、辺鄙な山間部の人が少なくて感染例もない地区では、政府が先頭に立って雇用主と折衝するべきだろう。今年は湖北人と聞いただけで恐れられるのだから、労働者にとって危機的状況だ。湖北省政府が農民工の復職に動かなければ、山間部の感染症が発生していない地区は失業の波に呑み込まれ、年越しで金を使い果たし、年が明ければ収入ゼロで、家族全員が食い詰めてしまう。どうしたらいいのだろう？感染のない地域のことをもっと宣伝し、労働者の受け入れを政府が後押しし、企業が協力しなければならない。専用車で現地まで輸送し、隔離検査を経て職場に復帰させるのだ。大きな問題はないだろう。湖北人全員が感染者というわけではない。政府は感染症を重視すると同時に、民生にも関心を払う必要がある。農民工の家庭は、今日働かなければ、明日には飢えてしまう。湖北省の各政府がこれを重視し、行動日程を組むことを願う。民生はみんなの問題だ。この文書の拡散を希望する。

以上、アピールの全文を転載した。

三月三日
（旧暦二月一〇日）

私たちにも説明してほしい

依然として曇天で、うすら寒い。私の郊外の家の隣人が朝、写真を送ってきた。コメントがあって、「おたくの海棠の花が咲きました」「あなたの微信がブロックされました」という。微信の内容が削除されるのは、もう慣れている。しかし、海棠の花が咲いたというのはうれしいことだ。去年の夏から秋にかけては、雨が降らなかった。葉が全部枯れ落ちたので、私は木が死んでしまったのではないかと心配した。しかし、植物の生命力はなんと強いことか。早春の時期に、こんなに鮮やかな花をつけるとは。画面を通して、咲き誇る花の興奮が伝わってくる。

今日のニュースも、悲喜こもごもだ。感染症について、友人の医師はもうかなり楽観的になっている。武漢の状況は明るい。おとといから事態は好転し、昨日はさらに一歩前進した。新たな感染確認者と疑似感染者の合計が二百人を割った。疑似症の症例も、かなり減っている。二、三日のうちに低減期に入り、すべての症例を合わせても百を切るようになるだろう。そうすれば、感染症蔓延を抑え込むことも期待できる！　いまは確かな記録に基づいて、全力で治療効果を上げ、致死率を下げて、できるだけ入院の期間を短縮しなければならない。

そうだ。致死率を下げることは、とても重要である。残念なことに、また訃報が伝わってきた。今日、人々の心を震わせたのは、中央病院の梅仲明《メイ・ジョンミン》〔一九六二年生まれ〕医師の死だった。彼は李文亮と同じ眼科の副主任である。五七歳で、腕のいい眼科医だ。外来診療に押し掛ける患者が多かったという。ニュースが伝わると、かつて治療を受けた人たちが次々にネット上に追悼文を寄せた。

私は以前、テレビ局の友人から「彼は私の隣人だ」と聞いたことがある。彼らの団地では、住民が梅医師のために祈りを捧げた。安らかに眠ってほしい。

武漢ではおそらく、中央病院以上に悲惨な病院はないだろう。地理的に言うと、中央病院は華南海鮮市場の近くにある。最初に新型肺炎の患者を受け入れた病院だった。最強のウイルスに感染した患者が、たくさん治療に訪れたはずだ。市民がこの病気をまったく知らないときに、中央病院の医師たちはウイルスを防ぐ盾となった。彼らが感染してバタバタと倒れるに至って、暢気《のんき》に構えていた人々（政府高官を含む）はようやく気づいた。この新しいウイルスは、こんなにも強烈なのか。だが、もう遅かった。

私の下の兄は、この病院の古くからの患者である。兄によれば、中央病院はかつての武漢第二病院の系列で、医療水準が高い。兄嫁が手術を受けたのも、この病院だったという。それを聞いて、私は初めて知った。若いころ病気になるとよく行った南京路の第二病院が、名前を変えて中央病院になっていたのだ。第二病院の前身は漢口天主堂病院で、一四〇年の歴史がある。私は小説『時間の下の水』〔原題『水在時間之下』、二〇〇八年刊、未邦訳〕で、この病院が戦争中に日本軍の爆撃に遭った場面を描いた。古い第二病院は元の場所にあり、中央病院の一部となっている。聞くところによると、コロナウイルスに感染した中央病院の医療スタッフは二百人以上で、重症化している人も多いらしい。すべて、初期の感染者である。数日前、こんな報道があった。李文亮が訓戒処分を受けたため、*「一月二日以降、病院は医療スタッフに、感染症のことを外部に漏らしてはならないと命じ

＊　李文亮が武漢市公安局から正式に訓戒処分を受けたのは一月三日。しかし、その前日、中央病院の監察課は「デマを流した」医師たちを呼び出し、厳しい譴責と口封じを行った。

た。文字や写真など、証拠になる形でウィルスについて語ることも禁じた。申し送りで必要なときだけは口頭で伝え合った。診察に訪れる患者に対しても、ひた隠しにするしかなかった」という。

　これとは別のメディア、「楚天《チューティエン》新メディア」*にも、中央病院に関する報道がある。文章と写真が引用してあり、次のように書かれていた。「武漢市中央病院は、すでに感染した医療従事者が最も多い病院となった。現時点で二百人以上が感染し、その中には三人の副院長と看護科の主任も含まれる。多くの部課室の主任がエクモ〔人工肺装置〕で生命を維持しており、多くの主任医師が人工呼吸器を付けている。第一線の医師と看護師が、死ぬか生きるかの瀬戸際にある。救急外来は崩壊状態、腫瘍科の医師と看護師は二〇人近くが倒れてしまった……惨劇は枚挙にいとまがない。次々に恐怖が襲ってきて、胸が張り裂けそうになる。誰もが彼の次に感染するのは自分かもしれないと、心の中で思っているから」この文章は、より具体的だ。中央病院に行って確かめることができないので、記述が正しいかどうかはわからない。だが、中央病院の医療スタッフの中に死傷者が出ている惨状は疑いようがない。

　彼らは感染症流行の初期段階において、背負いがたい生命の重みを背負った。だとしたら、明らかに感染の恐れを知りつつ感染したのであろう。医師たちはみな防護服をつけずに、「飛んで火に入る夏の虫」のような行動に出た。病院は、これほど多くの犠牲者を出して、疚しさを感じ責任を取ろうと思わないのか？　例えば、軽くて引責辞任、重ければ上級機関から処罰を受けるはずだ。「新しいウィルスなので、みな認識を欠いていた」という理由で、言い逃れできるのか？　中国人は潔く懺悔《ざんげ》しようとしない。しかし、多くの人命が失われているのだから、誰かに懺悔してもらわなければならないだろう。おまえたち、立ち上がって懺悔しなさい！　今日、ネット上での呼びかけがあった。「この病院には、しばらく診療を停止してもらおう。これだけ多くの同僚が亡くなったり重症に陥ったりしているのだから、残された医療スタッフの心理的な傷は深いはずだ」

二〇日間のタイムロス、二〇日間の隠蔽がもたらした災難は、人の死だけではない。都市封鎖が、もう四〇日あまり続いている。最も危険な段階は過ぎたけれど、最も苦しい期間はどこまでなのかわからない。

武漢市民は、いまも気が晴れない。別の友人の医師によれば、悲哀と抑鬱が重なると未来に希望が持てず、人間の心の不安は極限に達するという。ほかに、民生の問題もある。一般庶民の経済的基盤が崩れることで、やはり不安が増す。方向感覚もなくなる。いつ外出できるか、いつ仕事を再開できるか、わからないからだ。自分の力では手がかりがつかめず、制御不能の状態なので、最低限の心の安定も失われている。そんなときには、自分を落ち着かせるもの、手ごたえを感じさせるものがほしい。例えば、一つの見解である。感染症が猛威をふるっていたときは、誰も責任の追及をしなかった。調査する時間もなかった。人々は思いやりの心を持ち、こだわりは全部捨てた。しかし、いまは局面が好転し、心の中にしまっていた問題が表面に出てきた。回答を必要としている。一方では、急展開を見せる出来事もあった。出獄した女が北京に帰った話**や医師の資格のない李躍華が診療行為をした話などである。同じく感染症流行中の事件なのに、処理のスピードがとても速かった。ところが、答えてほしい問題には回答がない。例えば、李文亮のことだ。長く調査が続い

＊　湖北省の地元メディア。『楚天都市報』を発行している。
＊＊　新型コロナ肺炎に感染していた武漢女子刑務所の受刑者が、釈放後に迎えに来た家族の車で北京に帰ってしまった事件。

ているのに、まだ説明がない。

そうだ。李文亮の事件は一つのしこりである。中央病院の死傷者のことも、しこりと言える。このしこりを一つずつ解きほぐさなければ、武漢市民の心は晴れない。時間の経過につれて、このしこりは固く複雑なものとなる。心の傷も、どんどん大きく深くなる。カウンセリングの専門家によれば、危険が去ると同時に本当の傷が表に現れるのだという。端的に言おう。李文亮について説明してほしい。中央病院についても説明してほしい。私たちにも説明してほしい。

三月四日

団体購入、テレビドラマ視聴、就寝、それがいまの生活なのだ

今日は素晴らしい晴天だ。日差しが明るく、すっかり春めいてきた。緑の葉と赤い花が色を競い合い、あたりは「プラスのエネルギー」に満ちている。中庭のコウシンバラが、新しい枝を伸ばしていた。去年はずっと郊外の家で創作に集中していたので、まったく手入れをしていなかったのに。剪定、誘引、施肥《せひ》、いずれもしなかった。ところが、枝葉は伸び放題に伸びてきた。その様子を見て、私は枝を柵に縛り付けようかと思ったが、少し可哀そうな気もした。

感染症が抑え込まれたのは、まぎれもない事実だ。私は長年、武漢に住んでいるので、これが容易なことではないのがわかる。武漢はとても広い。三鎮の構造は極めて複雑で、古い横町や旧市街が幾重にも入り組んでいる。その上、恐ろしいことに、ウイルスがどこにいるかわからない。この短期間のうちに、ここまで抑え込めたのは、確かに簡単なことではない。しかも、感染症流行の初

期は春節だったし、政府が愚策を連発したため、ひどい混乱状態に陥った。トップが交替してから、政府は感染症との闘いに力を入れ、明らかに効果を上げた。現在は、大きいところが片付き、残っているのは仕上げの仕事だけだ。事後処理に手をつけるべきだろう。例えば、武漢に閉じ込められて帰郷できない省外の人たちや、他省に滞在していて帰れない武漢市民の救済である。本来、これらはみな解決が難しい問題ではない。今日、友人の医師が言っていた。状況が引き続き改善されていけば、感染症は明日にも低減期に入るだろう。どうやらいま、私たちはついにホッとひと息つけるようになったらしい。

午後、友人がとても長い録音を送ってきた。武漢に応援に来た病院関係者の談話である。武漢到着後、彼らのチームが治療活動に当たった経過を友人たちに語っている。とても理性的で、抑制的で、客観的だ。経過を語るだけで、ほかのことには触れていない。しかし、武漢と武漢市民のことを語るとき、彼は思わず声を詰まらせる。私たちは、それを聞いてすぐに、嗚咽の背後に何があるのかを理解した。彼は自分の目で当時の状況を見たが、口に出すことができないのだ。それで、こらえきれずに嗚咽を漏らした。何と慈悲深い、仁愛に満ちた医者だろう。武漢に応援に来た彼らのような医療スタッフが、感染症終息後に記録を残してくれることを改めて期待したい。とりわけ、初期に目撃したことの全貌を語ってほしい。それは二〇二〇年の感染症との闘いについての貴重な資料となり、歴史的な意味を持つはずだ。

私は最初に日記を始めたとき、こんなに多くの人が読んでくれるとは思いもしなかった。自分のために、記録するだけだった。一部の公式アカウントが恐ろしい表題の文章で私を批判し、私は耐えがたい思いをした。そして私は知った。武漢でこのような記録を残している人は、作家や詩人を含めて少なくない。記録の方式、記録のポイントはそれぞれ違っているが、どれも貴重なものである。私はかつて小説について、「文学は個人の表現だが、無数の個人の表現を集めれば、一つの民族の表現になる。そして無数の民族の表現を集めれば、一つの時代の表現になる」と述べた。同じ理屈で言うと、個人の記録は微々たるもので全体を概括できないが、無数の個人の記録を集めれば、あらゆる角度からあらゆる過程の真相を明らかにすることができるだろう。

大きな災いをもたらした華南海鮮市場は、昨日の午後から三日間の予定で、清掃と消毒の作業が始まった。正月早々、ここは封鎖され、毎日消毒の人が来ていた。しかし、封鎖当初は管理が杜撰《ずさん》で、店内には商品がそのまま置いてあった。おそらく誰もが、封鎖がこれほど長期化するとは思わなかったのだろう。ここで発生したウイルスが全国に、そして全世界に蔓延するとも思わなかったはずだ。市場の電気と水道が止まると、天候が暖かくなるにつれ、多くの海産物が異臭を放つようになった。私の下の兄は言う。万科《ワンコー》〔武漢天河《ティエンホー》空港近くの居住区〕のあたりまで臭いが漂っている。千人にも及ぶ出店者のほとんどは、まともな商売人だった。彼らは他の武漢市民と同じく被害者であり、被害の程度がより大きい。消毒の期間中に、店にあった商品はすべて処分されてしまったようだ。将来、ここはどうなるのだろう？　災害記念碑を建てることを提案する人もいるが。

今日は買い物の話をしよう。団体購入の方法がますます便利になっている。ネットの可能性は無限だ。応用力が非常にすぐれている。アイデア満載と言っていいだろう。下の兄によると、兄嫁は記録をつけているらしい。毎日、どんな買い物をしたか、すべて文章にして残している。兄が送ってくれたので、食材の購入の部分を抜き出してみた。食材の購入記録なら、絶対に削除されないだろう。以下は、下の兄の家のここ数日の購入状況である。武漢市民の生活の縮図と言えるのではないか。

一、今日の午後はすでに一度、一階まで下りた。「愛心菜」〔136ページ参照〕の受け取りのためだ。事前にXさんが電話で知らせてくれた。私たちは、これは独居老人や低所得層のためのものだと思っていた。私たちも年齢は六〇を過ぎているし、子供が同居しているわけでもないから、条件は満たしている。しかし、まだ大丈夫だと思って、これまでは受け取らなかった。今回も、もらわないつもりでいた。だが、団地の事務所の所長が直接電話をかけてきたのだ。野菜は一階の玄関前に届いているから、すぐに取りに来てくれという。そこで私は、しっかり防護態勢を整えて下りて行った。二つの大きな包みの横に、ビニール袋が置いてあって、好きなだけ詰めて持ち帰ることができる。私はレタスを四玉もらった。炒めて食べるなら、二食分にはなるだろう。何度もお礼を言ったあと、長居はせずに急いでエレベーターに乗り、家に戻った。わずかなレタスに金銭的な価値はないが、気にかけてもらっているという安心感が身に染みた。

二、団体購入のことは、おろそかにできない。非常事態なので、計画がしばしば変化に追いつけなくなる。微信のグループ内の情報で、豚肉が売り切れたと知り、急いで団体購入でタマゴを三〇個追加注文した。肉の代用品になるだろうが、何度か外出しなければならない。幸い、この団地で見つかった感染者、疑似感染者、濃厚接触者はすべて隔離された。マスクを二重にして、人と会話せず、家に戻ったら服を着替えて手を洗うことにしよう。

三、微信のグループチャットに午前中に連絡があり、追加で申し込んだ団体購入品の第一弾が入荷したという。我が家は鳥の胸肉二袋だけだった。悩ましいのは団体購入の場合、人が多くて順番待ちの時間が長くなることだ。品物をいつ手にできるか、予想がつかない。午後から呼び出しが始まり、夕食から一時間後に確かめたら、まだ六〇番で止まっていた。頻繁にスマホを見なければならない。急に番号が進んで、自分が抜かされてしまうこともあるから。もう一度よくグループの情報を見たら、スーパーの店主は食事に行ったらしい。いつ帰ってくるか、わからない。配布が夜の一〇時以降になることも珍しくないという。我が家は一一四番で、一〇時五六分にようやく受け取りに行くことができた。おそらく、さらに六〇人以上が待っていたと思う。店主は今日一日、腹も減り疲れたことだろう。急いで食事をとって、ひと息つかなければ身が持たない。因果なことだ。私たちも大変だが、店主はもっと大変である。感染症流行の期間中、日夜駆けずり回り、命がけで仕事をしてきた。ウイルスに感染しなくても、過労で倒れるかもしれない。

四、ここ数日、団地の南門まで品物を取りに行くのが、日常生活において最も運動量の多い仕事になっている。より適切な言い方をするなら、南門への往復が高度の緊張状態に入るための興奮剤になっているのだ。少しも大げさな話ではない。昨夜は一一時近くに団体購入の品物二袋（合わせて二キロ）を取りに行ったあと、いつもと同じように顔を洗い、ベッドに入ってテレビドラマを見た。そのあと寝ようと思ったが、夜中の一時になっても眠気が訪れない。今朝は七時半に起きたが、まだ眠い。生活のリズムをこれ以上乱さないために、無理して起き上がった。うれしいことに今日はまた、新しい宅配の団体購入グループが現れた。重要なのは、小物商品が買えることだ。ちょうど、酵母粉、澱粉《でんぷん》、辣油などの調味料を買い足さなければならなかったので、すぐに注文した。

以上から、居住区のサービスが行き届いていること、スーパーの店主が苦労していることがわかる。多くの武漢市民にとって、団体購入、テレビドラマ視聴、就寝、それがいまの生活なのだ。

今日は都市封鎖から四二日目である。

三月五日　常識とは、とりわけ深刻なものである

気持ちのいい晴天だ。日差しがまぶしい。大通り、中心街、公園はすべてコロナウイルスに占領され、私たちは家にこもっている。ウイルスは亡霊のように、人の姿を求めて、広大な都市を漂う。昼間の太陽の熱の力で、ウイルスを消滅させることはできないのだろうか。今日は啓蟄《けいちつ》だった。都市封鎖から四三日目になる。数日前、私は友人に「普段より忙しくなった気がする」と言った。テレビドラマのシリーズを見終わらないうちに、山ほど映画を用意してしまった。結局、一本も見ていない。郊外の家の隣人・唐小禾先生は、孫娘が食事をする様子の動画をアップしている。孫娘がバクバク食べる姿は、とても可愛い。友人に言わせると、昼間はその動画を見て、夜は方方の日記を読むと、一日が終わってしまうそうだ。動画も面白いが、友人の話も面白い。

今日は特別な日だ。この日を思い起こさせる人物が三人いる。一人は周恩来総理で、我々の世代が最もよく知っている指導者だ。当時は、彼の名前が新聞に載っていると、心が落ち着いた。三月五日は彼の誕生日である。彼が亡くなったときには大きな騒ぎが起こり、四月五日の「第一次天安門事件」につながった。若い人は、そんな出来事があったことを知らないだろう。当時は一篇の詩が広く流布した。いまでも記憶に新しい。「悲しまんと欲すれば鬼の叫ぶを聞き、我哭《こく》すれば豺狼《さいろう》

が笑う。涙を灑《そそ》ぎ雄傑を祭らんと、眉を揚げて剣を鞘《さや》より出《いだ》す」〔『天安門詩抄』に収める王立山《ワン・リーシャン》の詩〕

二人目は雷鋒〔77ページ参照〕である。より多くの人が知っているはずだ。小学校のころから記憶に刻まれ、いまも忘れられない。雷鋒は善人で、私の世代にとって成長過程の同伴者だった。今日は彼の記念日である。*昔、こんなジョークがあった。毎年この日になると、小学生がみな老人の手を引こうとするので、老人の数が足りなくなった。中国では、どれほど多くの人たちが雷鋒に学びつつ大人になったことか。

さらに、もう一人いる。おそらくは忘れられたか、一部の人の記憶に残っているだけで、まるで存在しなかったかのような人物だ。彼は遇羅克《ユー・ルオコー》〔一九四二〜一九七〇。一九七九年に名誉回復。妹は作家の遇羅錦〕という。五〇年前の今日、彼は反動的発言〔出身階級による差別に反対した〕の罪で、銃殺された。わずか二七歳の若さで。私たちのように「文革」後に再開した入試を真っ先に受けて大学生になった世代で、彼の名前を知らない人はほとんどいない。私たちはかつて、彼の運命を手がかりに、民族と国家の運命、そして私たちの未来について考えたことがある。ある人は、「遇羅克の文章には深刻さがない。語っているのは、ただの常識だ」という。そう、まさに常識だ。しかし、私はいつも、人々が「深刻さ」に対して間違った要求をしていると思っている。常識とは、最も深刻な道理と最も頻繁な実践の中から生まれる。常識とは、とりわけ深刻なものである。例えば、人は生まれながらにして平等だ。北島《ベイダオ》**はかつて、遇羅克を悼む詩〔「宣告——遇羅克に献《ささ》ぐ」〕を書いた。その中の有名な一句「英雄のいない時代に、私はただ一人の人間でありたい」は、いまに至るまで多くの文章が引用している。正常な人間であること、常識的な生活を守ることは、どちらも難しい。

感染症の話を続けよう。状況は好転しているが、そのスピードは緩やかだ。新たな感染確認者は、相変わらず百人以上いる。まだ、低減期には入っていない。ここ数日のうちに、この数値が下降していけば、膠着状態を抜け出すことができるのだろう。以前、友人の医師は、「ごろつきウイルス」と言っていた。現状を見ると、なるほどと思う。どこに現れるか、何人に感染するか、わからない。それまでの努力を水の泡にしてしまう。

数日前、友人の江《ジアン》監督が知らせてくれた。彼女の友人の李亮《リー・リアン》は退院後の経過観察期間に突然、亡くなったという。江監督は武漢市文化局の演出家だ。彼女は李亮のところへ理学療法を受けに通っていた。李亮はリハビリ専門の医師だった。春節前、彼は中央病院の李文亮のために頸椎の治療をした。そして一月一〇日に発熱し、漢陽の仮設病院に入院したのだ。PCR検査は二回とも陰性だったので、彼は仮設病院を出てホテルに隔離された。しかし、本人は症状の重さを感じていて、自分の先生に電話したときには大声で泣いたという。最終的に、彼は死を免れることができなかった。わずか三六歳で、まだ若い妻と幼い子供を残して逝ってしまった。

江監督は電話で私に、PCR検査は正確なのだろうかという話をした。私にもわからない。少し前に見た資料では、少なからぬ人が退院後、経過観察期間に再び陽性に転じたという例が紹介されていた。私たちは、退院の基準に問題があるのではないかと語り合った。果たして、その後間もなく「退院の基準は緩すぎる」という専門家の見解が出た。そして今日、新たな通知を目にした。明日から仮設病院にいる患者は退院する予定の人も含めて全員、改めて採血し、ウイルスの抗体検査を行うという。

* 一九六三年三月五日、毛沢東が「雷鋒同志に学ぼう」という文章を発表した。
** 一九四九年生まれ。地下雑誌『今天』を創刊した反体制詩人。現在は香港中文大学教授。

今日、武漢ではある動画がホットな話題となった。中央政府の高官がある団地を視察に訪れたとき、住民がマンションの上から「偽装だ！　偽装だ！」と叫んだ。高官は視察の途中で帰って行ったという。動画を見て、人々は盛んに議論した。武漢にはまだ心の強い人がいるのだ。その団地で実際に偽装があったのかどうか、私にはわからない。しかし、長年にわたって、政府の高官が視察に来るときに様々な形式主義が横行することは、誰もが知っている。けれども、末端組織を責めるわけにもいかない。上の組織だって偽装しているのだから、末端もしなければ生き延びることができなくなる。武漢が封鎖に至ったのも、偽装の結果ではないか？　以前、いろいろな場面で私は言った。もう少し、事実に基づいたやり方をしなさい！　文書の指示に従うときも、事実を踏まえなければダメだ。文書は画一的で、多くの現場の問題を無視している。事実に向き合えば、文書の欠陥を上層部に伝えたり、自らが遺漏の埋め合わせをしたりできるだろう。だが、聞く耳を持つ人がいない。偽装をする、しかも大っぴらに偽装をする、形式主義、しかも際限のない形式主義、それがすでにこの社会の「新型コロナウイルス」になっている。今回の感染症が終息したあと、治療のための処方箋は見つかるだろうか。

今回、武漢市民は幸運だった。信頼できる友人によると、この動画は本物だ。中央政府の高官は午後、早速会議を開き、大衆が指摘した問題を解決せよと命じたという。これは素晴らしいではないか。もし、あの叫び声がなければ、高官が市民の苦しみを知ることはなかった。沈黙して語らず、偽装に加担していれば、バカを見るのは自分だ。だから、叫ぶべきときには叫ばなければならない。改めて言うと、他人と違う声を発するのは、なかなか難しい。だが、やはり声を発することは大事だろう。だから、私は大声で叫んだ武漢市民に敬服する。そうした声には、大きな意義がある。少なくとも、偽装に慣れてしまった人は、また同じことをしようとしたときに、ためらうはずだ。彼らは自分の身の回りにも、大声で叫ぶ庶民がいるのではないかと思うから。社会の進歩は、私たち一人一人が偽装をしないことから始まる。さらにランクを下げて言うなら、私たちが一人一人が偽装に加担しないことから始まるのだ。

今日はもう一つ、興味深いニュースがあった。政府は新型コロナウイルス感染症予防に功績のあった団体と個人を表彰した。その中に含まれていた二人の人物に、私は強い思い入れがある。一人は、北京の王広発〔40ページ参照〕医師だ。彼は第二陣として武漢に来た専門家だった。かつてブログの中で第一陣と書いてしまったことをお詫びしたい〔現在のテキストでは修正済み〕。北京に帰った王医師は、武漢に「予防も制御もできる」という言葉を残した。これと「ヒト－ヒト感染はない」が合わさって、武漢市民に壊滅的な災難をもたらした。王医師は多くの誇るべき成果を上げている。医者としての能力も高い。「予防も制御もできる」というセリフも、彼一人が決めたことではないだろう。しかし、いずれにしても、この言葉は王医師の口から出た。苦難を味わっている武漢市民を前にして、少しも良心の呵責《かしやく》を感じないのだろうか。少しは武漢市民に謝罪してもいいはずだ。私はもともと、王医師に偏見を持っていなかった。ところが、彼は退院するとき、記者の取材に対して、臆することなく自慢話をした。それで反感を覚えたのだ。医者はそういう態度を見せてはいけない。「医は仁術なり」と言うではないか。慈悲の心のない医者は、よい医者ではあり得ない。王医師は表彰を受けたが、武漢市民に対しては借りを作った。第一陣、第二陣の専門家グループも含めて、彼らには貸しがある。それは返してもらわなければならない。さもないと、非業の死を遂げた三千人の霊魂は安息できないだろう。

もう一人は李文亮である。李文亮が表彰される人物のリストに入った。すでにカタがついたという意味か？　李文亮があの世でこれを知ったら、泣くだろうか、笑うだろうか？

三月六日

この膠着状態はいつまで続くのか

今日は曇り。空が暗いので、気持ちもどんよりしてしまう。空気が重苦しく、至るところに悲しみが漂っている。感染症の状況は、昨日とあまり変わらない。新たな感染者の数は、依然として百人を超えている。この膠着状態はいつまで続くのか。来週には終息に向かうのだろうか？

ここ数日、私も多くの武漢市民と同じく、抑鬱状態で頭痛がしている。特に、電話を受けるのがつらい。人と話す元気がまったくないのだ。最も単純な形で生きている。何も考えたくない。都市封鎖より前の記録を整理してみた。当時は他人の微信の文章を転送し、それに感想を書き加えて記録としていた。今日はこれらを集め、自分の日記とつなげてみよう。

一月一九日「新型コロナウイルス予防には、ぜひマスクの着用を」を転送

先月、成都へ行くとき、後輩の徐旻がN95のマスクをくれた。空気が悪いのを心配して。だが、武漢の空気もよいとは言えない。私は空気が悪いのには慣れている。それでマスクをポケットに入れたまま、使わなかった。ここ数日、武漢の感染症についての噂が増えてきたが、家にはマスクの備蓄がない。昨日、病院へ友人を見舞いに行ったとき、用心しないといけないと思った。そこで、

徐旻がマスクをくれたことを思い出し、慌てて探し出した。最初はつけ方がよくわからず、思い悩んだ。いま、この説明書を確認したところ、つけ方は正しいが細かい点に注意が足りなかったことがわかった。

私はもう五〇年ほど、マスクをつけていない。いまつけてみると、子供時代に戻ったような気がする。

一月二〇日「蔣彦永：これはすべて二〇〇三年の実情である」を転送

蔣彦永《ジアン・イエンヨン》*は述べている。「張文康《ジャン・ウェンカン》**の演説を読めば、その誤りに気づくはずだ。張立平《ジャン・リーピン》、王《ワン》部長〔いずれも軍の衛生部門のトップ〕らは、もう退職しているから、本当のことを言うだろう。中国はこれまで、嘘をついてひどい目に遭う経験をたくさんしてきた。今後はできるだけ、本当のことを言ってほしい」

現在、嘘をつく人は二〇〇三年よりもずっと多い。一方、敢えて本当のことを言うメディアがなくなった。私たちが今回目にしている「武漢肺炎」に関する政府の情報が本当であることを願うばかりだ。

一月二〇日「百歩亭〔25ページ参照〕の四万世帯あまりが年越しの食事会を開く」を転送

「武漢肺炎」が伝えられている時期に、団地でこのように大掛かりな食事会を開くのは、基本的に

＊　一九三一年生まれ。外科医、ＳＡＲＳ流行時に政府の隠蔽体質を批判し、その後は軟禁状態に置かれている。
＊＊　一九四〇年生まれ。ＳＡＲＳ流行当時の衛生大臣、対応を誤ったとして更迭された。

犯罪行為だ。いかに形式主義を愛し、太平の世を宣伝したかったとしても、市政府はこのような集団食事会を禁止すべきである。住民の自発的な行動であっても、許すことはできない。

一月二一日「四三二時間の献身的看護に敬礼、彼らはそれを責任だという」を転送

いちばん大変なのは、武漢の医師たちである。今年、彼らに正月休みはないだろう。彼らに敬礼！

集まらず、出かけず、冷静を保つ。出かけるときはマスクを着用。随時手を洗い、塩水でうがいする。自分を守ることが協力になる。

一月二三日「感染症に立ち向かう、行動力のある武漢大の海外の卒業生は強い味方だ！」を転送

武漢大学の卒業生たちのニュースを転送した。

いつも私は冬になると、寒さを避けて海南省へ行く。今年は暖冬だし、春節が早いので、行くのを遅らせることにした。そのために封鎖に遭い、武漢市民と苦難をともにすることになった。

都市封鎖は、政府のやむを得ない措置だと思う。感染初期の対応では、あまりにも多くの時間を無駄にしてしまったが（一月の中旬には二つの会議〔59ページ参照〕が予定されていた。会議開催のために、役人の手がふさがっていること、暗いニュースを発信できないことは誰にでもわかる。状況を知っている記者たちは、板挟みになった。どうしたらいいのだろう？　人命にかかわる問題だが、役人たちにとっては会議を開くことのほうが重要なのだ。政治第一で、人の命が失われた。感染症が治まったら、不作為の責任を負っている役人たちは、どうやって市民に謝罪するか考えるべ

きだ！）。しかし、現時点において、私たち市民は政府の指示と方針に従う必要がある。理性を保ち、絶対にパニックを起こさず、自暴自棄にならない。できるだけ外出を控える。出かけるときは必ずマスクを着用する（ただし、N95のマスクはなかなか手に入らない。あったとしても、店は高値で売りつける！）。手洗いを励行し、しっかり食事をとる。少しでも体調が悪ければ静養する。パニックにつながるような情報を無闇に転送しない。しっかり家に閉じこもり、普段どおりに生活する。面倒を起こさないことが協力になる。

多くの友人の気遣いに感謝する。

武漢の支えになってもらえるなら、ぜひ援助をお願いしたい。

一月二三日「最新情報！　武漢の生活必需品の備蓄状況」を転送

いま、世界じゅうが武漢に注目し、全国民が武漢を支援している。昨今は輸送手段が発達しているので、かつての武昌包囲〔一九二六年の北伐軍による攻撃〕のように、食べ物が尽きることはない。だから、買いだめはしなくていい。この点は政府を信じていいだろう。

むしろ政府が取り締まるべきなのは、薬局が市民に高値で品物を売ることだ。昨日の午後、私は東亭路の薬局（名前は伏せる）にN95のマスクを買いに行った。一袋二五枚入りのマスクが、九百元〔約一万三千五百円〕近くしていた。これは使い捨てで、一日に三枚使うとすると（四時間で効き目がなくなるという）、百元〔約千五百円〕が消えたことになる。数枚だけ買おうとしたが、個別包装されていない。店員が手で直接つかんだので、私は驚いて買うのをやめた。私は、「こんなときによくも、あくどい商売ができるわね」と言ってやった。店員は、「問屋が値上げしているから、我々も値上げするしかないんだ」と答えた。
マスクのような使い捨ての消耗品は、家庭での使用量が多い。高い値をつけるべきではない。政府の管理部門は、悪質な商店の便乗値上げを強く取り締まるべきだ。

一月二三日「上海からの支援に敬礼！　呼吸器科の医師の第一陣、武漢に向かう」を転送
武漢の患者が診察を求めて押しかけ、泣き叫び、長蛇の列を作っている動画を見ると、涙が止まらなくなる。患者は本当に可哀そうだ。一方、医者は人手が足りず、病院はベッドが足りない。政府は長期にわたって有効な措置を怠ってきた（今日ようやく、小湯山《シアオタンシャン》病院*のような隔離病院の建設を決めたという）。私たちは家で大人しくしているだけで、何もできない。こんな無力感を味わうのは初めてだ。
上海の医師たちには、深く感謝したい！

一月二四日「武漢の発熱患者全員が診察可能に、各地区で車両を手配」を転送
転送をお願いしたい。遅ればせながら、ようやく対応が始まっている。大事件が起こって、湖北と武漢の官僚の能力が低く気迫に欠けることが明らかになった。くだらない演説と学習をするだけ、真実を語ろうとする人を弾圧するだけで、何の役にも立たない。いまは追及しないが、彼らが今後どのように市民に謝罪するか、注目しよう！
午後、マスクを買いに出かけた。ようやく、小さなスーパーでN95のマスクを数枚、購入できた。街の商店は薬局も含め、みなシャッターを下ろしている。夫婦で経営しているような小さなスーパ

ーだけが開いていた。品揃えは十分で、食材も多い。少し値上がりしているが、これは仕方ないだろう。二軒の店で店主に尋ねると、一日も休まず春節も営業するという。彼らの話を聞いて、気持ちが落ち着いた。

さらに感動的だったのは、清掃員が一心不乱に街を掃除している姿だ。普段と変わらず、どの通りにも清掃員がいた。この時期の武漢は冷たい風が吹き、冷たい雨が降るというのに。労働者たちに感謝する！　彼らの苦労をものともしない姿が、私を安心させてくれた。

一月二五日「都市封鎖前夜、武漢から二九万九千人が脱出」を転送

武漢を脱出した人たちを容認し、理解を示してやりたい。彼らは一般庶民で、みんな恐れを抱き、生き延びたいと思っているのだ。

私は年末に海南省へ行かないでよかった。娘一人を武漢に残していたら、どんなに焦っていたことだろう。きっと歩いてでも戻ってきたはずだ。いまは大丈夫、母と娘はそれぞれ、自分の家にこもって春節を迎えた。気持ちは落ち着いている。

一方では他省を旅行中だった武漢人が突然、あちこちで差別されているという報道がある。泊まる場所も見つからないらしい。ああ、何という世の中だろう！

世間には心の温かい人もいれば、冷たい人もいる。いつの時代もそうだった。あきらめよう。自分がやるべきことをやるだけだ。

＊　北京郊外のリハビリテーション病院、二〇〇三年には隣接地にＳＡＲＳ専用病院が作られた。

一月二五日「拡散希望！　武漢市のタクシーが居住区の中まで配車」を転送

転送してほしい。役に立つに違いない。同僚が数日前に手術を受け、薬の交換のために明日、病院へ行く。すでに居住区の事務所に連絡したので、タクシーが迎えに来てくれるはずだ。

ぎりぎりの生活だが、少なくとも秩序は保たれている。国が乗り出し、各方面に担当者を置いたことで、不安は軽減された。流言蜚語《りゅうげんひご》が次々に飛び交ったあと、今日からは人心もかなり落ち着いたようだ。

あっという間に新年を迎えた。この場を借りて、春節を祝うメッセージをみなさんに伝えたい。年が改まるのを契機に悪夢が去り、私たちの生活が日に日に好転することを願う。

一月二六日「全国のホテルに緊急のお願い！　省外に留まっている湖北人、武漢人を受け入れてください」を転送

転送をお願いしたい。全国民に湖北人、武漢人を受け入れてほしい。どんな形にせよ、湖北を離れた人たちに、食べるものと泊まる場所を与えてもらいたい。敵はコロナウイルスであり、湖北人やより大きな被害を受けている武漢人ではない。

以上を記録として残しておこう。

三月七日　二次災害の被害者が中国語になると誰が予想しただろう

空が晴れて、少し暑い。大自然は誇らし気な表情を見せている。太陽が顔を出したとたん、昨日までの寒さを忘れ、早春とは完全に決別したかのようだ。私は昨日、頭が痛かったので睡眠薬を飲み、いつもより一時間早く寝た。それなのに昼まで寝ていて、起きるとだいぶ元気になった。宅配業者から連絡があり、見知らぬ読者から健康チェックのできる腕時計が届いた。住所を見ても、この親切な人が誰なのか思い出せない。どうかコメントを送ってほしい。公の場ではなく、私的に謝意を示したいので。いろいろ研究し、早速使っている。なかなかいい感じだ。

朝、友人の医師から連絡があった。彼のコメントは喜びに満ちていた。武漢では三月六日、新たな感染確認者が百人以下になったという。「新たな感染確認の症例数は、百人を超える程度の日が四日続いたあと、減少に転じた。武漢の感染症は、すでに質的に好転の兆しがある。医療資源が十分に足りているので、疑似感染者は、いつでも入院して治療が受けられるようになった。一部の病院は普通の診療体制に戻った。月末には、すべての数字がゼロになるだろう。光が見えた。頑張ろう！」これがコメントの原文だ。昨日はみんなが、感染者数がなかなか減らない膠着状態を憂えていたが、今日になると情勢が変わった。ちょうど昨日の天気が曇りで、今日は急に晴れたのと同じようなものである。

うららかな陽気だ。感染状況が好転したのは、みんなの努力のおかげだろう。ネット上で、段階的な封鎖解除を提案する人も増えてきた。武漢では、すでに多くの病院が通常の外来診療を再開している。そうだ。ほかの病気で、治療を受けられずに死亡した人も多かった。これも、感染症がもたらした災難の一つである。私たちの宿舎内でも、二人の老人が病死した。正常な医療が保たれていれば、どうだっただろう？　あるいは死なずに済んだかもしれない。ほかにも、経済的に行き詰まった人が多くいる。生活費が稼げず、家族を養えなくなった。これも大きな問題だ。今日はさらに、一つの情報が入った。南京の詩人・韓東《ハン・ドン》*が湖北で足止めを食らっているらしい。ホテルに缶詰めになって、もう四〇日以上がたつという。どうやって過ごしているのか、想像することもできない。いずれ韓東の足止めの記録を読みたいものだ。

昨夜、数人の高校時代の同級生とチャットをした。彼らは再び、武漢寧波商業連合会の事務長・沈華強《シェン・ホワチアン》〔一九七八年生まれ〕を話題にした。同級生の中の二人は彼と親しい。Hはかつて、沈氏の上司だった。また、Xは彼の大学の同期生である。HとXは私の高校時代の同級生と言ったが、実際のところ小学校から高校卒業まで、ずっと一緒だった。私はかつて、寧波の商人・沈祝三《シェン・ジューサン》**の武漢における活動を題材にして作品を書いたことがある。去年、寧波市政府の事務長が武漢に来たとき、沈華強はHを介して、事務長が私のファンだから会ってくれないかと言ってきた。おかげで、事務長との面談が実現した。沈華強自身は『武漢の寧波人』という本の副編集者で、大量の事務的な仕事をすべて引き受けている。思いがけないことに今年、沈華強は新型コロナ肺炎になり、家族全員に感染してしまった。発症したのは旧暦一月二日で、二月七日に彼と母親が亡くなった。残された三人は、それぞれ病院で隔離されている。まさに、この世の悲劇だ。沈華強と母親は新型コロナ肺炎の感染確認を受けていない。政府の統計の死亡者数には、おそらく含まれていないのだろう。沈祝三のことを語り合いたいから一度会おうとずっと言っていたが、その機会は失われた。何度も私に連絡してきたのに、会わずじまいに終わった彼のことを書き記しておきたい。

私は同級生たちと、沈華強の遺骨の話、葬式をどうするかという話をしたあと、心理カウンセラーと連絡を取った。私は言った。武漢市民は今後、さらに一つの難関を乗り越えなければならない。感染症が過ぎたあと、数千人の葬儀が同時に行われる。そんな日々をどう過ごせばいいのだろう？　また改めて、大きな集団的な痛みを味わうことになるのではないか？　カウンセラーは答えた。伝染病なので、死者はすぐに火葬された。遺骨は感染症が治まるまで保管しなければならない。電話で遺族に連絡があれば、ようやく遺骨を引き取って埋葬できる。葬儀を行うことも可能だ。しかし、数千人の遺骨をどのように扱うのか、それは政府が考えるだろう。今回のことは人災の側面もあるから、悲しみを乗り越えるためには、何らかの見解が示される必要がある。それがなければ、この難関は乗り越えられない。肉親を失った家庭が、こんなにも多い。各家庭の家族構成や経済力を見定めなければならない。弱点を抱えている家庭に対しては、政府と社会の実質的な援助が必要だ。心理カウンセラーは、現実を超えて何かをすることはできない。

心理カウンセリングに詳しい別の友人は言った。現在、大衆はショック状態にある。本当に重要な心の問題は、ショック状態のあとにやってくる。感染症の終息後、多くの人が一時的に心的外傷後ストレス障害（PTSD）を起こすだろう。これらの家庭の人たちは予期せぬ状況の下で、突然肉親を失った。病床の肉親に対して孝行を尽くすことも、遺体に別れを告げることもできなかった。

＊　一九六一年生まれ。一九八〇年代に第三世代を代表する詩人として登場。九〇年代以降は小説家としても活躍している。
＊＊　一八七七〜一九四〇。建築業で成功し、武漢大学の校舎などを建てた。

このような心の傷は、どう修復しても消えることがない。このような人たちは、心的外傷後ストレス障害を起こす確率が高いだろう。再体験症状、すなわち悪夢のようなフラッシュバックを起こす人もいるし、現実逃避して感覚が麻痺してしまう人もいるし、過度に敏感になる人もいる。

私は感染症の早い終息を望むが、武漢の数千人の死者の葬儀が同時に行われる日が来るのを恐れてもいる。もっと多くのカウンセラーが、価値のある実施可能な方法を提案してくれないだろうか。死亡者の家族とすべての武漢人が、この難関を少しでも負担を感じずに乗り越えられるよう、手助けしてほしい。

今日、チャットで盛んに話題になっているのは、「恩義に感謝する」という言葉だ。武漢の指導者は市民に、党と国家の恩義に感謝するよう求めた。まったくおかしな考え方だ。政府は市民の政府であり、市民に奉仕すべき存在である。公務員は市民の公僕であり、その逆ではない。指導者たちは毎日学習をしているはずなのに、どうして反対のことを覚えてしまったのだろう? 武漢大学の馮天瑜教授〔56ページ参照〕は述べている。「恩義に感謝するという問題において、市民と権力者の関係を逆転させてはならない。権力者を恩人と見なして、市民が恩義に感謝することを要求する者は、マルクスが一八七五年に語った言葉に耳を傾けるべきだ。マルクスはラサールの国家至上論を痛烈に批判して、市民は国家に対して厳格な教育を施す必要があると指摘した(『ゴータ綱領批判』)」武漢および湖北の歴代の指導者はみな、馮教授に敬意を払ってきた。新しい指導者に教養があるなら、教授の言葉を聞き入れるべきではないか?

そうだ。感染症は現在、基本的に抑え込まれた。本当に感謝しなければならない。しかし、感謝をする主体は政府のはずだ。政府はまず、武漢の数千人の死者の家族に感謝すべきである。彼らは身内が不慮の災難に見舞われ、死者を見送ることも葬儀を行うこともできない状況の下で、悲しみをこらえ、泣き叫ぶことなく自己を抑制してきた。政府は、病院のベッドで苦しみながら死神と闘ってきた五千人以上の重症患者に感謝すべきである。彼らが何とか持ちこたえたおかげで、死亡者数の増加は緩やかに推移した。政府は武漢の医療スタッフ全員と支援に来てくれた四万人以上の白衣の天使に感謝すべきである。彼らは危険を冒して、死神の手から命を取り戻してくれた。政府は、都市封鎖期間中に街じゅうで活躍した建設事業者、労働者、ボランティアに感謝すべきである。彼らがいたからこそ、この都市の生活は正常に営まれた。政府が最も感謝しなければならないのは、自宅待機を続けた九百万人の武漢市民である。彼らが度重なる苦難を克服し、力を合わせることがなければ、感染症の制御は不可能だった。現時点で、前述の人たちの貢献に対して、武漢市民に対して、どのような美辞麗句を捧げても行き過ぎではない。政府は傲慢さを捨て、謙虚になって、自分の主人——一千万に近い武漢市民の恩義に感謝しなければならない。

さらに、政府は少しでも早く、市民に謝罪すべきである。いまは反省と責任追及のときだ。理知的で良心のある、民意に寄り添い民心をいたわる政府は、感染状況が好転したいまこそ、急いでしなければならないことがある。すみやかに責任追及のためのチームを組織し、感染症の経緯を詳細に跡づける必要がある。誰が時間を無駄にしたのか、誰が感染症の真相を市民に隠したのか、明らかにしなければならない。誰がメンツを気にして、上も下も欺いたのか。誰が市民の生死よりも「政治的公正」〔4ページ参照〕を優先させたのか。どれだけの人たちが、この災難を生み出したのか。責任のある者はそれぞれ、一刻も早く市民に説明すべきだ。同時に、政府は関係各所の官僚、例えば指導部のメンバー、宣伝部門の責任者、メディア担当の長官、衛生部門のトップ、医療関係者が多く死亡した病院の担当官に命じて、直ちに内部調査を行う必要がある。市民を誤った方向に導き、死傷者を出した責任者は、自発的に辞任すべきだろう。刑事的責任の有無は、法律が判断する。しかし、私の印象によると、中国の大多数の官僚は反省をしない。まして、引責辞任などするはずがない。だとしたら、市民は勧告書を突きつければいい。政治にしがみつき、市民を塵芥《ちりあくた》と思っている官僚に辞職を迫ったらどうだろう。これらの手を血で染めている連中は、湖北や武漢の市民の前で偉そうに話をする資格はない。仮定の話だが、もし一〇人から二〇人が自ら引責辞任すれば、いまの官僚たちにも少しは良心があったという証明になる。

今日の夕方、著名な作家がショートメッセージを送ってきた。彼の言葉は意味深長だ。「二次災害の被害者が中国語になると誰が予想しただろう」「恩義に感謝する」という美しい中国語の未来は、穢《けが》れに満ちたものになるのだろうか？　現時点で、それは検索禁止ワードになっているのだろうか？

三月八日　手がかりができた、調査を始めるべきだろう

また雨が降り出した。小降りになる気配はない。ひんやりして、昼間も黄昏《たそがれ》のようだ。成都の劉《リウ》先生が武漢にいる友人を通じて、魚を届けてくれた。最初は固辞したが、結局受け取ることにした。魚はさばいてある上に、ネギ、生姜、ダイコンまでセットになっている。スープにしてほしいという意味だ。これなら、簡単に作れる。彼らは日記を読んで、私が糖尿病だと知り、ドライフルーツ

も買ってくれた。手紙と一緒に、宿舎の門のところに置いてあった。じつに申し訳ない。私は感動した。友人たちの気遣いに感謝したい。

今日は「三八婦女節」〔国際女性デー〕である。ネット上で女性に花を贈っている人がたくさんいる。子供のころ、毎年この時期になると、女の子たちは声高らかに歌った。「三八婦女節、男伢《ナンヤー》は本当に可哀そう。女伢《ニューヤー》は遊んでいいけれど、男伢はおうちでお勉強」この歌は、武漢方言で歌わなければダメだ。そのアクセントとリズムによって、何とも言えない味わいが出る。思えば、はるか昔のことだ。

武漢では、子供のことを「伢《ヤー》」という。男の子は「男伢」、女の子は「女伢」である。成人後は「伢」が「将《ジアン》」に変わる。男は「男将《ナンジアン》」、女は「女将《ニュージアン》」となる。身分の貴賤や職位の高低を問わず、すべて「男将」と「女将」なのだ。「兵」はいない。この呼称はじつに面白い。ほかの地方にもあるだろうか。

武漢の女将は怖そうに見えても、家の中の大事なことは男将が決める。興味深いのは、もめごとがあったとき、一般に女将が対処することである。男将がだらしないわけではない。女将には生まれつき、一家の男将を守る気概が備わっているのだ。おそらく、こういうことだろう。男将には社会的な立場、れっきとした職業がある。だから、表に出るのは都合が悪い。だが、女将は平気だ。多くの女将は、社会的地位が男将よりも低い。だから、もめごとには女将が対処したほうがうまくいく。武漢の女将は話のテンポが速く、周波数も高い。言い争いをしたら、ほぼ負けることがない。相手も女将なら、二人の対戦は好勝負になるだろう。「文革」の当時、私の娘の父方の祖父は華中師範大学の教授だった。紅衛兵が捕まえに来たとき、祖母は祖父を家の中に残して、自ら出て行った。言い争いが始まったが、紅衛兵は女将である祖母に手を焼き、仕方なく退散した。この話を私はかつて、文章に書いたことがある。感染症流行の期間中、女将たちは生活のため、自ら多くの仕事をこなした。食品の団体購入、数々のもめごと、居住区の事務所との交渉など。当然、表に出るのは女将だった。武漢の女将は肝がすわっていて、声も大きい。今回のことでは、何本もの動画をアップし、多くの人たちに衝撃を与えた。この場を借りて、武漢の女将たちのために三八婦女節を祝おう。

今日で都市封鎖から四六日目になる。ここに至って、うれしいニュースが多くなった。一部の地区では試験的に封鎖解除が行われるという。操業開始という情報も、囁《ささや》かれている。ある友人によれば、空港で運航開始の準備が進んでいるらしい。これは喜びだし、驚きでもある。本当だとすれば、封鎖解除も近い。武漢市民はトンネルを抜けられるのか?

友人の医師から伝わってきたのも、よい情報だった。新たに確定した感染例は低減期に入って二日目で、明らかに下降傾向が見られる。新たな疑似感染者も、すでに低減期に入っている。仮設病院は次々に閉鎖された。最大の仮設病院である武漢ホールも今日、閉鎖を宣言した。新たな疑似感染者は直接、入院して治療を受けられる。一部の病院の通常の外来も、診療を再開した。ウイルスの蔓延を食い止め、いまは一掃するための闘いに移っている。ゼロになる日も間近だろう。現在はまだ、重症患者が五千人近く、入院患者が一万七千人あまりいる。全国の一流の医師団の協力を得ながら、医者たちは経験を積み重ね、治療法を向上させ、すべての患者が最良の看護を受けられるように努めてきた。友人の医師が楽観的なので、私は二万人ほどの患者が退院できる日も近いと思った。

感染症との闘いの終息、そして市民生活の秩序回復は、はっきりと感じ取ることができる。多くの居住区ごとのサービスは細やかで、人当たりがとてもいい。私の同僚はよく、彼らの団地の職員が住民に奉仕している様子の画像を見せてくれる。職員たちは本当に素晴らしい。住民に代わって、スーパーに買い物に行ってくれるという。住民の称賛を浴びているから、面倒見がよいに違いない。武漢の女将は、ケチをつけるとなれば容赦ないのだから。実際、現場に派遣された職員は苦労している。ほとんど、雑役夫と言っていい。どんな仕事でもやる。特に古い団地はエレベーターがないので、老人の買い物の代行をする。スマホの使い方を教える。持っていない場合は、自分のスマホで用事を済ませなければならない。住民は千差万別で、いろいろな人がいる。文句をつける人は多い。へそを曲げて言うことを聞かない人には閉口する。だから、行き届いたサービスをするのは、なかなか難しい。大勢の武漢市民が今日まで頑張ってこられたのは、そして今後も頑張っていけるのは、現場に派遣された無数の幹部と居住区の職員たちのおかげなのだ。

作家協会の同僚たちも、ちらほら出勤を始めた。雑誌『長江文芸』は定期の刊行を目指しているから、在宅勤務では処理できない仕事もあるのかもしれない。本来は春節後に、中篇小説を寄稿する予定だったが、結局約束を果たせなかった。記者たちはインタビューで、ほぼ同じ質問をする。封鎖が解除されたら、何をしたいですか。私は、ゆっくり休みたい、それから小説を完成させますと答える。借りを返しておかないと、今後、食事に誘う相手もいなくなってしまう。

感染症は治まってきたが、不幸に終わりはない。隔離施設となっていた泉州の欣佳《シンジア》ホテルが倒壊するという事件があった。同級生がグループチャットで、情報を上げてきた。今夜六時すぎの時点で、倒壊事故に巻き込まれたのは七一人、四時までに消防隊員が現場で四八人を救出、そのうちの一〇人が死亡、三八人が病院に運ばれたという。まだ二三人が見つかっていない。胸が痛い！　隔離されていた人たちの中には、多くの湖北人がいた。彼らはウイルスから逃れても、欠陥建築から逃れられなかった。これも二次災害だろうか？　特に記録しておきたい。

今日はさらに、財新の記者が香港の袁国勇《ユエン・グオヨン》〔一九五六年生まれ。香港大学医学部教授〕にインタビューした文章を読んだ。袁国勇教授は第三陣として武漢に来た専門家で、WHOの新型コロナウイルス合同調査チームおよび香港特別行政区政府専門家顧問団のメンバーでもある。彼が記者に吐露した情報は、驚くべきものだった。

袁教授は述べている。「本当のことを語ろう。我々が武漢で訪問した場所は、模範的な病院だったのかもしれない。質問に合わせて、すぐに答えが出てくる。前もって準備していたようだ。だが、鍾南山教授は鋭く、何度も追及した。本当にないのか？　もっと多くの症例があるのではないか？　きみたちの話は本当なのか？　しかし、彼らの答えは決まっている。検査中です。湖北省疾病予防センターは一月一六日に、ようやく国家からの検査キットを受け取りました。最後に、彼らは我々に迫られて、口を割った。神経外科では、一人の患者から一四人の医療スタッフに感染があったようです。だが、彼らは付け加えた。それらの医療スタッフの感染は、まだ確定していません」財新の記者も鋭い。重ねて尋ねた。「彼らというのは誰ですか？　武漢の病院を視察したとき、その場にいたのはどういう人たちでしたか？」袁国勇教授は答えた。「武漢衛生健康委員会、武漢疾病予防センター、地元病院と湖北省衛生健康委員会のメンバーたちだ」記者は質問を続けた。「当時、彼らが何かを隠蔽していると感じましたか？」袁教授は答えた。「食事のとき、鍾南山教授と同じテーブルにいた副市長は顔色が悪く、気が重い様子だった。そのとき彼らはもう、大変なことが起こっているのを知っていたはずだ。第三陣の専門家チームも到着していたのだから。隠蔽がそれ以前から始まっていたとしたら、その段階では何も隠す必要はなかったと思う。しかし、彼らはずっと強調していた。検査キットは武漢に届いたばかりです。検査が済まないと、確認ができません」

わかった。これで手がかりができた。調査を始めるべきだろう。一つずつ調べていけば、その理由がわかるはずだ。私たちはみんな知りたい。こんなに重大なことが、なぜ隠蔽されたのか。

鍾南山教授の鋭い追及があったおかげで、ウイルスの「ヒト－ヒト感染はある」という情報が庶民に伝えられた。それでようやく、無知だった武漢市民は覚醒した。さもなければ、さらに隠蔽は数日続き、もっと悲惨で残酷な結果を招いていたかもしれない。一千万人あまりの武漢市民は、何割が生き延びられただろう？

現在の問題は以下のとおり。一、袁教授が言及した人たちを全員、追跡調査して、真相を明らかにするべきではないか？　二、第一陣、第二陣の専門家チームは、明らかに重大な出来事に気づいていたのに、なぜ鍾南山教授のように鋭い追及ができなかったのか？　袁教授は記者のインタビューの中で、「我々科学者は絶対に、非公式の情報を見逃してはいけない」と述べている。

三月九日

引責辞任は、中央病院の党書記と院長から始めるべきだ

昨夜からの雨はまだ止まず、今日も強く降り続いている。春雨は本来、優雅で音がしないものだが、なんとザーザー降りだ。室内は一日じゅう、明かりをつけなければならない。

友人の医師からのメッセージを受け取った。字面から楽観的な気分が伝わってくる。新たな感染確認者が低減期に入って三日目、しかも下降が続いている。新たな疑似感染者も、ずっと低減状態にある。省と市のトップが入れ替わってから、一連の強硬な手段を打ち出し、感染症は迅速に抑え込まれた。武漢の患者が増えたときには、一九か所に仮設病院を作る計画だったが、いまはその必要がなくなった。友人の医師によれば、すでに一一か所の仮設病院が閉鎖され、残る三か所も今日明日じゅうには閉鎖の予定だという。現在、武漢の感染症との闘いは、すでに終盤を迎えている。戦場の後片付けのような段階だろう。重症患者は減り続けている。当然、数の減少には二つの理由がある。治癒した人もいれば、亡くなった人もいるのだ。現時点での重症患者は、まだ四千七百人あまりいる。依然として、小さな数字ではない。医療スタッフは最良の方法で治療に当たっているから、彼らが何とか持ちこたえて、早く快方に向かうことを期待したい。

今日の武漢の死者の中に、またしても多難の中央病院の医師が含まれていた。眼科医の朱和平《ジュー・ホーピン》〔一九五三年生まれ。定年退職後、職場復帰していた〕である。これまでにも、二月六日に李文亮、三月一日に甲状腺乳腺外科の主任医師の江学慶、三月三日に眼科副主任の梅仲明が亡くなった。現在までに、中央病院では四人の医師が死亡、そのうち三人が同じ眼科だ。重症者の名簿の中には中央病院の医師が、さらに数人含まれているらしい。このような惨状を前にして、人々は思わず追及したくなる。いったい、中央病院で何が起こったのか？　どうして、こんなに多くの医療スタッフが病に倒れたのか？　病院の管理者である院長と党書記は、どう説明するのか？　新型コロナウイルスに対する理解が不足していただけなのか？　「プラスのエネルギー」に満ちた言い方をするなら、中央病院の医療スタッフは武漢市民のために体を張って、ウイルスを防ぐ盾となったのか？　これらはみな、通用する話だろうか？　どうやら、これは私たちが糾弾しなければならない問題のようだ。今日、すでに数本の文章が中央病院の管理者を糾弾していた。内情を知っている人の自責と抗議の文章も見た。そこに書かれている内幕が本当か否か、私にはわからない。しかし、四人の医者の死と二百人以上の入院中の医療スタッフの存在は、まぎれもない事実である。それだけで、私は疑問に思う。中央病院の院長と党書記はこの病院を率いていく資格があるのか？　彼らがいなくても、病院の人たちは、変わらずに感染症との闘いを続けられると思う。だから、私はここで言いたい。湖北と武漢の管理職の引責辞任は、中央病院の党書記と院長から始めるべきだ。

実際、引責辞任は本来、常識である。自分の職責を果たさず、自分の組織に重大な損害を与えたら、良識ある者は自ら引責辞任するはずだ。贖罪《しょくざい》の意識を持って、挽回を試みるだろう。だが実際のところ、中国ではそのような人、そのようなことを見かけない。私たちの多くは、無数の壮大な理念を知っているくせに、基本的な常識を欠いている。それらの理念は空虚で、つかみどころがない。私たちが聞かされる官僚の話、目にする通知文書、新聞の報道のようなものだ。くどくどと同じことを繰り返すばかりで、肝心の内容が理解できない。テーマが見つかったとしても、その半分以上は中身が空っぽである。一方、無数の実用的な小さい常識は、それらの理念によって、言語の土壌の下に埋没させられてしまった。芽を出すことも難しい。だが、これらの常識は人生の必需品なのだ。

昨日、私は袁国勇教授が「非公式の情報」という言葉を使ったことを書いた。彼は、科学者は非公式の情報を重視すべきだと述べた。だが、科学者だけでなく、例えば病院の管理職や政府の高官も同様に、非公式の情報に敏感でなければならない。私自身も、一八日からマスクをして出かけるようになった。うちの家政婦にも、買い物に行くときにマスクを着用させている。なぜか？　民間の多くの「非公式の情報」を聞いて、警戒心を強めているからだ。残念なことに、私たちの政府の官僚は数千万の市民を管轄するに当たって、そういう警戒心がまったくない。各種の大型の舞台公演が、一月二一日まで続けられた。鍾南山教授が二〇日に、「ヒト－ヒト感染はある」と言ったのに、公演は中止されなかった。私の同僚のYLの話によると、彼女の映像関係の仕事仲間のうち、四人がチームを組んで一月一九日に田漢《ティエンハン》大劇場〔武昌中北路にある。田漢は著名な劇作家〕へ舞台公演の撮影に行った。そして、三人がコロナウイルスに感染して亡くなったという。もし早めに市民に知らせ、上演を中止していたら、多くの人が命を落とさずに済んだだろう。なぜ、私たち市民が警戒を強めているのに、指導者たちは無知なのか？　言ってしまえば、常識不足だ。彼らの常識は政治的概念の上に成り立っている。一方、私たちの常識は人生経験に基づく。

今日、盛んに転送された一文がある。「武漢の責任逃れの会議、第四回目が開幕」という文章で、国家衛生健康委員会が一月一四日に防疫部門の電話会議を開いたという内容だ。友人に頼んで政府のサイトを調べてもらうと、果たして情報が載っていた。タイトルは、「防疫部門の新型コロナウイルス感染症に対する取り組み、国家衛生健康委員会が全国テレビ電話会議を招集」である。その中から、二か所を引用しよう。

「会議では、現在の感染症対策に多くの不確定要素があることが指摘された。感染はなお武漢市の一部の地域に限定されているが、新型コロナウイルスの感染源はまだ突き止められていない。感染の経路も完全にはつかめておらず、ヒトからヒトへの感染力については厳密な監視と制御が必要である。タイの衛生局が武漢からの輸入症例が確認されたと発表して以降、感染症予防の局面に大きな変化が生じた。感染症が拡散する可能性が大幅に高まっている。特に、春節の帰省時期を迎えると、症例の数と発生地の数が大幅に増加する可能性も排除できない。地域内の症例が地域外に広がる可能性も排除できない。最悪の事態を想定して危機意識を強め、確率の低い事案に対しても高い意識で臨む必要がある。管轄区域の予防体制を整え、新たな事態に即時、効果的に対処しなければならない」

「会議では、武漢の感染症対策によって、今後の全国の感染症対策の方向性を決めることになった。湖北省と武漢市は厳格な管理体制を取り、特に食品自由市場の管理を強めなければならない。発熱者の管理と制御を強化するため、体温測定のシステムと発熱外来での検査で識別する二重の防衛線を設置する。人の行動に対する規制を強化し、大規模な集会やイベントを控え、発熱者が武漢から出ないように要請する。患者の治療と濃厚接触者の管理に全力を挙げる。厳しい措置を講じて、感染症を当地に封じ込める。力を尽くして、武漢の感染症を拡散蔓延させないように努めよう」

一月一四日の会議なのだ！　一月一四日！　鍾南山教授が「ヒト－ヒト感染はある」と述べる六日前である！　都市封鎖より九日早い！　「四回目の責任逃れ」という文章を書いたのは理系の男性で、能力が高い。彼は迅速に文書掲載の時間を調べて、こう書いた。「この文書は、二月にネット上にアップされた。発表は二月二一日よりも前で、最後に修正されたのが二月二一日の朝、八時三九分である。その後、発表の日付は調整されて、一月一四日ということになった」これは興味深い。

現在、この文書は確かに存在する。つまり、その会議は確かに開かれた。私の同級生のグループチャットでも、これが議論になった。Kは言う。「まず、この大規模な全国テレビ電話会議は参加者が多く、基本的な内容を後からでっち上げることはできない。間違いなく、湖北省と武漢市の衛生健康委員会、もしくはその背後の政策決定者は攻撃の矢面に立たされるだろう。次に、国家衛生健康委員会のサイトを特別に更新したのは誰なのか？　誰の指示を受けたのか？　本当の経緯はどうだったのか？　誰かの職務怠慢を埋め合わせたのか？　それとも、政府が用意した事後の取り繕いなのか？　いずれにせよ、国家衛生健康委員会は何らかの方法で、この非公開の会議の状況を明らかにし、誤りを正すことができる。しかし、このような秘密裏のやり方は不可思議だ。指弾する人がおらず、衛生健康委員会のサイトに会議記録が載らなかったため、いま武漢は悲惨な局面を迎えている。会議の趣旨は公開するべきではないか？　誰が非公開と決めて、外部に秘密にしたのか？」

そうだ。疑問が多すぎる。全国的な会議なのだから、湖北省政府からの参加者もあったと思う。では、誰がこの電話会議に出席したのか？　会議のあと、まったく実行に移さなかったのはなぜか？　メディアを通じて情報を大衆に公開しなかったのはなぜか？　それどころか、何の措置も取らなかった。発熱者を検査識別する、大型の公演活動を停止する、発熱者を武漢から外に出さない、大規模な集会を制限するなど。もし、一月一四日に情報を公開し、各界の人たちに知らせていれば、武漢でこんなに多くの死者が出ただろうか？　こんな悲惨な災難を招いただろうか？　これほど重大な損失を国家に与えただろうか？　感染症の蔓延がわかっていたら、影響は甚大なので、何らかの手段を取らなかったはずはない。これは意識的な犯罪行為なのか、それとも不注意なのか？　あるいは単なる無知なのか？　引き延ばしておけば、何とかごまかせると思ったのか？　とにかく、理解できないことばかりだ。

反省と追及はセットである。厳しい追及がなければ、深い反省もない。感染症がここまで広がった以上、それは私たちが絶対にしなければならないことだ。いまのところ、人々はまだ記憶している。細かい経緯も、深く脳裏に刻まれている。いまこそ、始めるべきだ。ここで再度、要望したい。政府は迅速に調査チームを組織し、感染症が拡大して現在の災難となった原因を徹底的に調査してほしい。同時に、提案する。文章を書ける武漢市民は、正月以降に見聞きしたことと感じたことを記録してもらいたい。また、民間の書き手がグループを作り、肉親を亡くした人たちのもとを訪ねて、聞き書きを取ることも要望する。彼らの肉親が医療を求め、死んでいった過程を記録に残すのだ。もちろん、ネット上にサイトを立ち上げ、これらの記録を分類整理してアップするのも有効だろう。もし可能なら、数冊の本にして出版してもいい。すべての武漢市民は今回の災難について、集団としての記憶を留めておこう。私個人も、できる限りの援助を惜しまないつもりだ。

友人の医師は今日のメッセージの中で、こんな話も書いていた。「封鎖中の都市に暮らす九百万の武漢市民と百万の省外の人たち、帰宅がかなわず他省を放浪し差別を受けている統計には表われない無数の武漢市民、湖北と武漢を支援に来た四万二千人あまりの勇士たち、そして通常の生活に戻れない一四億の中国人は、もう疲れ果て、耐えられなくなっている」

一方、別の友人の医師はこう述べている。「ホットラインへの電話の内容から判断して、庶民がいちばん心配している問題はウイルス感染ではなく、いつ仕事に復帰できるか、そして復帰後の感染防止策だ。多くの人たちは、すぐには復職できない。失業してしまうケースもある。大きな経済的圧力が大きな不安を生む。それは意欲の喪失や心理的な危機につながるかもしれない」

　あらゆる災難が早く終息に向かうことを切に願う。

三月二〇日　覚えておこう、勝利ではなく終息だということを

　本当に天気がいい。日差しがとても明るい。同僚たちはそれぞれ宿舎の中庭でお気に入りの写真を撮り、SNSにアップした。いずれも、色とりどりに咲き乱れる花の写真ばかりだった。私は本来、二月六日に飛行機で海南省へ行き、今日帰ってくる予定だった。ところが都市が封鎖され、行けなくなってしまった。感染症は今日の時点で、ようやく「苦難の日々は過ぎ去った」と言えるところまで来た。仮設病院はすべて使用停止となり、新たな感染者もごくわずかで、間もなくゼロになるだろう。災難は間もなく終息する。友人のみなさん、決して勝利という言葉は使わないでほしい。覚えておこう、勝利ではなく終息だということを。

　封鎖がこんなに長期に及ぶとは、想像もしなかった。前回、病院に薬をもらいに行ったときは、一か月分あれば足りると思った。だが実際は、まったく足りなかった。また、もらいに行かなければならない。その上、手にも故障が出た。数年前、手のひらにひび割れができたことがある。一年近く治療した結果、どうにか完治した。ところが最近、急にまた指先がひび割れしてしまった。指が痛くて、キーボードを打つこともできない。長い文章を書くのは無理だ。

　しばらく前に、『騒客文芸《サオコー》』という雑誌（申し訳ないが、私は寡聞にして、この雑誌を見たこと

がない）がメールで私にインタビューをした。ニュースメディアではなく文芸雑誌だから、インタビューの内容は比較的軽い話題だった。同業者が相手なので、私も気楽に答えることができた。今日はその問答を採録することにしよう。

問1　あなたの日記はリアルすぎます。細かい記録と多くの所感を残すに当たって、文学的な装飾を加えようと思いませんでしたか？

方方　文学のジャンルが異なれば、そういう考えもあるでしょう。でも、これは日記ですから、装飾を加える必要はありません。私は最初、ブログで書き始めました。ブログは雑談をする場所で、思いついたことをそのまま語ります。それに、私は文学青年ではなく、職業作家です。私は自分の思いをありのままに書けばよいと思っています。

問2　多くの人が『長江日報』のようなメディアを信じるよりも、方方の日記に注目したほうがいいと言っています。あなたはどう思いますか？「武漢日記」がこんなに大きな反響を呼ぶことを予想していましたか？

方方　メディアを信用しないというのも、あまりに偏った考え方ではないでしょうか。大きな出来事についての報道や感染症の全体的な情報については、やはりメディアの報道を見るべきです。私が書いているのは、個人の感想にすぎません。私の日記から全体状況をつかむことができないのは明らかです。書き始めたときには、当然こんなに多くの人に読んでもらえると思いませんでした。私も驚いています。同級生や同僚に、なぜみんなが読んでいるのだろうと聞いてみましたが、よくわからないと言っていました。

問3　「わずかな時代の塵でも、それが個人の頭に積もれば山となる」というあなたの言葉が、今回の感染症の期間中に流布しました。いま振り返ってみて、この言葉は予言だったと思いますか？

方方　予言ではありません。これは単なる事実で、いつの時代にも存在してきたことです。

問4　あなたは毎日、個別のニュースに注目しています。「武漢日記」のほかに将来、個別の事案を取り上げて、小説を書くつもりはありますか？（どんな具体的な事案が、最もあなたの心を打ちましたか？）

方方　多くの人たちの事案が心を打ち、私を感動させました。しかし、小説に書くつもりはありません。手元に抱えている創作の計画が、すでにたくさんありますから。

問5　今回の感染症の期間中、中国の作家は集団で声を失ったと言われています。あなたはなぜ、声を上げたのですか？　特に、あなたの日記の中には官僚に対する叱責、武漢市政府に対する批判がたくさんありますが……。

方方　その見方は間違いです。多くの地元の作家が記録を残しています。それぞれ記録の仕方は異なっていて、小説だったり個人的なメモだったり、私のようにSNSに記録を残している人も少なくありません。一方、武漢以外の作家は、ここの状況を知らないので、声を上げようがないのです。アフリカでエボラ出血熱が蔓延したとき、私も声を上げませんでした。どういう事態なのか、わからなかったからです。これは当然のことでしょう。作家たち全員に、無理やり声を上げさせようとするのは行き過ぎです。武漢の感染症がここまで蔓延したのは、複数の要因が合わさった結果でした。湖北省と武漢市の政府高官と専門家、そして湖北と武漢の衛生健康委員会などに、それぞれ大きな責任があります。責任がある以上、彼らを批判しないわけにはいきません。

問6　「媚びへつらうにしても、節度をわきまえてほしい。私は年老いたとは言え、批判精神は衰えていない」この言葉は、あなたの身に起こってきた多くの出来事を思い出させます。「ある作家が魯迅文学賞のために根回しをしたこと」「ある詩人が異例の昇進を果たしたこと」について、あなたは質問状を公表しました。じつのところ、これらはみな身近な人に向けられた批判です。いつも顔を合わせている相手に対して、あなたは批判の声を上げました。あなたにとって、批判とは何ですか？

方方　私は役職〔湖北省作家協会主席〕にあったので、規律違反があると、まずは作家協会の党組織と協議しました。彼らに処理してもらおうと思ったのです。彼らが何もしてくれなかったため、私はネット上で声を上げるしかありませんでした。職責を果たしただけです。いま、私は定年退職したので、彼らがどんなデタラメをやっても、関係ありません。

問7　作家は創作をする以外にも、社会的責任を負うべきだと思いますか？

方方　それは人によるでしょう。すべての人が社会的責任を負うのに適した性格を持っているとは限りません。口で言うのは簡単ですが、胆力と見識、能力がなくて、性格が弱く、臆病で心配性の人は責任を負うことなど不可能です。この世界では従来、責任を負える者が負ってきました。強制する必要はありません。これは個人の選択の問題です。責任を負うべきか否かを一概に言うことはできません。

問8　以前、『柩のない埋葬』*に関して、あなたは当局からも一般読者からも攻撃を受けました。集団的な激しい非難は、恐ろしくありませんでしたか?

方方　平気です。何も恐ろしくありません。彼らのほうこそ、私を恐れるべきでしょう?　私はプロの作家で書くことが仕事ですから、彼らを恐れるはずがありません。彼らが棍棒を手にして襲ってくれば、恐れるでしょうが。筆戦では、彼らに勝ち目はありません。一般読者と言っても、あれは極左の人たちでしょう。彼らは文化レベルが低く、文章力も判断力も思考力も劣っています。私が彼らと文章で争う価値もありません。美しい中国語を費やすのは、もったいないことです。彼らと言い争う気にはなれませんでした。しかし役人、特に高級官僚は違います。権力を持っているからです。すでに引退していても、大きな影響力があります。彼らが攻撃してきたら、私は反撃しなければなりません。左派のごろつきどもの相手をする気はありませんが、役人の衣裳をまとった左派に対しては、断固として戦います。戦いの結果、負けたのは私ではなく彼らでした。彼らも、いまは知っています。一人の作家を勝手に非難することはできません。あの引退した官僚たちは、今後も出しゃばってきて、ある作家の作品を批判する勇気があるでしょうか？　そんなことをすれば、恥をかくのは自分です。

問9　今後、何年かが過ぎて、誰かが方方という作家を評価するとき、あなたは「社会的責任と良知を兼ね備えた、敬服すべき女性作家」と言われたいですか？　それとも、「文章力にすぐれ、創作技巧の卓絶した女性作家」と言われたいですか？

方方　どうでもいいことです。もともと、私は他人の評価を気にしません。自分の思いどおりに生きることを願っています。どう評価されるかは、関係ありません。

問10　『武昌城』の創作に当たって、あなたは歴史的事実と文学的虚構のバランスをどのように取りましたか？　歴史を心に刻むことは、現代を生きる人にとって、どんな意味があると思いますか？

方方　小説は虚構を必要とします。しかし、歴史小説を書く場合は、歴史を尊重しなければなりません。私は歴史の中に、人物を書き入れました。あらゆる歴史には隙間が存在します。私は歴史小説を書くとき、頭の中に歴史的事件の見取り図を広げ、そこに隙間を探し出して、自分の人物を解き放ったのでした。歴史に向き合うとき、心に刻んでいる言葉があります。「歴史をもって鑑となす」です。

＊　原題『軟埋』、長篇小説、二〇一六年刊、のち発禁、未邦訳。

問11　ネット上には、あなたの発言に対する疑問や批判の声がたくさんあります。このような声に対して、あなたは悔しさや悲しみを感じますか？　このような状況の下で、周囲の人たちの恐怖と混乱の中で、あなたはどのように平常心を保っていますか？

方方　悲しみはありません。悔しさを感じることは少しあります。しかし、より強く感じるのは怒りと疑問です。極左の人たちは、なぜあんなことをするのでしょうか？　なぜあんなに憎悪を抱くのでしょうか？　私は彼らの中に、一人の知り合いもいません。何の関わりもない人ばかりです。それなのに、彼らは私を憎悪しています。前世で私が彼らの父親を殺したかのような憎悪を抱いている理由が、私にはわかりません。

私はずっと平常心を保っているわけではなく、気持ちが不安定になるときもあります。どうしたらいいか、わからなくなったときもありました。多くのことが不確定な場合、気持ちが乱れてしまいます。

問12　元作家協会主席という肩書は、あなたにとってプラスになっていますか？　それとも、マイナスに働いていますか？

方方　どちらの影響もないでしょう。私は主席の職にあるときも、肩書を意識していませんでした。定年退職後も、意識していません。この肩書はこれまで私にとって、プラスになったこともマイナスになったこともありませんでした。主席になる前の生活は自由で、主席になったあとも変わりなく、退職した現在も以前のとおりです。主席という肩書にこだわる人は、中国の体制を知らないのでしょう。私個人のことも、まったく知らないのだと思います。

問13　あなたの作品の多くは武漢人の生活を描いています。あなたは武漢人のどんなところがいちばん好きですか？　今回の感染症を通じて、新たに武漢人の別の一面に気づくことはありましたか？

方方　武漢人はつねに率直で、義理堅い性格です。面倒見がよく、世慣れています。それは武漢の地理と気候が関係しているのでしょう。武漢は昔から商業都市でした。市民は暢気で、気が弱いようです。政府の言うことを素直に聞き入れます。生活を楽しみ、政治に対する関心は決して高くありません。とても現実的です。感染症に関係なく、彼らはずっとそのように生活してきました。これが私の武漢人に対する見方です。変化はありません。

問14　作家と都市の関係をあなたはどのように考えていますか？

方方　魚と水の関係、植物と土壌の関係だと思います。

問15　感染症が治まったら、何をしたいですか？

方方　まだ完成していない小説の続きを書きます。

三月一二日　ここまで来たら、もう削除しきれないだろう

よい天気が続いている。早春の陽光が気持ちいい。がらんとした現在の東湖を思い浮かべてみる。おそらく梅の花は数日前の風雨で散ってしまっただろう。何千本何万本の木々が、自分だけで花の季節を楽しんでいる。詩で表現するなら、「花自ずから飄零《ひょうれい》して、水自ずから流る」〔李清照「一剪梅」の一句〕というところか。うちの老犬はずっと閉じこもっているうちに、外に行こうとしなくなった。追い立てても庭に出ず、寝床で腹這いになっている。私自身も同じだと思う。出かける気になれず、ひたすら家の中にいる。友人たちは誘ってくれる。感染症が治まったら、しばらく遊びにおいで。素晴らしい春の景色を見て、美しい山や川を散策しよう。昔だったら、すぐに出かけただろう。しかし、いまはまったく出かける気になれない。これも一種の後遺症だろうか。

友人の医師は引き続き、感染症の状況が好転しているという情報を転送してくる。新たな感染確認者は、もう二〇人以下になった。ゼロになる日も近いだろう。死亡者の数も、医師たちの尽力のおかげで、大幅に減少している。ああ、死亡者ゼロの知らせが早く届いてほしい。湖北省感染症対策本部が今日、通知を出した。全省の各県を単位として、エリア、レベル、種類、時間を区切り、段階的に企業の操業再開を推し進める。だとしたら、私たちは間もなく正常な生活を取り戻せるのか？

ある友人が（友人にはそれぞれ名前があるのだが、敢えて言わない。善良な庶民がバッシングを受けて、傷つくことが心配なので）朝、一枚の写真を送ってきた。武漢中央病院の甲状腺乳腺外科

の十数名のグループチャット、亡くなった江学慶医師の微信グループの写真である。江医師が亡くなった日、グループのメンバーたちは自分のプロフィール写真をすべて黒い背景のローソクに換えて、一枚の顔写真だけを残した。江医師本人の顔写真である。私はとても感動した。同僚たちは、こんなに友情に篤い。江医師はあの世で、慰めを得ているのではないか。

昨日から今日にかけて、中央病院の艾芬《アイ・フェン》医師[*]の名前がネットを埋め尽くしている。記事が削除されたことで、民衆の怒りに火が付いた。人々はバトンリレーのように、削除されるたびに、次から次へと転送を続けている。いろいろな言語で、いろいろな方法を使って、ネット検閲官がいくら削除しても追いつかない。削除と転送の応酬の中で、この記事は残り、人々は神聖な仕事をしている気分になった。この神聖な気分は、潜在的な決意から来ている。記事を守ることは、自分を守ることなのだ。ここまで来たら、検閲官はもう削除しきれないだろう。

ネット検閲官のやり方は、まったく理解できない。彼らは何度も私の投稿を削除した。推測するに、ネット左翼の集団的な告発を受けて、彼らは「安定維持」〔社会の安定を名目に、取り締まりを強化する政策〕のために削除したのだろう。そういう心理は私にもある。私の投稿に対してタチの悪い書き込みがあると、ブラックリストに入れて受け取りを拒否している。しかし、雑誌『人物』の艾芬に関する記事を削除したのはなぜなのか？　まさか、本当に秘密を暴露されることを恐れたのだろうか？　それは、どんな秘密なのか？　その記事の武漢中央病院に関する記述は、まさに私が知りたかったことだ。いったい誰が、どこで、どんな理由で感染症の発生を二〇日間も隠したのか？　検

＊　武漢市政府と中央病院幹部による「口封じ」を雑誌『人物』に暴露した女性医師、彼女の手記は『文藝春秋』二〇二〇年五月号に邦訳がある。

閲官たちは知りたくないのだろうか？　感染症の発生から蔓延までの経過をはっきりさせなければ、武漢市民も全国民も、胸のつかえが下りない。検閲官はわけもわからずに、この記事を削除したのではあるまい。どこかから要求があったはずだ。では、誰が削除を命じたのか？　武漢市政府か？　それとも湖北省政府か？　あるいは……とにかく、理解できない。想像もつかない。

ウイルスが去年の一二月に現れて以来、理屈に合わないこと、規則に反すること、答えようのないことが多すぎた。最近の記者の調査によって、それらが少しずつ明らかになってきている。その詳細は、びっくりするようなことばかりだ。思わず言葉を失ってしまう。官僚や専門家は、愚かなのか、職務怠慢なのか、不注意なのか、責任逃れなのかは別として、事態がここまで来たら、すべて同罪である。厳罰に処し、戒めとしなければならない。だから、政府が簡単に見過ごすはずはないと信じたい。責任のある人たちを安易に見逃すはずはない。責任を追及しなければ、損害を被るのは国家なのだ。失われるのは政府の威信である。民心の受ける傷は言うまでもない。今後、様々な災難がひっきりなしに訪れるだろう。不作為の罪なのか、悪事を働いた罪なのかはともかく、国家の存続に責任はないのか？　わかりやすく言えば、「このままでは国が亡びる」ということだ。

今日、私も関連する条例を調べてみた。その中に、『党および政府の高級幹部の辞職に関する暫定規則』というのがあった。何年に公布されたものか、その後改正されたのか、わからないが、ここに引用しておこう。規則の第四章に「引責辞任」がある。その第一四条は、こう述べている。

「党および政府の高級幹部が職務上の重大な過失や怠慢によって、甚大な損失あるいは悪影響を与えたとき、または重大な事故についての監督責任があり、職務の続行が不可能となったとき、当人は現職を引責辞任しなければならない」

さらに、第一五条は具体的だ。一、職務上の怠慢により重大な集団騒擾《そうじょう》事件が発生したとき、あるいは集団的突発的事件の処理に失敗して深刻な結果と悪影響を招いたとき、主たる監督責任を負う者は引責辞任しなければならない。二、施策に重大な過失があり、巨額の経済的損失や悪影響を与えたとき、主たる監督責任を負う者は引責辞任しなければならない。三、災害救助、防災防疫において重大な職務怠慢があり、損失あるいは悪影響を与えたとき、主たる監督責任を負う者は引責辞任しなければならない。四、安全工作の方面で重大な職務怠慢があり、連続して大きな事故が発生したとき、主たる監督責任を負う者は引責辞任しなければならない。五、市場管理、環境保護、社会管理等の方面において重大な職務怠慢があり、連続して大きな事故が発生し、損失あるいは悪影響を与えたとき、主たる監督責任を負う者は引責辞任しなければならない。六、『党および政府の高級幹部選抜任用工作条例』の執行に努力せず、人事管理に重大な監督不行き届きと過失があり、悪影響を与えたとき、主たる監督責任を負う者は引責辞任しなければならない。七、管理監督業務を怠り、職員および部下が連続して重大な規律違反行為を犯し、悪影響を与えたとき、主たる監督責任を負う者は引責辞任しなければならない。八、配偶者、子女、身近な職員に重大な規律違反があったことを知りながら放置し、悪影響を与えたとき、主たる監督責任を負う者は引責辞任しなければならない。九、その他、引責辞任すべき状況があった場合。

以上の規則を特別に記録しておこう。

明らかに、引責辞任は社会が正常に機能していくために必要なことだ。前述の九項目に照らして、湖北省と武漢市の誰が引責辞任すべきか？　関係者は自分で考えてほしい。各条項が自分に当てはまるかどうか。無自覚であるなら、市民は辞職勧告のリストを出すだろう。それは、あまりにも不名誉なことである。私は思う。今後、官僚たちはその地位に就くとき、まず責任を取ることを覚え、そのあとで辞職の意味を知るべきだ。このように無知で恥を知らず、誤りを犯しても図々しく地位に居すわるなら、市民はいつまでも黙ってはいない。

ここまで書いたところで、友人が『南方週末』〔広東省の週刊紙〕の記者の調査報告を送ってきた。タイトルは、「四人殉職、四人危篤――武漢中央病院の暗黒のとき」である。冒頭、こう述べている。中央病院では現在、四人の医師が危篤状態にある。第一線にいる楊帆《ヤン・ファン》医師は強調した。この四人は呼吸器衰弱を含む多臓器衰弱の状態だ。さらに悪性の合併症がいくつか見られる。「完全に外部の医療手段によって生命を維持している人もいる」四人とは、副院長の王萍《ワン・ピン》、倫理委員会の劉励《リウ・リー》、胸部外科副主任の易凡《イー・ファン》、内分泌外科副主任の胡衛峰《フー・ウェイフォン》である。ああ、なんと悲しいことだろう。こういう状況の下で、中央病院の党書記と院長は心安らかに自分のポストに居すわっていられるのか？　本当に大声で叫びたい。良識があるなら、率先して引責辞任したらどうだ?!

三月一二日

誰かが警察に圧力をかけて、私を攻撃しようとしているのではないか

空は明るい。日差しはないが、春らしさは強く感じられる。

今日は、奇妙な一日だった。起床後、不愉快なことばかりが起こった。まず、友人たちが送ってきたネットの書き込みを見た。タイトルは、「ネットユーザーがこれだけ方方を痛罵《つうば》していることをどう見るか」である。二百本以上の私に対する悪意に満ちた攻撃の文章が集められている。どう

コメントすればいいのだろう？　すべて悪意がみなぎっていて、善意の投稿は一本もない。少なくとも、毀誉褒貶《きよほうへん》を半々にできなかったのか？　これらの書き込みが発表されたのは「今日湖北網《ジンリーフーベイワン》」で、湖北省新聞記者協会が運営している。これは政府系のサイトだろうか？　私が責任追及の声を上げ、「引責辞任」を口にしたくらいで、こんな対抗手段を取るのか？

もう一つは、もっと奇妙で、しかも突然の襲来だった。要約すると、私が特権で交通警察を利用し、姪を武漢からシンガポールへ脱出させたというのだ。たくさんの公式アカウントが、もっともらしく文章にしている。悪意を持って私を攻撃する人たちは、ほかに材料が見つからないのかもしれない。

私の姪はシンガポールへ行って十数年になる。シンガポールの居住者だ。戻るのに乗ったのもシンガポール政府が派遣した飛行機だった。これは両国の合意に基づいている。まだ正月休みの期間中で、記憶によると飛行機は午前一時に出発した（はっきり覚えていない。あとから考えると、午前三時だったかもしれない。とにかく夜中だ）。兄と兄嫁は七〇過ぎで、車の運転ができない。その日は、自家用車の運転を禁じる通知が出たばかりだった。私は規則を守り、念のために問い合わせをした。正直に言おう。私は武漢で六〇年あまり暮らしているから、警察の友人も少なくない。職場の同僚の家族にも、警察関係の人がいる。武漢市公安局には文学創作講座があり、私もかつて招かれた。公安局の会議にも呼ばれたことがある。警察関係の小説もたくさん書いているが、題材の多くは彼らから得た。多くの親しい警官がいるのは、ごく自然なことではないか？　知り合いだから、困ったときに助けを求めるのも、理の当然だろう。肖巡査は、ほかの警官数人と一緒に数年前、私の家に来たことがあった。私が警察に問い合わせをしたとき、肖巡査は非番だと聞いたので、彼に頼むことにした。私がすぐ肖巡査にメッセージを送ると、即座に引き受けてくれた。肖巡査は巡査補なのだが、私はずっと彼を肖巡査と呼んでいる。警察には巡査補が大勢いるらしいが、彼らに敬意を示すために、そう呼んでもいいではないか？　その日は、確か旧暦一月五日〔一月二九日、32ページ参照〕だった（よく覚えていない）。メッセージは残っているから、もし関係部署が調査したいのなら、調べてもかまわない。これくらいで特権濫用になるのなら、特権とは何なのか？　はっきり言わせてもらうなら、おそらく誰かが警察に圧力をかけて、私を攻撃しようとしているのではないか。

日中、私はすでにブログで、この問題に回答した。警察の上層部が事情を知らずに、本当に肖巡査を処分することを恐れて、詳しく説明した。ブログは審判を下す場所ではない。質問されたからと言って、答える必要はないのだが。作家に警察の友人がいてもいいし、巡査が非番のときに友人の手助けをしてもいい。これは人情の常だろう。テレビドラマでも、そんなシーンはよく出てくる。この件がここまでの騒ぎになるとは、まるで茶番だ。

ついでに、常識を欠いた人たち（密告者を含む）が問題にした私の個人的な状況について述べておこう。見当はずれのコメントを免れるために。

一、私は今年、六五歳。すでに退職し、病気がちだ。去年の春節前後はずっと病院で椎間板ヘルニアの治療を受け、年末にようやく症状が改善した。私のカルテと私の職場の同僚が証明してくれる。去年の前半は、歩くのも困難だった。だから、外へ出てボランティア活動をしろという私に対する要求は、受け入れられない。私の年齢では、ボランティア活動は荷が重い。

万一、転んだり腰を痛めたりすれば、それこそ政府に迷惑をかけることになる。

二、私は局長クラスの幹部ではない！　私は局長クラスの幹部ではない！　私は局長クラスの幹部ではない！　重要なことなので三回言う。私は公務員ですらない。だから、職務上のランクなどないのだ。口を揃えて「局長クラスの幹部」と言っている人たちには申し訳ない。退職後、私は普通の市民になった。もちろん、入党もしていない。私はずっと大衆の一人だ。湖北省作家協会主席にはなったが、組織のことに明るい人なら知っている。主席は何の権限もない。作家協会のあらゆる仕事は、党組織が取り仕切っているのだ。ただ、専門的な活動においては、できる限り作家協会のために尽くしてきた。

三、私は一九九二年に最高級の職位ランクを得て、キャリアも長いので、多くの人と比較すると、給料はそんなに高くないが低くもない。生活には困らない。現在は社会保障制度に基づいて、年金をもらっている。作家協会は退職した老作家を大事にしてきた。私の記憶では、徐《シュー》遅《チー》*、碧野《ビーイエ》**の時代から、その伝統は続いている。だから、私が退職してからも、作家協会は他の作家たちと同様に面倒を見てくれる。同僚たちも、やさしくしてくれる。彼らの大多数の成長を私は見守ってきた。だから、みんな仲よく暮らしている。私は確かに普通の庶民とは違うのかもしれない。職業作家なので、現在までに百冊に及ぶ本を出版してきた。多くの読者がいて、私に敬意を払ってくれる。特に湖北人と武漢人はそうだ。この程度の知名度だが、よくもてなしを受ける。それは本当だ。レストランで食事をすると、オーナーが料理を

＊　一九一四〜一九九六。詩人、散文作家、翻訳家。作家協会武漢分会主席、湖北省文聯副主席などを務めた。

＊＊　一九一六〜二〇〇八。散文作家、小説家。作家協会湖北分会副主席などを務めた。

一品サービスしてくれることがある。タクシーの運転手が私に気づき、料金を受け取らなかったこともあった。これらはみな、私を感動させる出来事だった。

四、極左の人たちは、一貫して私に因縁をつけ、ブログをめちゃくちゃにした。彼らは何度も私を告発しているのだと思う。しかし、告発されるようなことが何かあっただろうか？　思い当たらない。だが、私は告発を恐れたことはない。むしろ、告発されないことを恐れる。告発がなければ、人はデマを信じてしまう。告発されることで、私の優位が明らかになるのだ。本当のことを言おう。規律検査委員会の人たちまでが、私が彼らのような仕事にぴったりだと思っている。清廉潔白で、規則を守り、事実に基づいて話をするからだ。

五、今日の悪意の襲来はとても激しく、驚くべきものだった。突然、大勢の人たちが一斉に、同じ話題、同じ言葉、同じ画像で、同じ時間に私を攻撃してきた。まさに力を結集した、公開の場での告発という感じだ。昨夜、会議を開いて時間を決め、集団行動をとったように思える。これは興味深いことではないか？　誰が組織した（こういう集団行動が自発的であるはずがないことは、バカでもわかる！）のか？　誰が煽動《せんどう》、助長したのか？　考えると恐ろしくなる。組織者がある日、自分の仲間たちをけしかけて武力行使や破壊行為をやらせたとしたら、私が書く日記より一万倍も危険ではないか？　この組織、彼らのグループは煽動力と実行力を持っているので、誰彼かまわず攻撃する。大挙して、自分たちと考えの異なる個人と敵対する（聞くところによると、二人の教授が私に加勢する発言をしたために、ブログが炎上し、同時に当局に通報されたらしい。こういう連中は、意見が少しでも合わないと命令を出し、徒党を組んで個人に罵声を浴びせ、包囲攻撃する。テロ組織と同じではないか？）。

政府はむしろ、こういう連中を警戒すべきだろう。彼らが政府に圧力をかけるケースは、かなり増えているのではないか？

六、封鎖された感染地区の作家が、一人で家の中に閉じこもり、自分の断片的な思いを書き綴った。称賛すべきものは称賛し、批判すべきものは批判した。これは、極めて自然なことだ。そう、ずっと私は理解できなかった。なぜ、みんなが私の日記を読むのか。しかし数日前、ある読者の「方方の日記は私たちの鬱陶しい生活における通気孔だ」という言葉が目に留まった。これを見て、私は言い表せないほどの感動を覚えた。私は自分が努力して呼吸をすると同時に、他人の呼吸を助けていたのだ。多くの読者が多くの激励の言葉を残してくれるおかげで、私はこの仕事を続けていける。これらの読者の存在は、私の封鎖生活における最大の温もりである。

七、しかし、もっと理解できないことがある。まったく過激さのないこの日記がなぜ、あんなに大勢の人たちの悪意に満ちた罵倒と包囲攻撃を受けるのか？　こんなことが、いつから始まったのだろう？　誰がこういう激しい罵倒を操っているのか？　主にどんな人たちが罵倒しているのだろう？　彼らの目的は何なのか？　彼らはどんな価値観を持っているのか？　さらに、彼らはどんな教育を受け、どんな環境で育ってきたのか？　どんな仕事に従事しているのか？　ネットには履歴が残っているはずだから、心得のある人が調査研究すれば、真相がわかるかもしれない。これは研究に値する現象だろう。私自身も大変興味がある。

八、残念なのは、多くの若者たちだ。彼らは極左の人を自分の人生の師だと思い込んでいる。おそらく一生、暗闇の中でもがき苦しむことになるだろう。

感染状況は引き続き好転している。新たな感染確認者は、ひと桁にまで減少した。ほとんどの地区で、ゼロになっている。この数字は喜ばしい。今日はもともと、大変不愉快な一日だったが、感染症の好ましい情勢を聞いたので帳消しになった。

三月一三日　私たちはネット空間に場所を作り、一緒に大泣きしよう

昼まで日差しが明るかったが、午後から曇り、風も出てきた。お天道様は、あっという間に表情を変える。その過程を楽しみたいと思っても、そうはいかない。武漢大学の桜は満開だろう。老斎舎*のベランダから眺めると、白い雲のような花の帯が続いていた。私たちは学生のころ、桜が咲くと写真を撮りに行った。見物客の姿はなく、私たち学生だけだった。その後は観光名所となり、毎年シーズンが来ると、キャンパスは混雑して歩くこともままならない。花びらの数だけ人の顔があり、桜よりも人の群れを見に行くようだ。

感染症の状況は引き続き好転している。退院する人が増え、新たな感染確認者は数人だけになった。だが、今日は少し奇妙だ。感染状況の発表が、いつもより遅かった。昼に二つか三つのグループチャットに参加したが、みんながこのことを話題にしていた。どうして発表時間が遅れたのだろう？　友人の医師も、少し遅れただけで、いろいろ想像してしまうという。どんな想像の余地があるのだろう？

都市封鎖はすでに五〇日に及ぶ。もし封鎖が始まるとき、これが五〇日間続くと言われたとしたら、どんな気持ちになっていただろう。とにかく、こんなに長引くとは予想もしなかった。先月、病院に薬をもらいに行ったとき、私は一か月分を受け取り、十分足りると思った。こんなに長い封鎖はあり得ないから。いま考えれば、このウイルスを甘く見ていた。その強さとしぶとさを甘く見ていた。新たな患者は減ったが、奇妙な情報も伝わってくる。気を緩めることはできない。ウイルスはいつでも逆襲してくる可能性がある。だから、私たちはやはり、しっかり態勢を整えておこう。幸い、みんな経験を重ねたから、感染を恐れない。すぐに診察を受け、重症に陥らなければ、治癒するのは決して難しくない。

三月も半分が過ぎようとしている。間もなく清明節《せいめい》**がやってくる。肉親の供養のため、墓に線香を立てる。これは昔からの伝統で、多くの家庭が毎年の行事にしている。伝統の観念が強い武漢人は今年、大きな試練を乗り越えなければならない。二か月あまりの間に、数千人が亡くなった。累が及んだ家族は何万人にも上る。肉親が死んでも、墓参りができない。それどころか、遺骨さえ引き取ることができないのだ。しかも、多くの人は二月の中旬に亡くなった。初七日は混乱と悲痛のうちに過ぎ、四十九日が清明節の前後に当たる。人々は感染症の蔓延が非常事態であることを理解しているが、清明節になれば、故人を思い出して悲しまずにはいられないだろう。だから、私はとても心配だ。肉親を失った家族は我に返ると、長く続いた抑圧に耐えられなくなり、精神崩壊を起こすのではないか。じつは私自身も、それを思うと自然に涙が流れ出す。

＊ 武漢大学最古の校舎、一九三一年築、二〇〇一年に国の重要文化財に指定された。
＊＊ 二十四節気の一つ。中国では墓参りをする習慣がある。今年は四月四日。

肉親を失った悲しみは、胸の内をさらけ出し、涙を流すことで和らぐ。それが、いちばんよいカウンセリングの方法だろう。数日前、ある文章で、多くのネットユーザーが李文亮のブログにコメントを残しているのを見た。心情を語り、このネット空間を「嘆きの壁」にした。それは単に李文亮を悼むための行為ではなく、心情を語ったネットユーザー自身にとって必要なことだった。感染症は大詰めの段階に来ている。清明節までにはまだ時間があるから、「嘆きの壁」のようなウェブサイトを作ればいい。「嘆きのサイト」とでも名付けて。肉親を失った人たちのための空間を作って、そこに遺影を飾り、ロウソクを灯し、思い切り泣こう。泣きたいのは、彼らの家族や友人たちだけではない。すべての武漢市民が、一度大泣きしたいはずだ。みんながこの「嘆きのサイト」を通じて、肉親に涙し、友人に涙し、自分に涙する。心の悲しみを吐き出し、個人として哀悼の意を表する。魂を慰める音楽を流せば、さらに素晴らしい。号泣したあとで、気持ちが楽になるかもしれない。感染症がいつ終息するかは未知数だ。すべてが確定していない現在、無数の個人の悲しみは凝り固まって、解きほぐせないしこりになるかもしれない。だったら、私たちはネット空間に場所を作り、一緒に大泣きしよう。

ほかにも、忘れてはいけない人たちがいる。早い段階で多くの感染者が出たため、病院のベッドは満床となり、医療崩壊が起こった。PCR検査を受ける機会がないのだから、感染確認のしようがない。患者の中には病院で死ぬ人もいたが、多くは自宅で亡くなった。高校時代の友人の話によれば、彼の奥さんの同僚は自宅で、二人の家族の最期を見取ったという。義母は死後、まる一日葬儀場から迎えの車が来なかった。夜になって小型トラックが来て、遺体を運んで行ったらしい。このような死者は少なくない。新型肺炎と診断されていないから、感染死亡者のリストには載っていない。いったい、何人いたのだろう？　私にはわからない。今日、心理学の専門家と電話で、この問題を話し合い、同じ結論に達した。居住区の事務所を通じて、これらの死亡者を逐一記録し、新型コロナ肺炎の犠牲者のリストに載せれば、いずれ国が遺族に対して支援を行うとき、彼らも対象になるだろう。同時に、居住区の事務所には、さらに細かく調査して、感染症の影響で治療を受けられずに死亡した新型コロナ肺炎以外の患者も、合わせてリストアップしてもらいたい。これらの人たちも分類登録され、将来の一律支援の対象に含まれることになる。

ここ数日、武漢の状況は落ち着いてきた。だが、依然として衝撃的なニュースも伝わってくる。最大のトピックは、ゴミ収集車で市民に食品を配布したという事件だ。昨日、動画を見たときには、まったくあきれてしまった。誰が考え出したことなのだろう！　無神経にもほどがある。基本的な常識が欠けているのか、庶民を人と思っていないのか？　どんなやむを得ない事情があったか知らないが、いくらなんでも、こんな無様なことをしてはいけない。

ときどき思うのだが、政府が民生を第一に考えなければ、次に別の新型ウイルスが来たときも今年と同じ災難がまた繰り返されることになるだろう。官僚たちが庶民に目を向けず、上役の顔色ばかりうかがっていたら、ゴミ収集車で食品を配布するようなことがまた出てくる。人が大切だという概念がなく、庶民の立場を考えて行動しないのが、現在の官僚の大きな問題点である。官僚主義という言葉だけで片付けるなら不十分だ。人間の品格の問題ばかりではない。彼らは、ある種の機械の中に組み込まれている。その機械は動きが速く、彼らの目は上司に釘付けになり、一般大衆のことは目に入らない。まさに、組織の中に身を置くと自由がきかなくなるということだ。

雑談を一つ。今日、『南方人物週刊』の記事を読んだ。衛生健康委員会の専門家チームの一員、杜斌《ドゥー・ビン》医師〔北京協和病院のICU主任〕へのインタビューである。タイトルは「すべてはヒロイズムと無縁である」、とてもよい記事だった。だが、文中の一句には笑った。杜斌医師はこう述べたのだ。「私は絶対に信じない。この病室にウイルスがあって、ずんずんと目に近づいてくるなんて」私の記憶によると、別の専門家・王広発医師〔40ページ参照〕は、新型コロナウイルスに目から感染したと述べていた。この発言によって、市場ではゴーグルが瞬時にして売り切れたのだ。私の友人は、ゴーグルを送ってくれると言った。面倒をかけたくないので、私は淘宝〔76ページ参照〕のURLを教えてもらって、自分で注文した。現在まで、このゴーグルは箱も開けていない。

そうだ。ついでに言っておきたいことがある。今日、『方方籠城日記』編集部」という公式アカウントを見つけた。別の人の文章を転載している。ここで明言しておく。この公式アカウントは、私と何の関係もない。アカウントの持ち主は名前を変えてほしい。お互いに不愉快な思いをしないで済むように。

三月一四日　次に警鐘を鳴らすのは誰なのだろう

快晴。桜はまだ咲いているだろうか。一般的に、桜が咲くころは風雨が激しい。二、三日で花が散ってしまう。桜はパッと咲いてパッと散る。そのはかない命を見ると、人は様々な感慨を覚える。状況は引き続き好転している。新しい感染確認者は、ますます少なくなった。ここ何日かは、ずっとひと桁で推移している。昨日、友人が心配して言った。嘘の数字じゃないだろうな？　感染症の発生初期に隠蔽があったので、いまだに人々の心は不信感でいっぱいなのだ。万一、数字の見栄えをよくするために、自分の手柄にするために、また隠蔽が行われていたらどうしよう？　そういう心配をする気持ちは理解できる。「蛇に嚙まれたあと、十年は縄を恐れる」という心理だ。その結果、あらゆることに疑い深くなる。そこで、私はわざわざ友人の医師に尋ねた。数字を操作している可能性はあるのか？　医者はきっぱりとした態度で答えた。隠蔽はあり得ないし、その必要もない。これこそ、私が欲しかった答えだった。

午後、私の同級生の老狐《ラオフー》*が情報を送ってきた。老狐の父親・胡国瑞《フー・グオルイ》先生〔一九〇八〜一九九八。古典文学の研究者で、武漢大学教授を長く務めた〕は私の恩師である。私に宋代の詞を教えてくれた。胡先生の授業は素晴らしく、他学科の学生もたくさん受講していたので、教室はいつも満員だった。その後、老斎舎の大教室に変更された。胡先生は当時、教科書に載っていない詞を一首、朗読してくれた。「煙波を来往して十年、自ら西湖長《せいこちょう》と号す。軽舟の小さき槳《かい》、蘆花の港を蕩《ゆ》れ出《い》づる。意を得て高らかに歌い、夜静まりて声偏《ひとえ》に朗らかなり。賞《ほ》める人なく、自家《じか》掌《てのひら》を拍《たた》く。唱《うた》徹して千山に響く」〔清・止嵓《しがん》「点絳唇・湖上」〕胡先生が吟じながら拍子をとり、悦に入っている様子は、いまも目に浮かぶ。老狐は一九七七年入学で、徒歩旅行が好きだった。アメリカの有名なAT**を数か月で踏破した。歩きながら書いた記録を読むと、心が躍る。中国人でATを歩き通したのは彼が最初だと思っていたが、本人によると違うらしい。それでも彼は、自信たっぷりに「武漢人の中では初めてだ」と言った。

* 本来は姓が胡で「老胡《ラオフー》」のはずだが、あだ名で同じ音の「老狐」と呼ばれていると思われる。
** アパラチアン・トレイル、東部一四州にまたがる三千五百キロの自然遊歩道。

老狐の情報は、気持ちを奮い立たせるものだった。原文をそのまま、二項目採録しよう。

一、よい知らせだ。易凡が人工呼吸器を外され、意識が戻った。今日は動画を撮り、昔の学友たちに送ったという。易凡の九歳の娘は、お父さんのために絵手紙をたくさん描いた。胡渣《フージャー》も意識が戻った。北京の中日友好病院は奇跡を起こした。

二、数日前の日記が取り上げていた二人の医師、生死の境をさまよっていた易凡と胡衛峰（胡渣は彼のあだ名）は今日、意識を取り戻した。徒歩旅行の仲間が、ちょうど彼らの元同級生で、彼女は毎日二人の情報を知らせてくれる。

鬱陶しい毎日において、これ以上よい情報はない。易凡は中央病院の胸部外科の副主任、胡衛峰は内分泌外科の副主任である。数日前の新聞は、まだ彼らは危篤状態にあると伝えていた。私の日記にも、その記事の一部を再録したとおりだ〔230ページ参照〕。いま、二人はもう意識を取り戻した。本当に本当に、よかった。残る二人も、何とか持ちこたえてほしい。優秀な医師たちが、彼らを救ってくれると信じている。

中央病院は今回、医療スタッフに痛ましい犠牲者を出しているので、ずっと世論の矛先が向けられている。だが、いまのところ、病院の管理職が何らかの処分を受けたという話は聞かない。ネット上では、病院のトップの責任を問う声が高まっているが、彼らは騒がしい世論にも動じることなく、身を潜めている。まるで蒸発してしまったかのようだ。責任を取らされたというニュースは、一向に伝わってこない。武昌区の区長、青山区の副区長が、世論の高まる前に更迭されたのとは違う。上級機関が処分を行うときの段取り、何らかの基準について、私はまったく知らない。だが、どうやら職場で多くの死傷者が出ても、管理職が責任を負うとは限らないようだ。この件はもう、これ以上話しても意味がない。

今日はメディアの記者に関する話が、ネット上で盛んに議論された。内容はとても豊富だった。私も少し口を挟みたいことがある。中央病院の艾芬医師は、自分が警鐘を鳴らしたと言った。一方で庶民は、李文亮が警鐘を鳴らした人だったと言っている。つまり、バトンは艾芬の手から李文亮の手に渡ったのだ。では、李文亮の手からバトンを受け取るのは、どんな人が相応しいのか？　李文亮は訓戒処分を受けたが、警察は彼の「バトン」を奪わなかった。それで、かえって彼が鳴らす警鐘の音は拡大していった。新型コロナウイルスが発生したというニュースは、二〇一九年一二月三一日にもう知れ渡っていた。少なくとも、私はその日に情報を得た。翌日、警察が「八人のネットユーザー」を処分したというニュースが各新聞や中央テレビで報じられた。しかし、これは警鐘の「バトン」が取り上げられたという意味ではない。では、バトンを受け継ぐのは誰か？　つまり、次に警鐘を鳴らすのは誰なのだろう？

武漢には、大きなメディアグループが二つある。一番手が湖北日報メディアグループ、二番手が長江日報社グループだ。二大グループを合わせると、記者は何人ぐらいいるのだろう？　私にはわからない。百度（150ページ参照）によれば、湖北日報メディアグループは、「七つの新聞、八つの雑誌、一二のウェブサイト、五つのモバイル端末、そして出版機構を有している。五六の会社組織（単独投資会社、持ち株会社）に分かれ、全省の一七市および州に支社（特派員を置く）がある。湖北最大のニュース発信基地で、湖北の重要な情報を外部に伝える窓口となっている」という。この様子からすると、長江日報社グループ傘下の新聞、ウェブサイト、会社も少なくないだろう。調べるのは面倒になった。このように巨大な二つの集団に、新聞記者は山ほどいるに違いない。

新聞記者の職責と使命は何か？　おそらく、たくさんあるだろう。しかし、私の個人的な見解では、社会と民生に目を向けることが、最も重要なことだと思う。そこで、新聞記者に問いたい。新型コロナウイルスの発生は衝撃的なニュースだし、警察が「デマを流したネットユーザー」を処分したというのも小さなニュースではない。この二つは、社会と民生に深く関わっている。記者はニュースを発信したあと、続報も出すべきではなかったか？　例えば、ウイルスはどのようにして発見されたのか、そしてヒトに感染するのか？　また、八人のネットユーザーはどんな人なのか、なぜデマを拡散したのか？

このような事件に対して、プロの記者はとりわけ敏感になるべきだ。彼らには、李文亮のバトンを受け継ぐ責任がある。だが、彼らはどこにいるのだろう？　よく言われるのは、「記者は現場か、現場へ行く途中か、どちらかにいる」という言葉だ。もし当時、新型コロナウイルスの顚末《てんまつ》を深く調査する記者がいたら、医師たちが続々と倒れていることを突き止めていたら、八人の「デマを流したネットユーザー」が実際は八人の医師であることを調べ上げていたら、結果はどうなっていただろう？　より高度なプロ意識を持って、社内の各部門と交渉を重ね、できる限り自分の声を発していたら、結果はどうなっていただろう？　武漢はこんなに長期にわたって、悲惨な現場になっていただろうか？　湖北省全体の人たちが、封鎖に遭ったり、見捨てられたりすることがあっただろうか？　全国に様々な損失を与えることがあっただろうか？

当然、私は湖北や武漢に傑出した記者がいることを信じたい。おそらく、彼らは引き続き調査をして原稿を書いたが、掲載に至らなかったのだろう。あるいは、テーマを申請したけれども、許可が下りなかったのかもしれない。もしそうであれば、まだ救いがある。しかし残念ながら、いまのところ、そういう話は聞こえてこない。艾芬が最初に警鐘を鳴らし、李文亮も警鐘を鳴らした。ところが、そのバトンを受け継ぐ人がいない。警鐘の音は二大メディアグループの歓喜の歌と笑い声にかき消されてしまった。ウイルスは情け容赦なく蔓延と拡散を続け、医療スタッフが次々に倒れていったのに、私たちの新聞は多彩な色、笑顔、紅旗、花束、歓呼が、すべての紙面を埋め尽くしていた。私のような庶民でさえ、新型ウイルスの恐ろしさを聞いて、一月一八日からは外出時にマスクをつけ始めた。それなのにメディアは、一月一九日に新年を祝う食事会のことを報じ、一月二一日に省の高官が大規模な歌舞交歓会に出席したことを報じた。毎日、見せかけの繁栄に庶民を溺れさせ、ひと言も注意喚起をしなかった。新型コロナウイルスは牙をむいて、人々の家に押し寄せていたのに。春節の期間から仮設病院の建設までの毎日、そして数千人に及ぶ人たちの悲惨な人生を思い起こせば、良心が痛むのではないか？　生涯において最も大切なもの、すなわち持つべき使命感と尽くすべき職責を放棄したことを恥ずかしいと思わないのか？　本来、市民を誤った方向に導くことなく、市民に注意喚起を行うはずの二大メディアの責任者たち、あなたたちも引責辞任すべきではないか？

『長江日報』のWという記者は、方方は「でたらめな議論」ばかりしているという。ほかのことは勉強しないくせに、こんな言葉だけはすぐに覚えるのだ！　ならば私は、今日もまた「でたらめな議論」を繰り広げることにしよう。

三月一五日

ここ数日、仕事復帰についての議論が増えた

引き続き、快晴。空が明るいので、気持ちも華やぐ。数日前、同じ文聯宿舎に住んでいる従兄の娘が食品を届けてくれた。肉まんやシュウマイなどである。それを二日にわたって食べながら、北方人がなぜ小麦粉で作った食品を好むのかを理解した。とにかく便利なのだ。ほぼ調理されていて、少し加工するだけで満腹になる。米を炊き、おかずを作るよりも簡単で手間がかからない（ついでに、ブログで私を厳しく攻撃する人たちに答えよう。外出禁止の武漢で、私がなぜ文聯から現物支給を受けることができるのか、という質問である。それは、私が文聯の宿舎に住んでいるからだ。団地の門の前で、配給の野菜を受け取れるのと同じである。まとめて返答したので、もう騒がないでほしい！）。幸い、私は小麦粉の製品が大好きだ。最近、みんながチャットで、食事の支度が面倒だという話をしている。食事が済んだら、後片付けもしなければならない。以前はデリバリーを頼んで、食べ終われば容器を捨てるだけだった。

今日、友人のJWが、彼女の弟の李さんが書いた文章を送ってくれた。李さんの二人の友人は、シニア合唱団のメンバーだった。武漢では、多くの定年退職者が文化娯楽活動に参加している。特に私の世代は、青少年時代を「文革」の中で過ごした。当時は各学校に文芸宣伝隊があったので、歌や踊りが得意な人が多い。いまは退職して暇ができた。すると文芸活動への情熱がよみがえる。祭日が来るたびに、老人たちは張り切って、あちこちで集会を開いて芸を披露する。その繰り返しで、晩年の生活を楽しんでいるのだ。今年も同様だった。しかし、猛威をふるう新型コロナウイル

スが彼らを襲った。李さんは二人の友人を偲び、冒頭の一文でこう述べている。「思いもよらないことだった。私の身近にいた包傑《バオ・ジエ》と蘇華健《スー・ホワジエン》が、この正月に突然命を落としてしまった」

武漢には、とても感動的な話がある。息子が発症し、家族への感染を恐れた九〇歳の老母が一人で病院の外来まで一緒に行き、ベッドが空くのを待っていた。老母が息子に付き添って五日目、ようやく入院できた。しかし症状が重く、息子はICUに入ることになった。この徐美武《シュー・メイウー》という老母は、看護師に紙とペンを借りて、息子に一通の手紙を書いた。「息子よ、頑張れ。粘り強く病魔と闘ってね。お医者さんの治療に任せて、呼吸が苦しくても我慢すれば、回復するよ。血圧が正常に戻って、鼻呼吸ができるようになったら、お医者さんを呼びなさい。現金をおまえに渡すのを忘れてしまったので、お医者さんに五百元渡しておくから、必要な日用品を買ってもらうんだよ」この手紙を読んだ人は、みんな涙を流した。これが母親だ！　息子はもう六〇過ぎだが、母親の心の中ではまだ子供なのだ。この息子が、すなわち李さんの友人の包傑なのだった。残念ながら、包傑がこの手紙を読むことはなかった。翌日、彼はこの世に永遠の別れを告げた。親しい人たちと尊敬すべき気丈な母親を残して。

李さんは言う。「湖北省の黄埔《こうほ》軍官学校*同窓会に所属する芸術団は、春節の交歓会のために演目を準備していた。包傑も黄埔出身者の子孫なので、人の紹介で芸術団に加入した。そして、すぐに頭角を現わした。彼は声がいい。ボイストレーニングをしているし、歌に感情がこもっている。だから数日のうちに、みんなが彼をリードボーカルに推挙した。今年の一月一七日、黄埔同窓生の春

＊　一九二四年に孫文が広州に開設した軍人養成学校。

節を祝う交歓会が開かれ、彼は見事に務めを果たした。そのとき、彼は私のすぐ隣にいた」しかし、包傑は一月一八日に別の交歓会に参加し、そこで感染してしまった。「同時に感染した三人のうち、二人が犠牲となった」

武漢市には、別の民間合唱団もある。「希文《シーウェン》合唱団」という名前で、一九三八年に成立した。当初は、希利達《シーリーダー》女子中学と文華《ウェンホワ》中学の教師と生徒がメンバーだった。改革開放後、老人たちが「希文合唱団」を再建した。メンバーはもはや両校の関係者に限らず、広く社会全体から募集している。希文合唱団も今年の一月、盛んに活動していた。李さんによれば、彼と蘇華健はどちらもテノールで、仲がよかった。「一月九日、希文合唱団の一部のメンバーは范《ファン》湖〔武漢市江漢区の地名〕で会食し、歌を歌った。私が華健と会ったのは、それが最後だった」「彼はいつもグループチャットで積極的に発言していたのに、まるで音沙汰がなくなった。私や友人が電話をしてもつながらず、微信にメッセージを送っても返事がなかった。みんなが異常を感じ、おかしいと思った」その後、蘇華健とは、ずっと連絡が取れない状態が続いた。そして、突然の訃報が届いた。蘇華健は三月六日に亡くなっていた。いまもネットで「希文合唱団」の歌を検索することができる。「手をつなごう」という感動的な歌だ。経験豊かなベテランの歌い手だからこそ、感情に訴えるのかもしれない。こんな歌詞がある。「だから、手をつなごう。あの世でも、ともに歩もう。だから、道連れになろう。過去を振り返ることなく」自分の人生を語っているような歌だ。

私はかなり前に隣人から、シニア合唱団で多くの感染者が出たと聞いていた。元日と春節の時期は、彼らの活動のピークだから。また、彼らは感染しやすい年齢でもある。李さんの文章の中には、包傑と蘇華健の写真も載せてあった。二人はもう定年退職していたが、依然として顔に生気があふれている。もし警戒が呼びかけられていたら、彼らは頻繁に娯楽活動や食事会に参加していただろうか？　六〇代の人は現在の生活環境の中で暮らし、しかも豊富な娯楽活動もしていたのだから、あと二〇年生きることに何の問題もなかったはずだ。「ヒト－ヒト感染はない、予防も制御もできる」という言葉が、多くの人を戻れない道に追いやってしまった。それを思うと、私は自問せずにはいられない。生き残った私たちは、自分が楽に過ごしたいからと言って、非業の死を遂げた人のための責任追及をやめていいのだろうか？　責任追及は、必ずやらなければならない！

感染症の状況は、依然として好転している。武漢全体の新たな感染確認者は、連続してひと桁を超えていない。患者がわずかになったので、人々は外出や仕事復帰への欲求を強めている。ここ数日、感染症についての議論は減り、仕事復帰についての議論が増えた。多くの企業と家庭が、もう都市封鎖に耐えられなくなってきた。時間が長すぎたために、人々は息苦しさを感じているのだから、政府は当然、臨機応変の対策を取るべきだろう。幸い、すでに感染者がゼロになった地区では今日、点と点を結ぶ形で、大型バスで市外に労働者を運んだ。一方、武漢の路線バスは一部の企業の復職者が通勤するために明日から正式に、運行を始めるという。これらはみな、大変よい知らせだ。これ以上、仕事復帰と封鎖解除が遅れれば、国家の経済に問題が生じるだけでなく、多くの人が飯の食い上げになってしまう。

私自身が最近、直面していることについて話そう。

ブログの閉鎖が解除されてから、私はこの方式が好きなので、毎日の記録を投稿してきた。しかし数日前から、突然数千人の人たちの罵声を浴びるようになった。組織的な攻撃で、内容はバカげていて下品だ。最初は不思議だったのが怒りに変わり、今日は何も感じなくなった。もう気づいたからだ。私を罵倒する人の多くは、私が書いたものを読んでいない。誰かの恣意的な引用と悪意に満ちた解釈を聞いて、私を攻撃している。罵倒のための罵倒で、それを楽しんでいるのだろう。もちろん、理屈が通っているように見える意見もあるが、その理屈は自分が勝手に信じたデマに基づいている。デマのロジックに依拠した理屈だから、話にならない。愚かで汚らわしく、見るに堪えない。私は一部の人たちをブラックリストに入れた。だが、今日の午後になって、ふと気づいた。これらの罵詈《ばり》雑言《ぞうごん》を残しておくのも悪くない。

罵声を浴びせてくるのが誰なのか、どんなプロフィール写真を使っているのか、共通点はあるのか、どんなネットの集団に属しているのか、気にしている相手は誰か、いつも誰のブログを転送し共有しているのか、それははっきりわかっている。ウイルスの発生源を突き止めるように、出所がわかるだろう。いつ示し合わせて罵倒を始めたのか、どんな人が背後で煽動し、入れ知恵し、操っているのか、以前どんな人たちを攻撃してきたのか、彼らは誰を崇拝しているのか、誰の指図に服従しているのか、彼らの言葉の出典はどこにあるのか、誰の口調に似ているか、罵倒の過程で言葉がどう変化しているか、などなど。こういう連中を観察すると、得るところがたくさんある。七、八年前にさかのぼると、学生たちに呼びかけてネット上で「プラスのエネルギー」を発揮させた書き込みが見つかるかもしれない。さらに、推薦されて彼らの指導者となった人たちの名簿も見つかるだろう。かつて、ある部門の責任者に尋ねたことがあった。あなたたちはどうして、こんな連中を学生の指導者にしたんですか？　彼らの中には、やくざ者もいますよ。残念ながら、聞き入れてもらえなかった。当時呼びかけに応えてネット上で「プラスのエネルギー」を発揮した学生たちが、成長して現在の攻撃者になっているのだ。彼らの多くは普段、悪い人間ではない。しかしネットにアクセスした途端、自分の陰険さと悪意を無限に発揮するようになる。

ネットには記憶が残る。素晴らしいことだ。しかも、この記憶は長く持続する。だから、私のブログへのコメントを観察し、この時代の生々しいサンプルとして残すのがいいと思う。各時代の記憶の中には、美しく感動的な内容もあれば、悲しく痛々しい内容もある。しかし、最も深く印象に残るのは恥辱だろう。この時代の記憶に、恥辱を残すことはとても重要だ。一気に押し寄せてきた罵声と虚言は、この時代の最も鮮明で最も激しい恥辱の記録である。未来の人がこれを読めば、二〇二〇年のことがわかる。ウイルスが引き起こした伝染病が武漢に蔓延するのと同時に、言葉の暴力という別の伝染病が私のブログのコメントに蔓延したのだ。武漢の伝染病の蔓延は、人口一千万の都市の前代未聞の封鎖につながった。一方、私のブログのコメントに現われた伝染病は、この時代の明白な恥辱を示している。

私は感染地区に閉じ込められた受難者として、生活上の雑事と感想を記録したにすぎない。だから、この日記の寿命は長くないだろう。しかし、何百人何千人が集団で罵倒したことによって、私の日記は永遠に残ることになる。

三月一六日 陸游の詩句を借りて言おう、錯誤、錯誤、錯誤

今日は曇り空だが、多種多彩な春の花が咲いている。色彩が陰鬱なムードを打ち砕き、気持ちを晴れやかにしてくれる。江夏区にある私の家の隣人・唐小禾先生が写真を送ってくれた。我が家の

前の迎春花〔オウバイ〕は鮮やかな黄色い花を咲かせているが、海棠は盛りを過ぎて散り始めている。地面に落ちた花びらと迎春花の緑の葉とのコントラストに趣が感じられた。唐先生の家の赤いモクレンは、毎年見事な花を咲かせる。たくさん花をつけ、とても元気がいい。通りすがりに赤い花を見ると、どんなに生活がすさんでいても、喜びが湧いてくる。

今日も感染症の状況は、ここ数日と変わりがない。低減期が膠着状態にあるという感じが強い。新たな感染確認者は依然として数人だけだが、生死の狭間《はざま》で苦しんでいる重症患者がまだ三千人以上いる。仮設病院はすべて閉鎖された。ただし、今日どこかから噂が伝わってきた。仮設病院の封鎖は「政治的封鎖」で、患者はまだいるというのだ。しかし、私の数日前の記憶では、すでに病院のベッドには余裕ができたはずだ。患者はすべて転院し、全快した人は一四日間の経過観察のため、ホテルに移っている。噂には根拠があるのだろうか？　私はわざわざ、友人の医師に見解を聞いてみた。友人の医師は、きっぱりと答えた。「デマに決まってる！　嘘をつく必要も、可能性もない。いまの政府は、徹底して感染症の拡大を抑え込み、徹底的に感染ゼロを目指して、積極的に入院治療を進めている。政府が仮設病院の閉鎖を前倒しするはずはない。伝染病は隠蔽できない！　このような重大な判断については、政府を信じるべきだ！　いくら大胆な役人でも、天を恐れないはずがあるか！　強烈な急性の伝染病は徹底的に抑え込まないと、必ず蔓延する。誰も隠蔽することはできない！」感嘆符はすべて、友人の医師が付けたものだ。私はこの言葉を信じる。ウイルスはすでに、政治至上の考え方を引っくり返した。この期に及んで、誰がまた隠蔽するだろう？　武漢の一か月前の恐ろしい光景を再現したい人はいない。

多くの人が微信のグループチャットで、厳歌苓《イエン・ゴーリン》＊の文章を拡散させている。友人も転送してきた。

タイトルは、「唐婉《とうえん》の詩句を借りて言おう、欺瞞、欺瞞、欺瞞」**。ベルリンに滞在中だった厳歌苓は、武漢のことを気遣い、心配してくれている。何年も前のことだが、湖北省作家協会は世界華人女性作家会議を開催した。厳歌苓も武漢にやってきたので、武漢大学で講演をしてもらった。その日、私は参加できなかったのだが、会場は超満員だったという。厳歌苓の直感は鋭い。彼女は今回の感染症が災難に変わる過程における最大のキーワード、「欺瞞」を的確にとらえている。後半は対策が功を奏したが、感染拡大の全体状況を見れば、至るところに「欺瞞」が見つかるだろう。だが、なぜ欺瞞が必要だったのか？　作為的だったのか、それとも不注意だったのか？　ほかにも原因があったのか？　この話題は、ひとまず置くとしよう。とにかく、親愛なる歌苓に言いたい。あなたの文章を読んで、私は感動と感慨を禁じ得なかった。ところが、微信の友人グループに上げる前に、この文章は削除されてしまった。知ってのとおり、ここでは「欺瞞」と「削除」は兄弟なのだ。私たちはすでに、「削除」という兄貴に痛めつけられて、感覚を失っている。自分がネット上で、いつ、どんな理由で違法行為をしたのか、まったくわからない。誰にも告げられたことはない。それでも、受け入れるしかないのだ。

今日、文学関係者を驚愕させる情報が伝えられた。バルガス＝リョサ〔一九三六年生まれ。ペルーの小説家。二〇一〇年にノーベル文学賞を受賞〕の著作がすべて、本屋の棚から消えたという。本当に、そんなことがあるのか？　私には信じられない。バルガス＝リョサを読んだのは、青春時代のことだった。

＊　一九五八年上海生まれ。八九年に渡米し、現在はアメリカ国籍の華人作家として活躍。多くの小説が映画化されている。

＊＊　唐婉は陸游の妻、のち離婚。この詩句を含む「釵頭鳳《さとうおう》」は、陸游の同名詩に対する返歌。

当時の作家はみんな、彼の著作を読んでいたようだ。多くの人が彼の文体、形式にとらわれない作品構造を好んだ。実際のところ、私が読んだのはたった三冊、それもベストセラーの作品だけだったけれど。情報を聞いた私は、ほかの作家たちと同様、最初の驚きが怒りに変わり、最後は憂鬱になった。何を言えばいいのだろう。ただ、ぶつぶつと不満をつぶやくことしかできない。バルガス＝リョサがどういう発言をしたにせよ*、彼は政治家ではなく作家である。数日前に読んだ文章の中で、作家はこう形容されていた。「創作の基本的かつ最高の使命は、デマに打ち勝ち、真実の歴史を証明し、人類の尊厳を回復することである」私は、これが誰の言葉なのか知らない。バルガス＝リョサはもう八〇を過ぎているだろう。そこまでやる必要があるのか。「欺瞞、欺瞞、欺瞞」が唐婉と陸游の愛情物語に由来している〔二人は親の意向によって無理やり離婚させられた〕ことは、ほとんどの中国人が知っている。ここで私は、陸游の詩句を借りて言おう、錯誤、錯誤、錯誤。

　今日、湖北省に応援に来ていた医療スタッフが相次いで帰路についていることを知った。しかし、封鎖解除の情報はない。人の興味を引くニュースは、ネット上で乱れ飛んでいるが、デマも多いようだ。新型コロナウイルスは狂暴だが、それ以上に恐ろしいことが目前に迫ってきた。食べていけない人が出てきている。今日、北京の記者が私に、湖北人の請願の文章を送ってきた。それを見て私は、数日前に聞いた電話の録音を思い出した。文章を読み直してみると、とても冷静で、理路整然としている。その中に、政府が考えなければならない問題の指摘もあった。主要な部分をここに再録しておこう。

私は自分の言葉に法律的責任を負う。政府による感染症対策を私たち一般庶民は強く支持し協力している。しかし、五〇日間の長きにわたる封鎖の間に、病人も健康を取り戻した。政府は点と点を結ぶ交通手段を用意するべきだ。なぜ、行動を起こさないのか？

毎日、家の中で暇をつぶしている。政府が期日を言ってくれれば、私たちは目標が持てる。三月末とか、四月末とか、期日を言ってほしい。いまはそれがないので、希望が見えない。ひたすら家の中で待っている。大勢の家族がいて、毎日の生活費がかかる。一家の主人はお金を稼いで、何とか家族を養わなければならない。

朝から晩まで、食べたり飲んだり、油を買ったり塩を買ったり、出費がかさむ。もちろん、結局のところ食べるものはすぐ腹に納まる。しかし、これはみな毎日必要な支出だろう。私たちは毎朝、起きるとまず新聞やテレビのトップニュースを見る。感染者はどれくらい増えたか、またはどれくらい減ったか。どうやら、武漢の一帯だけは状況が厳しいらしい。しかし、湖北省の全都市が武漢に付き合って、ぐずぐずしているわけにはいかない。本当にそうだ。

私は一月二一日に武漢に戻ってきた。それから何日になるかは、計算すればわかるだろう。毎日、家で待機している。食べては眠り、眠っては食べる。こんな生活がいつになったら終わるのか、それがわからないことが問題だ。最初は三月一日という話だったが、三月一〇日、一一日、一五日と変わり、鍾南山は六月まで延びると言っている。

いつまでも、こんな調子で先が見えない。

隔離が必要なのはわかる。感染者をどのように隔離しても、私たちは協力を惜しまない。だが隔

＊　中国が独裁国家でなければ、新型コロナウイルスの流行は違う展開を見せていただろうと発言した。

離すべきはウイルスであって、湖北人ではない。また、どうせ家の中でも省外でも隔離されるなら、省外に出してくれてもいいではないか？　省外で隔離され、一四日後に現地の政府が検査して陰性ならば、私たちは働ける。収入が得られ、正常な生活が営める。このまま家の中で隔離され、五月末、六月末まで待ち、そのあと省外でまた半月隔離されたら、今年はもうおしまいだ。こんな形で人生を無駄にすることはできない。

政府の高官は民情を察し、私たちの訴えに耳を貸すべきだ。これは私一人の声ではなく、広大な民衆の声である。私たちは騒ぎを起こすつもりはない。生きること、食べること、飲むことが必要なのだ。政府は考えてほしい。普通の人の立場から、問題を考えてほしい。

どの家庭も負担を抱えている。朝から晩まで、団地の前で拡声器が鳴り、外へ出るな、外へ出るな、外へ出るなと連呼しているが、それはいつまでなのか？　どの程度までの外出は許されるのか？　どのような条件の下で禁止となるのか？　どんな理由ならいいのか？　一日じゅう、まったく事情を考慮せず、外出禁止の一点張りだ。考えてほしい。隔離するのはウイルスであって、湖北人ではない！　そこまで考えが及んでこそ、政府の通告文書の趣旨が貫徹される。

もう一つ、物価が高すぎる。例を挙げよう。瓜子《グアズ》〔スイカやカボチャの種を炒ったもの〕が一斤〔五百グラム〕一五元〔約二二五円〕、豚肉一斤三二元〔約四八〇円〕、キュウリ一斤七元〔約一〇五円〕、ジャガイモ一斤七元、キャベツ一斤八元〔約一二〇円〕、買う気になるか？　それでも、食べないわけにはいかない。代金を払わなければならない。仕事がないのだから、どこから収入が得られるだろう？　私たちのことを誰が考えてくれるのか？

ああ……。

ため息を聞くと、つらくなる。庶民はもう十分に協力し、要請を受け入れてきた。ただ、彼らの生存の問題は目の前に差し迫っている。現在、政府が決意を固めたことによって、感染拡大は効果的に抑えられた。湖北省の多くの地域では、すでに感染者ゼロを達成しているらしい。ところが、依然として封鎖は解かれない。昔、大学でモダニズムについての講義を聞いたとき、先生が『ゴドーを待ちながら』の話をした。二人の男がゴドーを待っていたが、結局現れない。いま封鎖解除を待っているうちに、突然ゴドーを待っているような気分になった。庶民の立場からすると、民生問題はもう待ったなしだ。多くのことを同時進行させるのは不可能ではない。一つずつ片付ける必要はないだろう。

今日は封鎖から五四日目、ちょうどトランプのカードの枚数〔ジョーカー二枚を含めて〕になった。

三月一七日　明らかに、生活は正常に戻りつつある

封鎖から五五日目。

天気は晴れ。ゴミを捨てに外へ出たら、木々の間から坂道の下の満開の桃の花が見えた。「灌木、春色を遮《さえぎ》り断たず、一枝の紅桃、牆《しょう》を出で来る」*といった風情だ。文聯の宿舎全体は、人気《ひとけ》がない

＊　陸游の「馬上作」の詩句「楊柳、春色を遮り断たず、一枝の紅杏、牆頭より出づ」をもじっている。

ことを除くと、いつもと変わりなかった。

今日の感染確認者は、たった一人だった。感染ゼロはもう目の前だ。どんどん増えていた重症患者は危機を脱したが、全快までにはまだ長い時間がかかるのだろう。何とか耐えてほしい。つらいだろうが、まず命が何より大切だ。治療はゆっくり続ければいい。政府が公表した湖北省の新型コロナ肺炎による死者は、現時点で三千人あまりに達した。これはじつに気落ちする数字である。感染症の終息後は、遺族への支援がとても重要になると思う。感染症流行の全過程を見ると、国家が湖北省の救済に力を入れてからは、様々な対策が有効に機能した。ここまで来るのも、容易なことではなかった。

さらに多くのよい知らせが伝わってきた。微信の友人グループの中に、転送されたものがたくさん見られる。いちばん重要な情報は、武漢以外の湖北省の都市で封鎖解除と操業再開が始まったというものだ。多くの労働者が武漢に戻ってくるだろう。これはいちばんよいニュースで、私たちが聞きたかったことだ。武漢が再び、騒がしく生気に満ちた光景を取り戻すことを願いたい。

だが武漢には、この日を企業よりも待ちわびていた多数の人たちがいる。その数は決して少なくない。すなわち、子供が省外にいる老人と身寄りのない老人である。普段、これらの老人の生活は家政婦あるいはパートタイマーに委ねられていた。毎年、春節の時期になると、家政婦やパートタイマーの多くは帰省して年越しをする。春節明けに帰ってくるのだ。今回の都市封鎖で、ほとんどの人が予定どおりに戻れなくなった。その結果、老人たちの生活はかなり不便になっている。数日前に知り合った曽《ゾン》さんは、私に彼の母親の話をしてくれた。

武漢には有名な老舗「老通城《ラオトンチョン》」がある。漢口で、その名を知らない人はいない。老通城の豆皮《ドウピー》

〔湯葉〕は、武漢市民の大好物だ。老通城の創業者は曽広誠《ゾン・グアンチョン》という。何年も前に、湖北省作家協会が文学プロジェクトを展開し、地元の人に地元の話を募ったことがある。曽さんも応募し、『漢口の曽家と老通城』という本を書きたいと言った。曽さんは老通城の創業者・曽広誠のいちばん年上の孫に当たる。家族の歴史が彼を傷つけたこともあり、また勇気づけたこともあった。彼は、そういう過去を書き記す決心をしたのだ。この企画は採用された。曽さんは心血を注いで、三部作の形で、この本を書き上げた。数日前、曽さんは私に語った。彼の母親はいま九七歳で、湖北大学の教職員宿舎に住んでいる。彼ら兄弟姉妹はみな省外で仕事をしており、武漢に残っているのは弟一人だった。だが、宿舎が閉鎖されて、弟も母親のところへ行けなくなった。母親は一人の生活を楽しんでいた。以前はパートタイマーに来てもらっていたが、体も頭もしっかりしている。とは言え、感染症のためにパートタイマーは省外で隔離され、面倒を見ることができない。兄弟姉妹たちは、気が気でなかった。老母は一人きりで、ほとんど炊事ができない。生活物資の買い出しも難しい。集団購入に加わるのも無理だし、野菜が届けられたとしても調理ができない。毎日の食事は、どうしているのだろう？　薬も切れてしまう。その上、彼女はスマホも微信も使えないのだ。必要なとき、外部との連絡はどうするのか？　曽さんは言った。気が焦って、「電話をかけまくりました」

幸い、湖北大学のソーシャルサービスが、すぐに対応してくれた。曽さんは言った。野菜は届いたが、母親は調理ができない。届いた野菜では、問題解決に至らなかった。母親は、温めるだけで食べられるマントウや漬物が欲しかった。そこで助けを求め、居民委員会〔行政の末端組織〕が調理済みのものを主とする食品を購入して届けてくれた。大学付属の病院の宿直の医師にも連絡してくれた。大学当局と同僚や学生も、知らせを聞いて協力を申し出た。彼らは物資を届けたあと、母親がそれを運び込むのを待ち、ほかに必要なものはないかと尋ねた。扉ごしに、母親が蜂蜜の瓶や醬油の瓶の蓋が開けられないと言うのを聞くと、同意を得た上で室内に入り、開けるのを手伝った。曽さんは言う。「毎日、電話で話していますが、母の声は愉快そうです。学習意欲が旺盛で、長々と私に屈原《くつげん》や李斯《りし》の話をします。私のための補習授業です。さらに毎日、一千字の文章（創作）を書いているようで、読んで聞かせてくれます……」彼の母親は、こう語ったという。「その後、また三回も料理が届いたの。こんなに気を遣ってもらうのは生涯初めてのことよ。大学は本当に気が利くわ」

九七歳！　一人暮らしで、毎日創作を続け、こんなに長い都市封鎖の時期を悠然と過ごしている。なんと気丈な老婦人だろう！　尊敬するし、感服もする。しかし、長い目で見ると、老人にこのような生活を強いるのは明らかに好ましくない。武漢には、家政婦やパートタイマーに頼って暮らしている老人が、何千何万といる。彼らは面倒を見てくれる人に、何としても早く戻ってきてほしいのだ。私も、その一人である。昨日、ネットの友人が私のブログにコメントを残してくれた。「私が住んでいる黄岡市蘄春《チーチュン》県は封鎖解除から六日目だ。ここ二日間、労働者を専用車で現場の都市まで送り迎えすることが始まっている。湖北省のいくつかの都市は、同様だと思われる。また、一部の県や市では続々と、自家用車による省外への仕事のための移動を許可するようになった……とにかく、湖北全体の長かった封鎖が、現在はゆっくりと緩和されつつある」本当によい情報だ！我が家の家政婦は蘄春県の人なので、今日早速連絡をした。だが、道路がまだ開通していないらしく、武漢に戻るまでにはなお時間がかかるという。

今日はもう一つ、記録しておかなければならない重要なことがある。湖北に来ていた医療チームが撤収を始めた。彼らは危険を冒し、湖北の状況が最も緊迫していたときに救援に来てくれた。湖北人の誰もが、彼らに感謝している。四万人あまりの医療チームのメンバーに、一人の感染者も出なかったことは喜ばしい！　私たち受益者は、ホッと胸を撫で下ろした。別離の情は海よりも深い。今日、微信の友人グループで動画を見た。医療チームが出発するとき、外出できない武漢市民たちは家のベランダに出て叫んだ。ありがとう！　お疲れ様！　さようなら！　本当に、熱い涙が湧き出てくる。武漢の各団体が最高の礼を尽くして、白衣の天使たちを見送った。彼らは私たちの都市と市民を救ってくれた。湖北省の襄陽《シアンヤン》市では、救援に来た医療チームのメンバーの名前を記録し、今後この地区の景勝地や二五軒の高級ホテルに終身無料で招待すると決めた。この情報が正しいかどうかはわからない。しかし、「あってもいい」と私は思う！　それどころか、この四万人あまりの人たちに湖北省全部の景勝地を無料開放するべきだろう。当然、感動の中にも笑い話はある。四川省からの医療チームが湖北へ出発するとき、ある医療スタッフの夫がバスに向かって叫んだ。「趙英明《ジャオ・インミン》、無事に帰ってきてくれ。一年間の家事は、おれが引き受けるからな！」現在、趙英明は無事に家に帰り着いた。そのあとすぐ、こんな動画が出た。「ネットユーザーのみなさん、この夫が一年間、家事をやるかどうか監督してください」みんな、これを見て笑った。彼の家では毎日、実況中継をしているのだろうか。

　ここ数日、盛んに議論されているのは、海外留学生の相次ぐ帰国のことだ。「中国での前半戦、外国での後半戦、留学生はフル出場で戦った」というジョークが流行《はや》っている。つまり、こういう意味である。春節の期間に彼らは避難のために出国した。現在、中国の感染症は強力に抑え込まれ、湖北も安全になった。ところが、今度は外国で感染症が広がり、留学生はまた避難のために続々と戻ってきている。だが、このジョークは正確でない。あの当時、彼らはすでに海外にいた。感染症の流行期には、あちこち奔走して中国に援助物資を送ってくれた。彼らの働きは大きい。いま、多くの留学生が戻ってきていることは事実だが、彼らの貢献も忘れてはならない。面白いことに、多くの人が私に「この現象をどう見る？」と尋ねてきた。

誰にでも子供がいるのだから、相手の立場で考えてみよう。もし、自分の子供が海外にいたら、やはり呼び戻すはずだ。全員が英雄になれるわけではない。寛大な対応が必要だ。家に逃げ込むのは、心の中で自分の国を信頼しているからである。これはまさに信頼感と愛国心ではないか？　実際、抗日戦争の時代には、みんなが「避難」した。日本軍が来たので、多くの庶民が南方へ逃げた。だが、誰もそれを咎《とが》めなかった。なぜ現地に留まって、日本軍と戦わないのかと責める人はいなかった。難を逃れるのは、人間の本能である。現地に留まって日本軍と戦えば、それは英雄だ。だが、避難した人はせいぜい、英雄になれないだけのことである。本人も自分は英雄ではないと認めているのだから、何も責められる理由はない。海外にはまだ、戻ってきたいという留学生が十数万人いるらしい。中国はこんなに広いのだから、各省が自分の省から出た留学生を受け入れたらどうだ。感染者だったら入院させ、そうでなかったら隔離して様子を見ればいい。ただ、帰国までの道中も帰国後も、規則を遵守《じゅんしゅ》させなければならない。自分を守ると同時に、他人に迷惑をかけないというのも常識である。

たったいま、高校時代の同級生が封鎖解除のスケジュール表を送ってきた。二二日、省外に滞在していた人たちの湖北および武漢への帰郷を許可。湖北および武漢に滞在中の人の省外への移動も許可。二四日、路線バス、地下鉄の消毒と試運転を行い、交通機関の復活を準備。二六日、家の外に出ることを許可。住民は団地内での活動が可能。二九日、団地からの外出も許可。住民は健康証明アプリの緑コード*と身分証があれば、自家用車、自転車、徒歩での出勤が可能。三一日、企業の生産活動、市場取引を徐々に正常化。四月二日、主要な商業施設を正常化。四月三日、路線バス、地下鉄の営業再開。実名制乗車を実施。四月四日、空港、高速道路、高速鉄道、国道を正常化。同級生はこの情報を転送したあと、自分のコメントを残した。「転送されてきたものです。真偽のほどはわかりません」本当かどうかは別にして、心躍るニュースだ。明らかに、生活は正常に戻りつつある。

心から読者に感謝したい。昨日の投稿は発信できなかった。二湘《アルシアン》**は十数回試みてくれたが、ダメだった。その後、コメント機能を無効にしてアップしたが、それも削除された。まったく理由がわからない。そこで、彼女は「二湘の一一次元空間」という公式アカウントに、「私は力を尽くした」という書き込みをした。わずか一行だが、結果は思いがけないものだった。読者たちは、昨日の私の日記の全文をコメントの形で、一段落ずつ貼り付けてくれた。本当に驚くと同時に、心が温かくなった。

＊　スマホの感染チェックアプリ。QRコードが緑色なら健康の証明になる。
＊＊　在米の女性作家。方方のブログが閉鎖されたあと、自身の微信の公式アカウントに「武漢日記」を掲載した。

三月一八日

あのときの私たちが、今日のあなたたちだ

封鎖から五六日目。

快晴。太陽がまぶしい。一気に夏に向かっている感じがする。日差しがあるので、湿気は少ない。武漢はこの時期がいちばん気持ちいい。私が武漢を好む重要な理由の一つは気候である。武漢は四季がはっきりしていて、どの季節にも個性がある。武漢人は、夏は死ぬほど暑く、冬は死ぬほど寒いという。春はしばらく多湿の時期があるが、秋は天高く爽やかで、気持ちのいい晴天が続く。若いころ、私は武漢の気候が嫌いだった。とにかく、暑いのと寒いのが耐えられない。その後、科学技術が発達して、生活の質が向上した。夏は冷房があるし、冬は暖房がある。春は除湿器を使えばいい。秋は引き続き、素晴らしい気候を満喫できる。こうして見ると、各季節のデメリットはすべて、人類の知恵が解決した。一方、メリットはますます際立っている。だから、私はいま、武漢の四季は最高だと思う。何年も前に、私はドキュメンタリー番組の制作に携わった。武漢が四〇度を超える猛暑に見舞われたときのことだ。しかし、武漢の老人は言った。これくらい暑くなくちゃ！大汗をかいて、毒気を出すんだ。体の芯まで暑くなってこそ、気持ちがよくなる。これを聞いて、当時の私は驚いた。夏の気温が四〇度を超えないと、武漢の人は大いに失望する。ちっとも武漢の夏らしくない！

感染状況について述べよう。初期の混乱と苦難が治まり、日に日に状況は好転している。現在、感染症は明らかに抑え込まれた。今日は新たな感染確認者が一人だけ。死者はまだ一〇人いるが、

疑似感染者はゼロになった。武漢市民が切に願っているのは、あらゆる数字がゼロになることだ。それでこそ、本当の終息と言える。おそらく、その日も遠くないだろう。

午後、最前線で働いている友人の医師と長時間、電話をした。一部の問題で、私たちの見解は分かれた。例えば、責任追及である。友人の医師は、いま責任追及をすれば、仕事をする人がいなくなると言った。だが、私は政府も病院も、そんなに弱くはないと思う。病院には優秀な人材が少なくないし、政府の人材も多い。後継者の候補はいくらでもいる。現在、感染症対策は仕上げの段階に入った。だが、初期に起こったことの記憶はまだ新しい。これはまさに、反省するに相応しいときだ。責任追及は必ずしなければならない。さもないと、亡くなった数千人の人たち、そしてさらに多くの苦難を味わった武漢市民に申し訳が立たない。以前から言ってきたように、今回の感染拡大は複数の要因が合わさったものだ。上から下まで、様々な要因がある。一つずつの要因は小さいが、合わさると大きな問題になる。いまは誰もが、この問題の責任を転嫁しようとしている。私たちの任務は、監督することだ。簡単に責任転嫁を許してはならない。各自の責任は各自が負うべきだろう。

友人の医師が語った二つのことに、私は興味を感じた。ここに記録し、参考に供したい。

一、友人の医師は、病院の建設に問題があると言った。通気が悪く、密閉された空間は感染が起こりやすくなる。ここ数年、新たに建設された病棟は、省エネと排ガス削減の呼びかけに応えるため、空間の設計が病院に相応しくないという。友人の医師は言った。SARSの年、深圳は暖かいので、彼の友人の病院では窓を開けていた。換気のおかげでウイルスが除去され、感染者の数はかなり減った。私はデータを調査していないので、当時の深圳がどうだったのかはわからない。しかし、彼の言うことには道理があると思う。ただ、今年の武漢の冬は寒く、窓を開けることは難しかったようだ。だから、多少疑問は残る。とは言え、病院の通気性の問題は、特に急診科あるいは伝染病科において、とても重要だと思う。

二、友人の医師は言った。毎年、冬と春の境目は伝染病が大流行する時期だ。前回のＳＡＲＳもそうだったし、今回の新型コロナもそうだった。だったら、なぜ二つの重要会議の時期を別の季節に移さないのか？　なぜ感染症の流行が少ない時期に移さないのか？

友人の医師のこの考えに、私は目を開かれた。正直に言うと、私は一九九三年から二つの会議に出席している。まず湖北省の人民代表大会、それから政治協商会議で、もう二五年になる。二つの会議の前後、各部署がどんな状態になるか、私はよく知っている。二つの会議の順調な開催のために、あらゆるマイナスの情報をメディアは報道できなくなる。各部署ではそのとき、ほとんど誰もまともに仕事をしない。責任者が会議に行ってしまうからだ。今回も同じだった。明らかにわかるように、市の健康衛生委員会が感染者の人数の発表を停止した時期と、省と市の二つの会議が開かれた時期は完全に一致する。これは偶然ではない。故意というよりも、習慣化されているのだ。この習慣は数年の間にできたものではなく、ずっと前からあった。各部署では何年にもわたって、仕事を棚上げにして、二つの会議が終わったあとに処理してきた。メディアは何年にもわたって、二つの会議の順調な開催を保証するために、喜ばしいニュースだけを報じ、心配なニュースは報じなかった。幹部も、記者も、高官も、庶民も、みんなそれに慣れてしまった。仕事をあと回しにし、マイナスの情報を隠しても、長年何の問題も起こらなかった。結局のところ、生活においては瑣事《さじ》が多く、数日放っておいても困るようなことはない。こうして、人々は歓喜に包まれ、メンツを保った。しかし、ウイルスは遠慮しない。そのメンツを簡単につぶしてしまう。SARSでもそうだったし、新型コロナでもそうだった。また次もあるだろうか？　私は心配している。だから、友人の医師の考えに同調して、ここで提案したい。二つの会議の時期を変えられないなら、この悪習を改めるべきだ。この悪習を改められないなら、二つの会議の時期を変えるべきだ。気候の穏やかな、感染症流行のリスクが低い時期に開けばいい。じつのところ、この二つはどちらも難しいことではない。

今日は避けて通れないことがある。おそらく、多くの人が私の反応を待っているだろう。自称一六歳の「高校生」が私に宛てた公開書簡だ。手紙の中の随所でボロが出ている。無数の友人が言うには、これは明らかに一六歳の生徒が書いたものではなく、五〇過ぎの暇な男の仕業だろう。しかし、実際どうなのかにかかわらず、私は一六歳の高校生の手紙だという前提で返事をするつもりだ。

あなたの文章はよく書けています。その年齢の人らしい疑問に満ちていました。あなたの考え方はあなたに相応しいものであり、あなたの疑問はあなたを教育した人が与えたものです。しかし、あなたに言っておきます。私はあなたの疑問に答えることができません。あなたの文章を読んで、私はずいぶん昔に読んだ詩を思い出しました。その詩は白樺《バイホワ》〔一九三〇～二〇一九。映画シナリオ『苦恋』で知られる〕が書いたものです。あなたは彼の名前を聞いたことがあるでしょうか？　才能あふれる詩人であり、劇作家でもありました。私がその詩を読んだのは、およそ一二歳のときです。一九六七年、「文革」の最中で、武漢はひと夏じゅう、武力闘争が続いていました。ちょうどこの年、小学五年生だった私は、白樺の『鉄の矛を迎え、ばらまかれた宣伝ビラ』*という詩集を入手したのです。巻頭の詩が「私にもあなたたちのような青春があった」という詩でした。一行目はこうです。「私にもあなたたちのような青春があった。あのときの私たちが、今日のあなたたちだ」私はこれを読んで大変感動し、いまも記憶しています。

あなたは一六歳なのですね。私が一六歳のときは、一九七一年でした。そのころ、誰かが「文化大革命は大きな災いだ」と言ったら、私は血まみれになってもその相手と言い争っていたでしょう。三日三晩にわたって道理を説かれても、考えを変えなかったと思います。なぜなら、私は一一歳のときから、「文化大革命は素晴らしい」という教育を受けてきたからです。一六歳のときには、その教育がもう五年間続いていました。私を説き伏せるためには、三日三晩では足りません。同じ理屈で、私はあなたの疑問に答えられないのです。私が三年間、説得を続け、八冊の本を書いても、おそらくあなたは信じないでしょう。なぜなら、あなたも当時の私が経験したのと同じような時間を五年以上、過ごしてきたからです。

しかし、私はあなたに言いたい。あなたの疑問はいずれ答えが得られます。しかも、その答えはあなた自身が見つけるのです。一〇年、あるいは二〇年後のある日、あなたは思うでしょう。ああ、あのときは何と幼稚で、何と卑しかったことか。そのときのあなたは、完全に生まれ変わっているはずです。もちろん、あなたが極左の人たちの導く道を歩めば、永遠に答えが見つからないかもしれません。しかも、死ぬまで人生の底なし沼で苦しむことになります。

さらに、あなたに言いたいことがあります。一六歳のときの私は、あなたに及びません。「独立思考」という言葉も、聞いたことがなかったのです。人間には独立思考が必要だということも知りませんでした。先生が言うこと、学校が言うこと、新聞が言うこと、ラジオが言うことをそのまま鵜呑《うの》みにしていました。一一歳で「文革」が始まり、二一歳で「文革」が終わる、そういう一〇年間に私は育ったのです。私には自分というものがありませんでした。私は独立した人間ではなく、一台の機械の一本のネジでした。機械と動きをともにします。機械が止まれば私も止まり、機械が動けば私も動きました。この状態は、おそらく今日のあなたに似ています（「あなたたち」ではありません。現在の一六歳の子供は、相当数が独立思考の能力を持っています）。幸運なことに、私の父は言いました。生涯で最大の理想は、自分の子供が全員大学に進学することだ。父がその話をしたときの様子を私はまだ覚えています。だから、運搬工をしていた当時も、私はずっと父の遺志を実現させたいと思っていました。そして、中国で最も美しい武漢大学に入学したのです。

私はいつも、幸運に恵まれたと思っています。少女時代にずっと愚かな教育を受けたにもかかわらず、その後大学に進学できたからです。私はそこで、渇を癒すように勉強と読書をしました。学友たちと意義のある話題について討論しました。さらに創作を始め、ついにある日、独立思考の必要性を知ったのです。また、さらに幸運なことに改革開放の時代を迎え、その推移を身をもって経験しました。私は中国が「文革」の災いから立ち上がり、あの遅れた状態から少しずつ強くなるのをこの目で見てきたのです。改革開放がなければ、今日のすべてはなかったと言えるでしょう。私がこの日記を書いたり、あなたがあの公開書簡を書いたりする権利も、そこに含まれます。このあ

＊　当時は集団創作の形を取り、武漢鋼工総宣伝部・武漢紅司新華工宣伝部編として出版された。

りがたさに、私たちは感謝しなければなりません。

あなたは知っていますか？　改革開放が始まって最初の一〇年は、自分との闘いの一〇年でした。私はそれまで頭に叩き込まれたゴミと毒素を少しずつ追い出しました。新しいものを注ぎ込まなければなりません。私は自分の目で世界を見ることを試み、自分の頭で問題を考えようとしました。当然、そのためには、自分の人生経験、読書、観察、努力が基礎となります。

私はずっと、このような自分と自分の闘い、ゴミと毒素を一掃する作業は、私の世代だけの話だと思っていました。ところが思いがけないことに、あなたとあなたの仲間たちは、これから同じような日を迎えることになります。つまり、自分と闘い、少年時代に頭に叩き込まれたゴミと毒素を追い出すのです。この過程は、さほど苦しいものではありません。少し追い出すごとに、少し自分が救われます。徐々に救われていくことで、硬直し錆びついた一本のネジが真の人間に変わるのです。

わかってもらえたでしょうか？　私はあなたにいま、この詩を贈ります。「私にもあなたたちのような青春があった。あのときの私たちが、今日のあなたたちだ」

三月一九日　私は定年退職したが、裁判をする気力はまだ残っている

封鎖から五七日目。

今日、ついに私たちが待ち望んでいたよい知らせが届いた。武漢の新たな感染確認者がゼロにな

り、疑似感染者もゼロになった！　友人の医師のメッセージも、明らかに興奮気味だった。「ついにゼロだ。三つのゼロを達成した！　感染症は抑え込まれた。入境者の検疫も機能している。あとは治療に専念するだけだ」

また、今日は湖北省政府が他省へ働きに出る人々を歓送すると同時に、全国民に向けて湖北人への配慮を呼びかけた。そうだ。どうか湖北人への配慮をお願いする。すべての湖北人が感染者というわけではない。数千万の湖北人は、感染を広げないために、二か月近く家にこもっていた。彼らが感じていた圧力と克服した困難は、なかなか省外の人には理解してもらえない。だが、この災難の期間中、湖北人は抑制と忍耐を続けたことによって、全中国の感染症拡大防止に大きく貢献した。だから、ここで声を大にして言いたい。各地のみなさん、湖北人に配慮してほしい。みなさんの安全のために貢献をした人々に配慮してほしい。

次の一歩は、省外にいる人の武漢への帰還だろう。私個人について言えば、家政婦やパートタイマーに急いで帰ってきてもらう必要を強く感じている。二か月が経ったので、我が家は徹底的に掃除をしなければならない。老犬も汚れて悪臭を放ち、皮膚病が再発している。私自身の手も荒れて、ひび割れができているので、犬のシャンプーができない。動物病院は、いつ再開するのだろう？　毎日、犬を中庭で遊ばせるとき、私は説得している。あと何日か待ちなさい、もうすぐ気持ちよくしてあげるから。あらゆる業種が復興を待っている。私たちも待つことにしよう。

いつものように起床後、食事をしながらスマホを見た。意外なことに、昨日「高校生」が私に公開書簡をよこしたのに続いて、今日は彼の「親戚」たちが続々と登場し、彼に公開の手紙を送っている（彼の「親戚」はなんと多いことか！）。もちろん、ほかの人の手紙もある。大学生、中学生、小学生など。そのうちの数篇を読んで、私は笑いをこらえきれなかった。こんなに笑ったのは久しぶりだ。今日は感染ゼロが達成されたのだから、笑うことは大いに相応しい。易中天学兄〔159ページ参照〕は、今日は手紙日和だと言っている。これを聞いて、私は噴き出してしまった。

今日は、李文亮に関する調査の結果も出た。この結果をみんなが受け入れ、満足するのかどうか、私は知らない。私はもう何も言う気がなくなった。李文亮は死んで、彼のブログは人々の「嘆きの壁」になった。無数の人が永遠に彼のことを記憶するだろう。人々は、彼が英雄だと思っているわけではない。彼の生活は普通の人と同じで、彼の行為も一般的な心情の範囲内のことだった。しかし、私たちは彼を忘れない。できる範囲で彼の家族を助ければ、それで十分だろう。調査結果など、どうでもいい。私たちが哀れむのは、じつのところ自分自身である。私たちが経験したことを哀れむ。その経験の中で、かけがえのない人物が李文亮なのだ。だが、若い人たちは私よりも憤りが強いようである。午後、一人の若者が私のブログにコメントをくれた。「時代の塵が一つ、中南路派出所の上に落ちた。責任転嫁だ*」。例の「高校生」への手紙を見たときと同様、私は思わず笑ってしまった。だが、やはり本当に複雑な事情があるに違いないと考えた。その複雑さは、私たちのような凡人には見当がつかない。長い目で見ることにしよう。時間が解決してくれるかどうかは、私にもわからないが。

武漢では最近、依然として外出が禁止されていても、人々は街が安全になったと気づいている。まだ警戒を続けなければならないと言っているが、心は軽くなった。都市の現実も、庶民の心理状態も、一か月前と比べると雲泥の差がある。私たちの生活は間もなく、以前のリズムに戻るのだろう。都市封鎖は急ブレーキのように始まったが、おそらく封鎖解除は緩やかに進むはずだ。私は、政府高官が「明日、封鎖を解除する」と宣言するのを待って、この日記を終わる必要はないと思う。あるいは、そんな日は来ないのかもしれない。なぜなら、すでに都市の扉には隙間が開いていて、ゆっくりと完全な開放へ進んでいるからだ。私は数日前に、二湘に言った。五四篇まで書いたら、やめることにしよう。トランプの枚数と同じだから、ゲームの終わりを意味することになる。昨日、ちょうど五四篇目を迎えた。ところが、一〇万もの閲覧回数を記録した「高校生」の公開書簡に返信しないわけにはいかなかった。それで、日記を終わりにする機会を逃してしまった。いま、私は考えている。どこで、この記録をやめたらいいのだろう?

ついでに述べておこう。私の文章は、ずっと二湘の微信の公式アカウントから配信してもらっている。理由は簡単だ。私のブログが閉鎖された日は、ちょうど李文亮の逝去と重なっていた。私は唯一の公的発信の場を失った。しかも、微信の公式アカウントのことがよくわからない。いつも二湘のアカウントは見ていたので、彼女に助けを求め、発信をお願いした。同業者である二湘はすぐに同意してくれた。当時、私は二湘の書いた小説を知っているだけで、その他の情報はおろか、会ったこともなかった(いまも面識がない)。その後、二湘を紹介する文章を読んで、ようやく基本的な情報を得た。簡単に言うと、今回のことは、公式アカウントを持っている作家が、公式アカウントを持っていない老作家を助けて、文章を発信したというわけだ。詮索好きな人たちは、何か重大な陰謀であるかのように言っているが。私は二湘の援助に大変感謝している。機会があったら、ぜひ武漢に遊びに来てほしい。魚を御馳走する。武漢の魚はとてもおいしいから。魚料理の達人も

* 調査結果が、李文亮に訓戒処分を言い渡した中南路派出所に責任を押しつけるものだったことを批判している。

たくさんいる。

もう少し、無駄話をしよう。かなり昔、私が大学生だったころ、文学サークルを作って、よく文学談義をした。あれこれ語り合ったが、結局のところ意見がまとまらなかった。その後、私はどうしても納得できず、そのときの議論をひそかに「老三篇」*と呼んだ。すなわち、称賛と暴露の問題、喜劇と悲劇の問題、光明と暗黒の問題である。私たちは、ずっと討論を続けた。文学は称賛の言葉だけ、喜劇だけ、光明だけを描かなければならないのか？　社会問題を暴露し、人の世の悲劇や社会の暗黒面を描けば、反動作家とされてしまうのか？　それは、一九七八年から七九年にかけてのことだった。結論は出なかったが、なぜかみんな、議論を棚上げにしてしまった。その後、同学年の仲間同士で、大激論が起こった。「文学は階級闘争の道具か」というテーマである。やはり、大した結論は出なかったと思う。やがて時が流れ、私は卒業し、仕事につき、職業作家になった。ある日、ふと気づいた。あの当時の同級生だけでなく、文学界全体が、それらの問題についての共通認識を持つようになった。何を書いてもいい。重要なのは、上手に書けるかどうかだ。だから、私はよく講演会でこう述べる。多くの問題は討論しても始まらない。時間が答えを与えてくれる。

ところが今回、私は突然、自分の誤りに気づいた。四二年が過ぎたのに、時間は答えを出してくれなかった。私たちの文学はまた、同じ問題に逆戻りしてしまった。私に対する無数の罵倒は、まさに私がこの災難のときに、称賛の言葉、喜劇、光明を描かないことを非難しているのではないか？　このような「堂々巡り」は、まったく不可思議だ。

ここまで書いたところで、友人が「察網《チャーワン》」**の文章を転送してきた。「悪意に満ちた『籠城日記』」というタイトルで、作者は斉建華《チー・ジエンホワ》である。私はここで警告する。斉先生、私を罵るだけならかまわないが、あなたはデマを飛ばし、濡れ衣を着せようとしている。自ら文章を削除し、謝罪してもらいたい。削除も謝罪もしないなら、私は法的手段で問題を解決する。「察網」も同じだ。毎日、私を罵倒する文章を掲載するのはかまわない。しかし、大っぴらにデマを飛ばし、濡れ衣を着せる斉建華のような文章を掲載するなら、あなたたちのサイトにどんな背景があろうと、どんな大物官僚が後ろ盾にいようと、どんなに強力な黒幕がいようと、私はあなたたちをまとめて告訴するつもりだ。中国は法治社会なのだから、私があなたたちの悪意のこもった罵倒を許しているのは、私の寛容さである。結局、これはあなたたちの品位の問題となる。しかし、デマを飛ばし、濡れ衣を着せるのは違法行為だ。ここで、「察網」と斉建華先生に忠告しておく。自分で何とかしなさい。さもないと、法廷で会うことになるだろう！

見よ、武漢は封鎖解除が近い。私は定年退職したが、裁判をする気力はまだ残っている。

三月二〇日

私があなたたちを恐れると思うのか！

引き続き快晴。気温は正午に二六度まで上がった。室内の暖房はまだ切っていない。気がつけば、外の温度と大差なかった。窓を開けて空気を入れ替えたとき、意外なことに庭にカササギが数羽来ていた。門の前のクスノキとモクレンの木の間を飛び回っている。私の家の前まで来て、石臼の中

＊　文革中に必読文献に指定された毛沢東の三つの文章。
＊＊　海南察網文化メディア公司が運営する体制寄りのサイト。

の水を飲んでいるのもいた。見ていると楽しくなる。何かめでたいことが起こるのだろうか？〔カササギは縁起のよい鳥だとされる〕

感染症については、特に話すべきことはない。依然として、ゼロのままだ。私はこのゼロがずっと続くことを願う。一四日続けば、私は外に出られるだろう。ただ、ネット上には別の心配な情報もある。しかも、広く伝わっている。一つは、同済病院で二〇人あまりの感染確認者が出たが、報告が上がっていないというものだ。私はこの情報を直接、二人の友人の医師に送った。一人は、これは誤解だと言った。いまは退院する人が多く、残る患者はいくつかの感染症指定病院に移されている。これは新たな患者ではなく、転院なのだ。もう一人は、はっきり言った。「いまは規定が厳しい。真実を言うか、それともクビを切られるかだ」

もう一つの書き込みは、議論を呼んでいる。退院したあとでまた陽性に転じた患者がいるが、再入院は難しいというのだ。これは多くの人を慌てさせた。そこで、私はまた二人の友人の医師に尋ねてみた。一人は言った。それは再陽性だが、極めて稀なケースだ。もう一人は、まず同じことを言ったあと、さらに具体的な状況を説明してくれた。新型コロナ肺炎を治療する指定病院は、すでに調整がついて限定されている。書き込みにあった患者はそれを知らずに、指定されていない病院へ行ってしまったのだ。その後、患者は病院の上層部に知り合いがいたので、結局受け入れてもらえたという。友人の医師は、二つの点を強調した。再び陽性に転じる患者はいるが、非常に少ない。症状がなく、感染しないタイプだ。それからもう一点、すべての患者に対して、病院は追跡調査をしている。体調に異変があれば、必ず指定病院に入れる。受け入れが拒否されることはない。私は医師と患者の主張に違いがあるかどうか、確かめなかった。ただ、話の内容を忠実に記録しただけだ。

武漢ではいま、感染した人も感染しなかった人も、心がとても弱っている。同時に、神経が張りつめている。指定病院の調整に関する情報は、わかりやすい形で知らせてほしい。どんな調整があったのか、逐次情報を更新してもらいたい。患者は体調に異変があったら、まず新型コロナ肺炎をどの病院が受け入れ、どの病院が受け入れないかを調べ、間違った病院へ行って、ひどい目に遭わないようにしなければならない。いずれにせよ、夜中に何時間も医療を求めて駆けずり回るのは、つらいことだ。

中央病院から、また不幸な知らせが伝わってきた。病院の倫理委員会のメンバー・劉励女史が新型コロナ肺炎のため、今日の午前に亡くなった。これで中央病院の犠牲者は五人目である。病院の上層部の人たちは、どうしてまだ平気でいられるのだろう。

昨日は多くの人が「高校生」に返信をした。それは今日も続いているようだ。ところが今日はまた、「数名の高校生からもう一人の高校生への手紙」というのが登場した。最初は気にせず、公式アカウントを使った遊びだろうと思っていた。しかし意外にも、友人によれば本当の高校生の返信なのだという。私は驚いて、ひと通りきちんと読んでみた。そして、高校生と「高校生」の明らかな違いを知った。違いは文章だけではなく、その境地だ。ある一文が興味深かったので、ここで敢えて引用することにしよう。「私たちは言いたい。多くの場合、問題は暗黒に目を向けすぎることではない。むしろ、光明を熱愛しすぎることだ。強すぎる光は、私たちの視力を損なう」私は言いたい。子供たちは、私たちが想像するような弱い存在ではない。彼らは確かに独立思考の能力を持っている。観察力も鋭い。多くの問題について、大人よりも深く考えている。

昨日は当初、文学に関する論争のことを書いていたが、途中で「察網」の文章を見てしまった。そこで話題を変え、即座に弁護士に連絡して証拠集めを依頼した。今日の昼には、多くの情報が伝わってきた。察網の斉建華は文章を削除したという。ああ、自分が法を犯したことに気づいたのだ。削除したのなら、過ちを認めたことになる。彼を許すかどうか、考えよう。午後になって、ある人が教えてくれた。上海の極左が納得せず、「あの女が告訴なんか、するはずがない」と泣きわめいているらしい。それは面白い。だったら、削除しなければいい！

今日は、昨日の文学の話題を続けるつもりだった。あの当時から現在まで。だが突然、また友人から文章が転送されてきて、また中断せざるを得なくなった。幸い、文学の話題は人気がない。急いで語る必要はないだろう。

北京大学の張頤武《ジャン・イーウー》〔一九六二年生まれ。中国現代文学の研究者、評論家〕教授が自ら乗り出してきた。大物ではないか。私を攻撃する集団の後ろ盾だろうか？　あるいはリーダー格だろうか？　重視しないわけにはいかない。張教授はブログに文章を投稿したらしいが、オリジナルを探す余裕はない。友人が転送してくれたものの一部をここに抜粋し、記録として残したい。

張教授は述べている。「専ら感染症に関する日記を書いてきた作家が、現在あちこちで自分の記録に疑問を呈する人を批判している。やり方が陰険だとか、誰かの指図を受けているに違いないとか、匿名の高校生が何とも愚かだとか。率直に言おう。なぜ人々は彼女の書いたものを信用しないのか。例えば、感染症が深刻な時期に、日記に用いた描写の手法だ。事実の記録に火葬場に捨てられていた大量のスマホの写真を添付し、友人の医師から送ってもらったものだと言っている。これが広く拡散され、日記も注目を集めるようになった。

みんながこれを疑問に思い、写真は本当にあったのかと尋ねたが、彼女は言を左右にして答えようとしない。逆に、迫害されたと言い触らしている。だが肝心なのは、作家が少しでも真理を求める心を持つことだ。人間としての最低ラインを失ってはいけない。無邪気に彼女を信じている読者を捏造《ねつぞう》で騙してはいけない。この大事なときに、この大事なことについて、捏造をするのは絶対に許されない。それは良識を欠く行為で、作家にとって一生涯の恥辱となる」

　張教授の文章を見て、彼が私の日記を読んでいないことがわかった。誰かがわざわざ提供した抜粋を読んだのではないか？　しかも、彼の好みに合わせて作られた抜粋だろう。「匿名の高校生が何とも愚かだ」という一文などは、明らかに私の言ったことではない。また、張教授は「なぜ人々は彼女の書いたものを信用しないのか」と述べている。張教授の言う「人々」は、何人いるのだろう？　張教授を取り巻く人たちのことか？　張教授は、私を信用する人がどれだけいるかを知らない。もし張教授の言い方を踏襲するなら、私は張教授を信用する人をほとんど知らない。文壇でも、学術界でも。さらに、「無邪気に彼女を信じている読者を捏造で騙す」という断定的な言い方こそ、張教授の強烈な捏造ではないか？　だが、張教授の捏造は、これまでもずっと強烈だった。周小《ジョウ・シアオ》平《ピン》〔一九八一年生まれ。政権寄りの若手ネット作家〕を中国の好青年だと褒め称えたときも、張教授は強烈で熱のこもった言葉を使った。まるで周小平は張教授よりも北京大学の教授に相応しいと言わんばかりだった。しかし、張教授は自分のケチ臭い考えで他人のことを憶測する傾向にある。それで、しっぺ返しを食らったこともあった。かつて張教授は、著名な作家の小説を「模倣」ではないかと指摘した結果、完膚なきまで叩きのめされたではないか？*

　写真のことについては、すでに別の日の日記で、はっきり説明した〔二月一五日、89〜90ページ参照〕。

残念ながら、張教授は私が書いたものを読んでいない。張教授は一度武漢に来て、当時の状況を知ってほしい。毎日の死者がどれくらいいたか、遺体はどのように病院から火葬場へ運ばれたか、死者の遺品はどうなったか、病院と火葬場は当時どんな様子だったか、燃やすこともできず消毒も間に合わないリチウム電池がどう処理されたか。さらには、全国の火葬場がどれだけ武漢を支援してくれたかなど、様々なことを知ってほしい。この話は、ここまでにしよう。張教授たちは、知ろうと思えば知ることができる。知ろうと思わないのなら、仕方がない。写真はいずれ、誰もが目にするだろう。しかし、それは私が見せるのではない。写真の持ち主が提供するはずだ。張教授が自ら、武漢に実地調査に来ることを本気で提案したい。もちろん、ひと言付け加えなければならない。私が述べたのは感染症発生の初期段階の状況だ。後期ではないし、現在でもない。張教授が実情を理解したあと、再び明確に結論を出すなら、おそらく北京大学の水準に相応しいものとなるだろう。それなら、教えを受けている学生の親たちもいくらか安心できる。

　今日はここまでにするが、最後に繰り返しておく。極左は中国の国家と国民を滅ぼす存在である。改革開放の成果が、これらの人の手によってつぶされるなら、それは私たちの世代の恥辱となる。さあ、来るがいい。あなたたちは策略の限りを尽くし、背後の大物を総動員するがいい。私があなたたちを恐れると思うのか！

三月二一日

感染症は落ち着いたが、人の心は穏やかでない

封鎖から五九日目。こんなに長くなるとは！

昨日は太陽がいっぱいだったが、今日は急に曇ってしまった。午後は少し雨も降った。この季節の春雨は、庭の樹木や花にとって欠かせないものだ。ここ二、三日は武漢大学の桜が満開なのに、木の下に人の姿はない。記者が撮ったと思われる写真が、同級生のグループチャットに上がっている。人気のない桜の道は、非の打ちどころがないほど美しい。

空がとても暗い。夕方、文聯の受付まで宅配便を受け取りに行った。傘を差さずに春雨の中を歩くのは気持ちがいい。家の入口に帰り着いた途端、雨は急に激しくなった。少し遅かったら、ずぶ濡れだったろう。本当に幸運だった。

感染症は落ち着いたが、人の心は穏やかでない。新型コロナ肺炎の患者が再発症すること、そして達成された「ゼロ」を維持するために症例が敢えて報告されないことをみんなが恐れている。私は友人の医師に尋ね、明確な回答を得たが、相変わらずネット上には不安そうな書き込みが多い。このウイルスは不気味で、狡猾で、いろいろなことが未知で不確定だ。人々は非常に恐れている。特に武漢の人は、初期の悲惨な状況を目の当たりにしているので、心の奥深くに恐怖が染みついている。だが、いずれにせよ、私たちは理性を保たなければならない。慌てるのが、いちばんまずい。武漢の初期の惨劇は、人々が慌てふためいたことに原因の一端があった。少し熱があるだけで、みんなが病院へ殺到し、もともと新型コロナ肺炎ではなかった人まで感染してしまった。医療システムもほとんど崩壊し、さらに多くの死者を出した。

＊（279ページ）韓少功《ハン・シャオゴン》の『馬橋詞典』がセルビアのミロラド・パヴィチの小説『ハザール事典』の剽窃だと指摘したが、名誉棄損で告訴され裁判で負けたことを指す。

だから、すでに感染症がここまで落ち着いてきた現在、慌てる必要はない。病院は十分な治療の経験を重ねているから、感染や再発症が見つかっても、恐れるには及ばない。治療すれば済むことだ。普段の私たちも不死身ではなく、よく病気をした。いつものように、病気になったら治療に行けばいい。せいぜい少し時間がかかるだけだ。冬から春にかけては、もともとインフルエンザ流行の時期だった。これも同じように伝染するが、みんな元気にしていたではないか？　上海の張《ジャン》・文宏《ウェンホン》医師〔一九六九年生まれ。復旦大学付属華山病院感染科主任〕は、この病気の致死率は一パーセント以下だと言っている。そうであれば、恐れることはない。命さえ助かれば、感染も恐れなくていい。仮設病院の患者は、歌ったり踊ったりしていたではないか？　退院すれば大喜びで、ほかの病気の場合と大きな違いはないようだ。

話をもとに戻そう。私も「ゼロ」の追求が理解できない。ゼロと一に、どれほどの違いがあると言うのか？　政府にしろ民間にしろ、こんな小さな違いを気にするべきではない。私たちの周囲には普段、ほかの伝染病もある。みんなが警戒を怠らず、発病したときには治療の場がある、それでいいのだ。ゼロなら仕事を再開できるが、一ならできないというわけではないだろう？　その一を入院させて隔離すればいい。完璧なゼロを目指す必要はない。ときには、完璧が現実的でない場合もある。

新型コロナ肺炎の予防について、私は上海の張文宏医師の判断を信じたい。彼は言っている。この病気は防ぐことができる。個々人が有効な防御策を取ることだ。「社会的距離」を取り、手洗いをし、マスクをつける。この三点である。張医師は、さらに言う。「現在までのところ、私はこの三つをしっかり守っている人が感染した例を見ていない。その可能性は、とても小さい」私はこの見解に同意する。冗談好きの人は「湖北人には何でも送って援助するけど、張医師だけは派遣できない」と言う。上海人はなぜ、それほどまでに張医師を信用しているのだろう? それは彼の言うことが、検証済みだからだ。聞くところによると、日本の感染症対策はすぐれているらしい。日本人の衛生意識が高いことに起因していると思われる。確かに、全世界を見渡しても、日本ほど清潔な国はない。だから、日本人は長寿なのだ。とにかく、衛生は多くの病気の予防につながる。

感染症の流行以来、「愛情」について語るのも、「善意」について語るのも空理空論ではなくなった。人々が明確に、本当の愛情、本当の善意とは何かを知ったからだ。残念ながら、まだ一部の人は声高に叫ぶだけで、いざ実行に移そうというときに姿を消してしまう。私たちは、抽象的概念に対して熱狂的な愛情と善意を示すが、具体化しようとすると、熱狂どころか、わずかな温もりも感じさせなくなる。ここ数日、千里の彼方から急遽帰国した同胞を侮辱し罵声を浴びせる人たちの姿を動画で見た。また一部の人たちが、省外に働きに出ようとする湖北人と激しく衝突する様子も見て、理解に苦しんだ。なぜ、熱烈な愛国心を発揮して、その人たちを愛せないのか?

感染症が武漢で発生したばかりのとき、武漢市民のための医療物資は極度に不足した。すると、海外の同胞たちが全力を挙げて奔走し、滞在中の国の店の棚が空っぽになるほど物資を買い集めて、武漢が難関を乗り越える手伝いをしてくれた。ところが、彼らが避難のために帰ってきたとき、多くの人が罵声を浴びせたのだ。がらりと態度が変わったところに、人間の醜さがうかがえる。湖北人は感染を広げないために、度重なる苦難を受け止め、自己抑制して五〇日あまりを家の中で過ごした。ところが、彼らは再び仕事先に戻ろうとしたときに、しばしば行く手を阻《はば》まれているのだ。あんなに威勢のいいスローガンがあり、あんなに多くの通告も出ている。しかし、いざとなるとスローガンも通告も、まるで無意味だ。政府は同胞たちが帰国すること、湖北人が省外へ働きに出ること、この二つを大いに後押ししている。ところが、民間の一部の人たちは強く抵抗している。おかしなことだ。

ほかにも、記録しておかなければならないことがある。諸外国では、国民に給付金を支給している！　その情報がネット上で熱狂的に伝えられると、給付金という言葉は人々の羨望の的となった。誰かが尋ねた。中国は給付金を出すの？　湖北省は？　今日は、ある提案を目にした。湖北省は商品券を配るべきだ。感染症が治まったあと、庶民は市場で買い物ができる。市場の販売促進になり、活気が戻るだろう。復興が早く進む。多くの人がコメントで、この提案に賛成した。武漢では、例えば社会的弱者に対して、別の施策もあるようだ。貧困者救済事務局は、このような情報を出している。「感染症が貧困家庭の収入に与えた影響を最低限度に抑えるため、全市の生活保護家庭、低所得家庭に対して、臨時の救済措置を行う。すなわち、これらの家庭の働き手が感染症のため、仕事に出られず収入を得られない場合、現行の都市および農村の生活保障の標準額（都市は月額七八〇元〔約一万千七百円〕、農村は月額六三五元〔約九千五百二十五円〕）の四倍を一回に限り支給する」私たちが目にした外国の例に比べると、差は大きい。しかし、ないよりはましだろう。もしかすると、あとで大幅な増額があるかもしれない。

感染症が治まり、病院は徐々に外来診療を始めた。しかし、元どおりになったかどうかはわからない。実際、これは切迫した問題である。これらの病院では普段、患者がとても多かった。ところが、この二か月は新型コロナ肺炎のために、急性慢性を問わず、すべての患者が自分の病気を我慢して待機を続けていた。このような待機は、自分の体に損傷を与えることを前提としている。例えば、癌の化学療法が必要な患者は、治療が受けられなければどうなる？　手術が必要な患者は、延期によって手遅れにならないか？　そういう問題があるのだ。

友人がメールを送ってきた。彼の妹のことが書いてある。妹は以前、毎日太極拳に出かけていたが、在宅五〇日あまりで突然、脳卒中を起こした。一一〇番に緊急通報したが、受け入れてくれる病院が見つからない。盥回しのあげく、ある病院に運ばれた。しかし、まず新型コロナの検査が必要だった。結果が出て、新型コロナ肺炎の疑いが晴れたときには、すでに治療のタイミングを逃していて、一週間後に亡くなった。メールの主は言う。「私はすぐに、このことを公表しました。一つには、心の中の悲憤をぶちまけたかったから。でも、もっと重要なのは、武漢の当局者に注意を促すことです。正常な医療秩序をいますぐ回復しなければなりません。正常な交通機関の運行も、復活させなければなりません。感染防止と秩序の維持を両立させるべきです。さもないと、無駄死にする人がもっと増えます！　私の弟の妻の母親は胆管癌で、痛みがひどく、食事もできない状態でしたが、受け入れてくれる病院がありませんでした。一一〇番や一二〇番〔救急車〕は、何度かけても通じません。旧暦正月二日の朝、無残にも苦しみながら亡くなりました」彼はさらに言う。「新型コロナの蔓延が本当に憎いです。武漢の衛生健康委員会が感染症について明確な指示をしないことが憎いです。それで、多くの人が無駄に命を落としました。都市封鎖の前は政府が無策で、まったく動こうとしませんでした。封鎖から二か月近くたつのに、多数の高齢の慢性病患者、癌や急性疾患の患者が放置されています。これはまったく恐ろしいことです！！！」以上は原文のままだ。感嘆符も含めて。

身近な人が次々に亡くなるのは、確かに恐ろしい経験だろう。診療が受けられないことが、急性慢性の患者にとって、向き合わなければならない切実な問題となっている。私はこの問題を友人の医師に投げてみた。「普通の患者が受診に来たとき、まず血液検査をして、新型コロナかどうか調べるの？　そのあと、ようやくほかの病気を診るというわけ？」

友人の医師は言った。「新型コロナ以外の患者を診るとき、安全のために、我々の病院では二つの緩衝区域を設けている。感染の可能性があれば、隔離病室で診察する。可能性が排除されれば、緩衝病室で診察する。すべての患者にPCR検査、胸部のCT、抗体検査を行う。家族の付き添いが必要な場合は、家族にも胸部CTと抗体検査を実施する。感染の可能性がないことを確かめてから、付き添いを許すんだ。心筋梗塞、脳卒中の患者に対しては、神経科の医師と心血管科の医師が直接、救急措置を行う。新型コロナの検査結果を待つことはしない」メールをくれた友人の妹は残念ながら、それまで待てなかったのだろう。

医療スタッフにも悩みがある。目下、感染症はまだ完全に治まっていないので、患者が感染していないか心配だ。あんなに多くの医療従事者が倒れているから、彼らも心を痛め、恐怖を感じている。これは解決の難しい問題である。友人の医師は言う。「新型コロナを排除しなければ入院後、他の患者に感染が広がってしまう。我々の責任は重い。武漢を封鎖した五〇日あまりの成果が、一瞬にして失われてしまうのだから」見よ、この問題は相当に深刻なのだ。

友人の医師は、これから医者と患者の間にはまた緊張関係が生まれると考えている。なぜか？　検査項目が多くなり、患者の支払いも増えるためである。彼は言う。「みんなが新型コロナ肺炎の治療に満足しているのは、政府が費用を負担してくれるからだ。貧困家庭にとって、千元は莫大な支出となる。検査に千元近くかかり、しかもすぐに入院できないとなれば、現場の救急診療の医師に怒りの矛先が向けられるだろう。現在の患者は、急診でも外来の扱いになる。武漢市では、入院しなければ医療保険が使えない。急診で発生した費用は、患者の自己負担になる。もし政府が肩代わりしてくれれば、我々は怒られずに済むはずだ。患者の自己負担である限り、きっと医者は怒られる」さらに、病院の人手不足の問題が深刻である。「コロナ流行の初期に医療スタッフの多くが感染し、大多数はまだ回復せず、自宅療養している」

庶民のつらさ、医者の無念さが目の前に迫ってくる。この現状の厳しさは、新型コロナ蔓延期に引けを取らない。問題の解決には手を焼くだろう。専門家の人たちが政府に施策を提言し、共同で問題解決の道を探っていくことを願いたい。例えば、どんな病気でも、新型コロナに関する検査をした場合は、一律に費用免除にできないものか？

三月二二日　野火は焼けども尽きず、春風吹けば又生ず*

封鎖から六〇日目。この日を誰が想像できただろうか。

昨夜はかなり雨が降ったが、今日は空が明るくなってきた。感染ゼロの団地では、徐々に内部開放が進んでいる。今日は窓の外で、子供の笑い声が聞こえた。まったく久しぶりのことだ。団地の外に出ることも許された。ただ、時間制限は守らなければならない。スーパーに買い物に行くのに

＊　出典は白居易「古原草を賦し得て、別れを送る」。

も、時間差を設けている。例えば、高齢者は午前中、若い人は午後というように。行列するときの間隔も、一・五メートルが推奨されている。活動範囲は、しだいに広がった。二か月間ひっそりしていた武漢は、緊張を解き、ホッと息をついた。騒がしい音が、大通りや横町に戻ってきた。以前の生気あふれる状態が復活するまでには、まだ少し時間がかかるだろうが、出歩く機会が増えただけでも、好ましいことだ。

封鎖解除の通知は、まだ正式に伝わってこない。しかし、都市の扉は少しずつ開いている。省内および省外の武漢市民に対する帰還指示はすでに出た。

「希望者は誰でも申請できるという原則に基づき、申請があれば許可する。省内の武漢市民は、健康証明アプリの緑コードを提示すれば通行できる。それ以外の手続きはいらない。省外の武漢市民のうち、他省の各自治体が発行した緑コードを持っている者は、武漢市に入るとき、防疫チェックポイントでコードをかざせば通行できる。すなわち、緑コードをチェックし、体温測定の結果が正常であればよい。その他の健康証明（緑コードが入手できない場合を除く）、移動証明、移動申請許可書、受け入れ証明、車両通行証などは必要ない」

なんと喜ばしい情報だろう。私自身の苦しい日々も、終わろうとしている。うちの老犬の皮膚病も、動物病院の予約ができたので、明日治療に連れて行ける。本当に目の前が明るくなった感じだ。私自身、定期的に受診する必要があるので、病院の状況を調べてみた。例えば、私がよく行く中南病院は、日常の外来はまだ再開していないけれども、急診の受付は正常に戻っている。当初、中南病院では多くの医療スタッフの感染があったが、いまは大多数が回復したようだ。

午後、中庭を掃除した。隣の棟に住んでいる同僚の家の子供Yが近づいてきて尋ねた。仲間のボランティアたちとの交流に加わってくれませんか？　私は婉曲に断った。何しろ雑事が多すぎて、まったく暇がない。そこで、彼らのボランティア団体の話を聞き、Yと微信の連絡先を交換した。彼らの資料を見て、武漢に「影の夢」というボランティア団体があることを知った。都市封鎖の初日から活動を始めている。団体の固定メンバーは武漢の様々な階層の一般人で、現在の主な活動は団地に無料で「愛心菜」〔136ページ参照〕を届けることだ。驚いたことに、彼らは今日、医療物資をカナダに送ったという。当初、私たちが窮地に陥っていたとき、海外の華人が医療品を集めて中国に送ってくれた。現在、私たちのところは情勢が安定したので、物資に余裕がある。国内の若い人たちは、国外への寄贈を始めたのだ。ただ、送り出したものが、なかなか届かないらしい。海外から寄付をもらったときのように、スムーズに国内の余剰物資を送り出すことができないのだろうか？

現在、武漢の感染状況は好転し、病院の主要な任務は重症者の治療である。新しい感染者は、ずっとゼロのままだ。その点については議論があるが、実情は知りようがない。一方で、中国以外の国家では感染が深刻になってきている。今日、友人の医師が情報を知らせてくれた。「中国とアメリカの華人医師、五百人がネット上でグループを作った。若手から大御所までが含まれている」参加者は第一線の医師たちで、重要な問題について要点を整理し、総括した。典型的な症例についても討論し、全世界の同業者たちに新型コロナ肺炎に対する理解を深めてもらおうとしている！　友人の医師は言った。「中国が模索して得た有効な方法を全世界で共有すればいい。我々が援助すれば、華人に対する彼らの嫌悪も減るかもしれない。争いから友好への転換だ」さらに、こうも述べていた。「ハーバード大学付属のマサチューセッツ総合病院が開発した治療法をこのグループで知ることができた。さすがに、アメリカのレベルは高い」

この情報は今日、私をいちばん喜ばせた。ウィルスは全人類の敵であり、みんなが手を携えて助け合い、ともに困難を克服することが重要だ。全世界の医師がネットを通じて、どの薬が効果的かを討論すればいい。お互いに、どのような治療法が最適か、感染流行期間中に最も重要なことは何か、などの情報交換をするのだ。人類の善意が発揮される。特に、武漢の医師は気の緩みから崩壊寸前、そして模索を通じて経験を得るという過程を踏んできた。ほかの人たちよりも、多くの体験を重ねている。彼らがその経験を外に向かって発信すれば、とても頼りになる。この医師たちのグループは、じつに素晴らしい。仁愛の心に満ちている。私の友人の医師は普段、少し反米の傾向があったが、いま世界の同業者と一緒にウイルスと闘おうという段階で、そんな感情は消滅したようだ。本当によかった！

現在、普通の庶民の生活はどうなっているのだろう？　昨日、下の兄とチャットしたとき、彼はまた兄嫁の毎日の生活記録を送ってくれた。以前は買い物の記録だったが、今回は診察に関するものだ。二項目を引用しよう。

一、三月一八日。昨夜、Z〔夫、すなわち作者の兄のこと〕は歯が痛くて、夜中に起きて歯痛止めの水薬を塗り、それでいくらか治まった。朝起きて、もう一度薬を塗り、うがいをしたが、状況は悪くなるばかりだった。気を静めて、よく調べてみると、歯の問題ではなく、歯茎に小さな口内炎ができている。口内炎を治療する噴霧薬が市販されていることを思い出し、急いでZに微信で薬局に連絡させた。すると運よく、噴霧薬と解熱解毒に効く漢方薬があるという。微信で支払いを済ませたあと、私が団地の西門まで薬を取りに行くと、店の人が塀の欄干の隙間から薬を手渡してくれた。

なんと便利なことか。薬を手にすると、大いに気持ちが楽になった。いま病院へ行って診察を受けるのは、とても困難である。まず、団地から出ることが難しく、次に病院に入ることが難しい。こんなとき、いちばん恐ろしいのは、Zのように重い慢性の病気を持っている人が突然、診察が必要な状態になることだ。

だが、西門まで行って薬を受け取る過程は、なかなか楽しかった。往復でたっぷり五分間、日差しを浴びることができた。貴重なことだ！　今日は二回の食事が流動食だった。しかし、カモの燻製とダイコンのスープ、ピータンなどで、すっかり満腹になった。栄養も十分である。買ってきた薬のうち、噴霧薬は頻繁に使う。ほぼ二時間に一度、吹きかけた。飲み薬は、午後から夜にかけて三回飲んだ。明日は説明にあるとおり、一日三回にしよう。漢方薬だから、最初は少し多めに飲んでも平気だろう。夜には、だいぶ落ち着いてきた。今夜は、痛くて眠れないことはないはずだ。

二、三月一九日。家にこもってから五九日目。Zの口内炎は、だいぶよくなった。薬が効いたらしい。今日の昼はカモの燻製とダイコンを煮込んだスープに、白菜をたくさん刻んで入れた。これにご飯を入れて食べると栄養満点で、しかもおいしい流動食となる。明日は普通の食事に戻れるだろう。

Lの旦那さんは去年、脳卒中を起こした。幸い軽く済んで、回復も見込める。しかし、旦那さんは心理的に落ち込んでしまい、抑鬱状態が長く続いている。だから、家にこもっている老夫婦の生活は暗いものだった。前回、微信で連絡を取ったとき、Lはしきりに苦衷を訴えた。今日は感染ゼロが発表され、みんなの気持ちが明るくなっている。そこで私は微信で安否を尋ねた。旦那さんの状況が好転したかどうかも聞いてみた。すると、思いがけない返事があった。彼女は感染ゼロを聞いて、大泣きしたというのだ！　そんなに反応が強いとは。逆に私は、家にこもっているうちに無感覚になってしまったのかもしれない。うれしいことはうれしいが、すぐにまだ早いと思い直した。たった一日ゼロになっただけなのだ。

私が感想を述べる前に、彼女は山のような愚痴を並べ始めた。ああ、もうダメだ。一日じゅう家にこもっていると、夫の病気のことばかり、あれこれ考えてしまう。ああ、本当につらい！　もし夫の病気が再発し、病院に行けば、夫は毎日自分の病気に苦しむだろう。夜も眠れなくなる。夫の病気のせいで、私も共倒れになってしまう。

私は話の方向を変えて言った。老後の生活が始まったのよ。これからの道のりは長いから、心静かに暮らせるようにしなくちゃね。連れ合いがいるのは、ありがたいことよ。旦那さんがそばにいれば、寂しさを感じないでしょう。私は提案した。自分を家長か姉御《あねご》だと思って、大きく構えなさい。旦那さんのことは、聞き分けのない子供だと思って。それでもダメなら、笑ってごまかすとか、頭がおかしくなったふりをするとか。心理的な問題を抱えている人には、特別な対処が必要なのよ。相手が言うことに対して、あなたはどんなときも真面目な顔で話を合わせなければならない。そのあとは、無視してもいいのよ。合わせるのが難しくても、理屈を通そうとしちゃダメ。こじれてしまうから。口数を少なくしたほうがいい。どうしようもないときは、それしかない。相手は正常な状態じゃないんだから。

兄嫁の記録は、興味深かった。彼女の「相手は正常な状態じゃない」という言い方も面白い。

封鎖から六〇日目。記念すべき日だ。今日は特に多くの人が、もう書き続けるのはやめなさいと私に忠告する。彼らは私を攻撃する人が多いことを心配しているのかもしれない。実際、私は以前、五四篇で終わりにする予定だった。友人に冗談めかして、ちょうど、トランプの枚数になるからと言った。その後、五四篇でやめることができず、六〇篇まで書くことにした。今日、友人たちは危険が大きくなったと感じたらしい。私も実感している。午後、私のブログを包囲攻撃した人は、明らかに一段と増えていた。それがどんな人たちなのか、友人たちもおそらく見当がついているのだろう。

数年前に「帝吧《ディーバー》が遠征したあとには草も生えない」というスローガンが流行った。* 当時、私も興味を感じ、書き込みを転送したことがある。今日の午後、微信の友人グループに「帝吧官微《ディーバーグワンウエイ》」〔帝吧の公式アカウント名〕の「号令」がアップされていた。「帝吧官微」は私に対する攻撃の項目を列挙している。なかなか面白いし、興味深い。「帝吧」の主宰者の目からすると、私は彼らの当面の敵なのだろうか？　とにかく、去年「帝吧官微」が若者たちの街頭での下品な言動を愛国的行為と称賛したとき、私は公開で彼らを批判した。その結果、私のブログは閉鎖されてしまった。「帝吧」は一千万の熱狂的なファンを擁する巨大な集団である。私の無礼は「帝吧」の主宰者にとって、容認できないことだったのかもしれない。なぜなら、彼が率いているのはまさに天下第一のネット掲示板なのだから。この世に、彼が勝てない相手はいない。これは面白い。だが私は、「帝吧」のユーザーの九九パーセントは理性のある若者だと信じている。理性のある人の支えがなければ、この掲示板がこんなに長く続くはずがない。「帝吧が遠征したあとには草も生えない」というスローガ

＊　「帝吧」はネット掲示板の名称。愛国教育で育った若いネットユーザーの広い支持を集めている。このスローガンは二〇一六年、台湾独立に反対する組織行動を起こすときに使われた。

ンは、広告としては素晴らしい。

いまはまさに春。春は人に自覚を持たせる季節である。また、人に自信を持たせる季節でもある。その自覚と自信とは、「野火は焼けども尽きず、春風吹けば又生ず」という「草」の心意気だ。

三月二三日　あらゆる疑問に答える人がいない

封鎖から六一日目。私は旧暦一月一日（新暦一月二五日）からブログでの日記を始めた。封鎖より二日遅い。したがって、これが五九篇目になる。

今日は快晴。とても気持ちがいい。午後、ついに犬を動物病院に預けに行った。皮膚病が再発し、全身がただれている。治療しないわけにはいかない。私の指にも、ひび割れができているが、こちらは簡単な処理では済まないだろう。動物病院はすぐに動画を送ってきた。シャンプーをしたら、盥の水が黒くなったという。犬の毛を全部剃って、治療しなければならないらしい。この犬は二〇〇三年のクリスマスに生まれた。今年の年末には満一七歳になるから、かなりの高齢だ。同時に生まれた犬たちは、ほとんどが死んでしまった。私の家の犬だけが、たくましく生きている。よく食べるし、よく動く。現在は少し老眼になり、聴力も衰えた。年を取ってからの皮膚病は完治が難しい。普段はときどき動物病院へ連れて行き、薬剤を入れたシャンプーをして、薬を飲ませていた。だが、今回はずいぶん時間が経ってしまった。幸い、すべて順調だ。病院が面倒を見てくれるので、私は安心した。

街では、いくつかの路線でバスの試運転が始まった。地下鉄の駅も、清掃と消毒が行われている。間近に迫った運行再開のための準備である。これらの情報を伝え合いながら、人々は喜びを感じている。かつて毎日発表されていた恐るべき数字は現在、すべてゼロだ。ゼロが続いて、もう五日になる。

下の兄が朝、グループチャットに写真を上げた。彼らの団地に今日、床屋が来たらしい。ちょうど兄の家の前の広場に店を出し、一〇分で散髪を済ませるのだという。今日は天気がよかったので、住民は行列した。一メートルほどの間隔をあけて、長い列ができた。兄は、まる一日並んだと言った。この団地は以前、武漢で最も危険だとされたが、いまは非感染地区の一つになっている。兄の在宅期間は、すでに六〇日を超えた。彼は今日、とてもリラックスした様子だった。兄のように体が弱い人にとって、二か月の間、病気にならなかったのは天の恵みと言っていい。

春節前に武漢の外へ出た人は、周市長によれば五百万人だという。ここ数日の情報では、彼らの大多数は健康アプリの緑コードを提示し、戻ってくることができるようになった。うちの家政婦もメッセージをよこし、二、三日のうちには戻れると言っている。海南省に滞在中の同級生たちは本来、一緒に海鮮料理を食べるはずだったが、結果的には毎日、海辺でぶらぶらすることになった。私たちは家に閉じこもったまま、彼らは外に出たままだった。いまは彼らも安心して、車を飛ばして帰ってくることができる。

現在の武漢は、入るのは易しいが出るのは難しいらしい。それで気になるのは、封鎖以前に武漢に来た人たちのことだ。彼らはまだ、ここにいるのだろうか？　武漢に滞在した二か月は、おそらく人生の中で最もつらい日々だったはずだ。その数は、どれくらいだろう？　誰も正確な統計を取っていないと思う。今日、問い合わせてみたところ、少数ではないらしい。しかも、彼らはまだ滞在している。現時点で、武漢の交通網はまだ通じていない。飛行機、列車、長距離バス、そして自家用車、いずれも外に出ることが不可能だ。それらの武漢滞在中の人たち、および彼らを心配している家族たちは、どうやってこの冬から春への二か月を過ごしたのだろう。大変な苦労があったのだと思う。

隣人のYによると、彼らの団体「影の夢」のボランティアの中に、帰れなくなった他省の人が二人いるという。一人は広西の南寧市の人で、武漢の感染状況を見て志願し駆けつけたあと、封鎖に遭って帰れなくなった。もう一人は広東省の人で、やはり交通手段がなくなって帰れない。ボランティア団体は彼らの食事と住居の面倒を見ている。さらに封鎖解除後は、帰りの列車のチケットを買い与える予定だ。ずっと私に感染状況を知らせてくれている友人の医師も今日、彼の友人たちの話をした。封鎖前に仕事で武漢に来て閉じ込められ、家に帰れなくなったという。滞在が二か月に及び、来たときは寒い冬だったが、いまは春分を過ぎた。着替えの服もない。一人は北京のある会社の社長で、足止めを食らい、会社の運営が滞ってしまった。

感染症のために、不幸にして武漢に滞在することになった人たちは、瀬戸際に立たされている。長い期間、彼らを気遣う人もいなかった。その後、彼らの一部は食べ物も飲み物もなく、街の地下道に寝泊まりしていた。その様子が報道され、人々は初めて気づいた。ああ、こういう人たちもいたのか。なんと悲惨なことだろう。政府も乗り出して策を講じ、宿泊場所は確保された。それから、また長い時間が過ぎて、まだ彼らが滞在していることは忘れられてしまった。彼らはここに住む九百万の市民以上に、封鎖解除を待ち望んでいる。ときどき思うのだが、心ある人たちが政府に働きかけ、何とか彼らを早く家に帰すことはできないだろうか？　例えば、人数の統計を取り、彼らの健康アプリの緑コードを確認し、各省ごとに一台の車を用意して省都まで送り届けるのだ。そのあとは指定されたホテルで経過観察を受け、一四日後には帰宅できる。これは決して難しくない。考えればできることだ。簡単に解決できる問題で、多くの人たちを苦境から救い出せるのに、なぜ試してみようとしないのか？

北京が湖北人の受け入れを拒否しているというニュースが、昨日から今日にかけて伝わってきた。私は信じる気になれない。いまだに疑っている。なぜなら、健康な湖北の人と健康な湖北以外の人の間には何の違いもないからだ。北京が本当に湖北人の受け入れを拒否するなら、それは湖北人にとって不幸なことだが、決して恥ずかしいことではない。恥ずかしいのは、これを提案した人とそれを認めた人である。もちろん、これは文明の恥でもある。何年ものちに振り返ってみたとき、私たちの文明史の二〇二〇年には、このような刻印が押されている。だから、私はまだこの事実を信じたくはないが、記録に残す価値はあると思う。

今日はもう一つ、悪い知らせがあった。かなり前、武漢の支援に来た医療スタッフの中に、広西の若い看護師がいて、病院で突然気絶した。幸い、多くの医師が現場にいたので、すぐに救急措置が取られ、彼女を救うことができた。このことは、あらゆるメディアが報道した。私たちも、彼女が死を免れたことを喜んだ。しかし今夜、友人の医師は私に、彼女が亡くなったと告げた。ウイルスとの戦いの最前線で、命が断たれてしまった。彼女は梁小霞《リアン・シアオシア》〔一九九二年生まれ。南寧市第六人民病院の看護師〕、今年二八歳だった。私たちは永遠に忘れない。そして彼女の冥福を祈る。

ここ数日、責任追及の声は非常に弱まっている。私自身も、このことを忘れかけていた。記者たちの詳しい調査も減少し、ほとんど皆無に等しい。夜、「消えた四一本の感染症報道」という文章を読んだ。文中に、こんな記載がある。「奥深く隠されたイバラをかき分け、社会の暗部の痛みを身に受け、メディアはあらん限りの力で真相をこじ開けて、光明に向かって突き進む。一部の報道は今日、あっけなく消えてしまうが、歴史の原稿の中には確実に、それらが残される」私はヒントを得たような気がして、推測してみた。突如としてやってきた私に対する集団攻撃は、ネット上の記事削除と歩調を合わせたものではないか？

しかし、責任追及については、広範な共通認識があると信じたい。これは必ずやらなければならないことだ。このような大事件の責任を追及しないなら、政府は天下に説明がつかない。私はずっと進展を追っていくつもりだ。どう見ても関係者数人は当然、自ら辞任すべきだと思う。ＳＡＲＳのときにも、責任を取った人がいた。ところが現在に至っても、湖北省では一人も辞職者が出ていない。まったく、彼らには敬服する。面白いことに、以前の責任転嫁は、官僚と専門家が罪をなすりつけ合うというものだった。いまは、すべてをアメリカのせいにしている。数日前、経済学者の華生《ホワ・ション》〔一九五三年生まれ。東南大学経済管理学院の名誉院長〕の文章をいくつか読んだ。とても面白かった。彼は文章の中で、武漢に「ディープ・スロート」*がいたと述べている。この「ディープ・スロート」がいなかったら、感染症の暴露はさらに遅れていただろう。正確に言えば、この「ディープ・スロート」こそが、本当に警鐘を鳴らした人なのだ。この文章を読んで、頭の中に『潜伏』**の一場面が浮かんだ。数日前、私は友人に、この「ディープ・スロート」が誰なのか知りたいと言った。友人も、同感だという。この人物を題材にすれば、小説が書けるだろう。

友人が転送してくれた微信の文章の中に、南京大学の杜駿飛《ドゥー・ジュンフェイ》〔一九六五年生まれ。情報コミュニケーションの専門家〕教授のものがあった。杜教授は社会学博士で、その論文はいつも重要な問題を提起している。彼の文章は、七つの問題を挙げていた。

一、医療現場で感染症が見つかったあと、「通報システム」***を使用することは本当に不可能だったのか?

二、専門家チームが武漢に到着したあと、ヒト－ヒト感染の実情を把握することは本当にできなかったのか?

三、感染症の情報がリークされたあと、関係機関がまず情報漏洩者の処分を優先したというのは本当か?

四、誰もが責任を取ろうとしない中で、鍾南山だけが大衆に実情を告げる資格があったというのは本当か?

五、武漢の感染流行が激化したとき、管理当局は医療資源の大々的な欠乏を事前に予測することが本当にできなかったのか?

六、感染症とパニックが同時に広がったとき、都市封鎖が本当に最善の選択だったのか?

七、封鎖のあと、感染確認者をほかの医療資源に余裕のある省に、適宜移送することは本当にできなかったのか?

* ウォーターゲート事件のときの情報提供者の通称。

** 二〇〇九年に放映されたテレビドラマ、国共内戦期の地下党員のスパイ活動を描く。

*** 北京の中国疾病予防コントロールセンターに感染症情報を直接通報するシステム。

じつのところ、杜教授の疑問はもっと多いはずだ。第七問のあとには、省略記号が付いている。つまり、彼の問いかけは終わっていない。実際、私たち武漢の人間は、さらに多くの疑問を持っている。だが残念ながら、あらゆる疑問に答える人がいない。

今日は五九篇目の日記となる。以前から多くの人に述べてきたように、私は六〇篇まで書いて終わりにするつもりだ。明日が最後の一篇になるだろう。私の日記を読むために、なかなか眠れず、体内時計がおかしくなったという読者も少なくない。だが、残すところは明日だけで、もう待つ必要がなくなる。私は心から、待ち続けてくれた読者に感謝したい。

一つだけ、言っておきたいことがある。これは感染症流行期における私の個人的な記録だった。純粋に個人の記憶に基づく。最初、私はこれが「日記」だという意識もなかった。「日記」という言葉は、私が提起したものではない。この記録が一日一回の形で続いていったため、「日記」と呼ばれるようになった。私も異議を唱えなかった。最初の動機は、約束した原稿を書くために、役に立つ記録を残すことだった。いつの間にか、こういう形になったのだから、「初心を忘れた」と言えるかもしれない。

三月二四日

私はうるわしい戦いを終えた

都市封鎖から六二日目。私の日記も六〇篇、最終回と言ってよいだろう。

ちょうど今日、通告があった。武漢以外の地区はすべて封鎖を解除、「緑コード」を提示すれば自由に行動できる。武漢市は四月八日に封鎖を解除する。間もなく武漢に活気が戻るだろう。私は当初、封鎖解除まで日記を続けると言ったが、あとになって気づいた。解除のときには封鎖のときのような緊急性がない。それは段階的に進められ、地域ごとに解除のタイミングが異なるのだろう。そこで、私は考えた。感染症が下火になり、みんなが仕事に復帰した時点で終わりにしよう。友人たちにこの考えを伝えると、ほぼ全員が賛成してくれた。こうして五四篇から六〇篇までが書き継がれた。思いがけず、この最後の一篇は封鎖解除の通知と同時になった。これは記念すべきことだろう。つまり、私の日記は旧暦の一月一日から始まって、封鎖解除の通告が出された日まで続いたのだ。私の上の兄は三月一四日に、感染確認者の人数の減少から判断して、武漢は四月八日に封鎖解除になるだろうと予測していた。果たして、兄の計算は正確だった。兄は大喜びで言った。「おれの粗雑なシミュレーションが、武漢の封鎖解除の日を的中させたぞ」

今日の昼までは天気がよかったが、午後は急に空が暗くなり、少し雨も降った。家政婦からメッセージが届き、明日には武漢に戻れるという。私はホッとした。彼女の料理の腕前は素晴らしい。以前、同僚たちはしばしば私の家を訪れ、食事にありついていた。市内の往来が自由になったら、彼らはまたやってくるだろう。私の困難の日々も終わりを告げる。

広西の梁看護師のことについて、説明を加えておかなければならない。昨夜、日記を書いていたとき、友人の医師から情報が届いた。この情報は、彼の友人の間で伝わっているものだった。一枚の写真の上に記載があった。「気絶した広西の看護師が今夜、我々の病院で亡くなった。わずか二八歳、故郷に母親を残して。帰還を果たせなくなった勇者は、武漢のために命を惜しまなかった」

友人の医師は感極まり、私も心が痛んだ。しばらく前に、多くのメディアは彼女が命を取り留めたと報道した。事実を探るため、私はこの写真を協和病院の大物医師に転送し、確認を求めた。彼はこう回答してきた。「脳死状態、不幸なことです」私の医学知識が欠けていたのだろう。私は、自分の疑問に対する確定的な答えを得たと思い込んだ。そして、梁看護師が人知れず世を去ることは許されないと感じた。永遠に人々が彼女を忘れないように、このことを記録するべきだ。そう思って、昨日の日記に書いた。今日になって、多くの人から疑問の声が寄せられ、ネット上にも噂を打ち消す書き込みがあった。午後、私は再び二人の医師に問い合わせた。二人とも私に専門的な説明をしたあと、同じような意見を述べた。やはり謝ったほうがいい。私も、そう思った。ここで、読者のみなさんに心よりお詫びしたい。さらに、梁看護師のご家族にも、心よりお詫びする。これは、私たちが梁看護師の命を何より大切に思っていることの証しである。ショートメッセージの中にあったように、「彼女は武漢のために命を惜しまなかった」人だ。一日も早く、目を覚ましてほしい。*私と私の友人の医師は、ずっと彼女の身を案じている。みなさんの指摘にも感謝したい。

　昨日、友人から文章が転送されてきた。ある人が私に、「武漢市民の連署に加わり、自分がアメリカの犬でないことを証明せよ」と呼びかけているという。この表題を見て、泣くことも笑うこともできないほど低俗だと思った。作者の名前は伏せておこう。博士だそうだが、どういう勉強をしてきたのだろう。この人も北京大学の出身なのか、そもそも大学を出ているのか、興味のあるところだ。大学を出ているなら、ここまで品位が低いはずはない。文章を読み終わらないうちに、また話が伝わってきた。政府が署名の呼びかけ人と話をして、この行動は中止されたという。友人は笑って、「証明する機会を失ったね」と言った。結局どういうことだったのか、いまだにわからない。

面白いことに、米中の政治家がお互いに相手側を非難し、対立が激しくなる一方で、米中の医者たちは手を結んだ。彼らはどうやって患者を救うかを相談し、どんな薬を使えば致死率を確実に下げられるか、どんな治療法が望ましいかを討論している。どうやって感染を防ぐか、どのように隔離するかも話題になっている。武漢の感染症がピークを迎えたとき、在米の華人たちはマスクを買い占めて祖国に贈った。そのため、アメリカの医者たちはマスクやその他の感染防止用品の不足に直面してしまった。在米華人の友人は、彼らに申し訳ないと思っているという。しかし、医者たちはこの問題の解決にも取り組んでいる。彼らには政治的偏見も、国家意識もない。お互いに経験を披瀝《ひれき》し、研究の手がかりを提供し合っている。私は彼らの良心と愛情を感じた。それは人類に対する愛、人間に対する愛である。職業が違えば、物事に対する見方も行動様式も、まったく違うのだろう。私はこの医者たちのプロ意識と心構えが好きだ。

今日が最後の一篇だが、これから私が何も書かないという意味ではない。私のブログは依然として発信の場である。私はこれまでと同様、ブログで自分の考えを表明するつもりだ。そして責任の追及もあきらめない。多くの人たちはコメントを寄せて、政府は責任を追及しないだろう、今回の事件に希望は見出せないと述べている。政府が最終的に責任の追及をするかどうか、私にはわからない。しかし、政府がどう考えるにせよ、二か月にわたって家に閉じ込められた武漢市民として、武漢の悲惨な毎日をこの目で見てきた証人として、私には死者たちの無念を晴らす責任と義務がある。誤りを犯した人は自ら責任を負うべきだ。私は言いたい。私たちが責任の追及をあきらめたら、

＊　その後、梁小霞は南寧の病院に移送され、治療が続けられたが、五月二六日に逝去した。

私たちがこの日々を忘れたら、私たちが常凱〔96ページ参照〕の絶望さえ忘れてしまう日が来たら、武漢市民が背負うのは災難だけではない。恥辱を背負うことになる。忘れるということの恥辱だ！もし誰かが、この言葉を軽々しく消し去ろうとしても、絶対そんなことはできない。私はその人たちの名前を一文字ずつ「歴史の恥辱の柱」に書き記すだろう。

毎日私を包囲攻撃した極左分子には、特に感謝したい。彼らの激励がなかったら、私のように怠惰な人間はとっくに書くことをやめていただろう。あるいは、三日坊主で終わって、ここまで長いものは書けなかっただろう。私の気ままな日記を読む人も、これほど多くなかったはずだ。とりわけ私がうれしかったのは、攻撃を重ねるうちに、彼らの底が知れてしまったことだ。彼らは仲間を結集して、ほぼ全員が文章を書いた。だが、読者が知ったのは何だろう？彼らの混乱したロジック、ゆがんだ思想、捻《ね》じ曲げられた観点、低劣な言葉、そして下品な人格だ。とにかく、彼らは毎日、自分の欠点と異常な価値観をさらけ出した。人々はようやく気づいた。おや？極左の「大V」〔90ページ参照〕とはこんな連中だったのか！

そうだ。これが彼らの正体なのだ。私に手紙をくれたあの高校生の文章力と思考力が、彼らの最高水準なのだろう。じつはすでに、ある人が極左について正確な分析をしている。ネットで検索すれば、すぐに見つかるはずだ。ここ数年、極左は水準が低いとは言え、まるで新型コロナウイルスのように、少しずつ私たちの社会を蝕《むしば》んでいる。特に官僚たちに取り入って、急速に多くの害毒を撒き散らしているのだ。そして、ウイルスに感染した官僚が彼らの後ろ盾となり、彼らの勢力を日ごとに拡大させた。彼らはますます無謀な振る舞いをして、マフィアのような組織を形成している。ネットの世界は彼らに操られ、意見の違う相手を思いのままに侮辱する。だからこそ、私は繰り返し主張してきた。極左は「国家と人民に災いをもたらす存在」なのだ！　彼らは改革開放の最大の障害である！　これらの極左勢力を野放しにして、そのウィルスを社会全体に感染させたら、改革はきっと失敗する。中国には未来がない。

最後の一篇なので当然、謝辞が必要だろう。多くの読者の支援と激励に感謝したい。無数のコメントや文章に、私は感動した。なんと、多くの人たちが私と同じ考えを持っていたのだ。私の背後は空白ではなく、大きな山が連なっていた。二湘〔263ページ参照〕にも感謝しなければならない。私のブログが閉鎖されたとき、発信を手助けしてくれた。二湘がいなければ、私の日記は続かなかっただろう。そのほか、財新〔128ページ参照〕と「今日頭条」〔127ページ参照〕にも感謝する。彼らもまた、私が発信の場を失ったとき、すぐに手を差し伸べてくれた。これらの援助によって、私は別の角度から大きな慰めを得た。おかげで私はこの間、孤独を感じることがなかった。

私はうるわしい戦いを終えた。

私は走るべき道を走り終えた。

私は信じる道を守り通した。

付記——武漢というところ

方方

武漢は「江城」〔河の街〕と称されてきた。その理由は、もちろん武漢が中国最大の河である長江に面しているからだ。じつは、武漢を「湖城」と呼ぶのも間違いではない。「千湖の省」である湖北省の省都であり、武漢を取り巻く湖沼は少なくとも百ほどもあるからだ。この湖沼は武漢という体に掛けられた真珠や玉の装身具のように、風が吹くと、全身を震わせて絶妙な音を奏でる。長く武漢に暮らす老人たちは、その河のうねりと湖沼のさざ波が風の誘いに応じて奏でる音を、聞き分けることができる。

歴史をさかのぼると、武漢は楚《そ》の国に隷属していた。そのため、武漢人は自分の住むこの地を「楚の国」と呼ぶことが多い。武漢人は楚人を崇拝している。楚人は武を尊《たっと》び、屈託がなく、ロマン的で気ままな性格だから、武漢人の理想と合っている。また、武漢人は楚人の遺伝子を持っており、自分が楚人であることを誇りに思っているとも言える。

大都市という概念で言えば、武漢はどんなときも中国における有名な都市の一つである。武漢の知名度はおそらく、北京、南京、西安、上海、天津、広州に次いでいる。前の三都市は首都か首都であったことがあり、後ろの三都市は大海に臨み経済が大いに発展している。武漢は首都になったことはなく、海にも面していない。たかだか長江中流沿いの一都市にすぎない。武漢が属する湖北省は内陸に位置しており、湖北省だけでなくその周囲にも外国と接する省がない。武漢の名声が前記の六都市に及ばないのは、残念だが妥当だろう。

だが、東西南北に広がる中国の大地の中で、武漢が「中央の地」を占めていることは素晴らしい。武漢からの交通網は放射線のように全国各地に伸びている。いま白い紙にニワトリの形の中国を描くと、太陽が明るい光を放っているように見える。その太陽こそが武漢なのだ。

中国の中心に位置している武漢は、間違いなく交通の要衝である。武漢人は旅に出るとき、遠くへ行くという感覚がない。どこへ行くにしても、遠いか近いかは気にならない。特に近年は、高速鉄道と高速道路が通じ、武漢人は四時間前後高速に乗れば東西南北ほとんどの都市に着いてしまう。自家用車の旅行も、武漢人にはとりわけ便利になった。場所によっては、日帰りも容易にできるのだ。これを武漢人は最も自慢している。中国の中心に位置している武漢は「九省通衢《きゅうしょうつうく》」〔多くの省とつながる。四方八達の意〕の地と言われる。

かつて武漢（主として漢口）は「東洋のシカゴ」と呼ばれたことがあった。その繁栄ぶりが、アメリカのシカゴにとても似ていたからだ。その後、この呼称は徐々に使われなくなった。現在もまだ、この「東洋のシカゴ」の夢を実現したいと思っている武漢人がいるが、何度か声を上げても反応がなく、そのままになっている。私はシカゴには行ったことがないので、武漢とシカゴの共通点と相違点はわからない。

武漢を一粒の真珠に喩《たと》えるなら、長江はその真珠をつなぐネックレスであり、武漢を貫通している。長江最大の支流である漢江は武漢の中心地にある亀山の麓で長江と合流する。この二大河川は武漢の地を三分割している。漢口、武昌、漢陽の武漢三鎮〔鎮は街の意〕だ。この三鎮は河に面し、河の流れに沿ってカーブを描いている。そのため、武漢人には方向感覚がない。道を尋ねると、武漢人の多くは「高頭《ガオトウ》」とか「底下《ディーシア》」などと答える。これは「上の方へ」「下の方へ」という意味だ。「高頭」は長江の上流、「底下」は下流を指す。河の文化は武漢人の骨の髄《ずい》にまで深い影響を与えている。武漢人がたまたまどこかを指さしても、それは無意識のうちに河の流れを意味しているのだ。

かつて武漢三鎮は、漢口が商業地区、武昌が文化地区、漢陽が工業地区とはっきり位置づけられていた。それ以来、三鎮はそれぞれ異なった特徴を持っている。

最も賑やかな繁華街は、長江の北側の漢口に集まっている。江漢路、六渡橋、それに誰もが知っている漢正街など、すべてこの地に集中している。武昌人と漢陽人はこれまで、買い物をするときは車や船に乗って漢口へ行ったものだ。現在は武昌と漢陽の商業もすでに十分発展しているが、やはり漢口の物は品質がいいし値段も安いという印象が強い。ショッピングと言えば、いまも長江の北岸に行って楽しむ。

賑やかな漢口と比べると、長江の南に位置する武昌はずいぶん寂しいところだった。この地で最も注目されるのは、多くの高等教育研究機関と高水準の科学研究機構の存在だ。悠久の歴史と美しい風景の我が母校、武漢大学も武昌にある。その知名度と学術レベルは全国の高等教育研究機関の中でも、ずっと高い位置を保っている。市場の原則に従って、現在商業ネットワークが武昌の隅々まで行きわたっており、漢口に比べた以前の寂しさはもうない。

ずっと工業地区だった漢陽は、現在に至るまで漢口と武昌の弟分的な存在だ。長江と漢江に挟まれ、いままでは無名のままだった。漢陽で最も有名なのは、前世紀初頭に建設された漢陽兵工廠《へいこうしょう》

〔清末の張之洞が創設した〕だ。そのため、兵役経験者はみな、「漢陽製」の武器に馴染んでいる。漢陽はいまもその工業製品によって有名なのである。武漢は近年、改めて最先端の工業団地の建設を目指しているが、その中心地はやはり漢陽だと言える。

武漢三鎮のこうした特徴は、いつごろ定まったのだろう。おそらく張之洞が湖北の総督として赴任してからだ。その後、三鎮はそれぞれ近代化を遂げた。歴史の痕跡は時間の推移につれて徐々に目立たなくなっているが、三鎮の特徴はやはりいまも明瞭だ。

ところで、武漢のように自然に恵まれた都市も珍しい。物が豊富で人口も多い江漢平原〔湖北省中南部に位置し、長江と漢江の沖積によって形成された〕が武漢を取り囲んでおり、どこまでも広がっている。そこには無数の美しい湖沼が点在しているので、市内に新鮮で爽やかな空気が流れ込む。二つの大河――長江と漢江が街の真ん中をゆったりと流れて合流し、無数の小さな山々がばら撒かれた将棋のコマのように大河の両岸に並ぶ。モダンな感覚にあふれたこの都市には山水が映え、河と湖が彩りを添えている。美しい山河、柳に覆われた堤、湖に集うカモメ、高層ビル、橋とロープウェー、マストのようなタワー、煌《きら》めく大型スクリーン、これらが融合して、さながら絵巻物のようだ。大自然は武漢に独特の美しい風景を提供しているのだ。周到な計画に基づいて建設を進めれば、武漢は間違いなく世界で最も美しい都市の一つとなるだろう。

多くの著名な大都市と同じく、武漢は商業都市であるだけでなく、工業基地でありハイテクの基地でもある。この街は多くの変遷を経験し、その中には悲惨な歴史もあった。租界という屈辱もあり、それに抵抗する戦いもあった。経済発展の高揚期もあったし、文革の笑うに笑えない話もあった。英雄もいたし娼婦もいた。洪水のような車の流れとネオン輝く不夜城があり、また豪華なホテルと賑やかなショッピングセンターもある。緑の木々と赤い塀の街並みの一方で、環境汚染もある。静かで美しい都市だが、著しい貧富の差もある。要するに、現代の都市はどこも経済的繁栄と科学技術の発展の裏に、都会ならではの病も抱えている。武漢も例外ではない。

訳者あとがき

今年の初め、「中国・武漢で原因不明の肺炎」という小さな新聞記事を見たときには、まさかこれがのちに世界的な大流行をもたらす新型コロナウイルスによるものだとは思ってもみなかった。その後、少しずつ感染の実態が明らかになる。中国政府も本腰を入れて対策に乗り出し、一月二三日に武漢は都市封鎖（いわゆるロックダウン）に至った。

この間の動きは随時、日本でも報道されたが、じつのところ「対岸の火事」的な受け止めが多かったのではないか。確かに、断片的なニュース報道だけでは現地の人々がどのような毎日を過ごし、どのような思いで生きているのかを知ることは難しい。中国でも武漢以外、湖北省以外の人たちは、同じようなもどかしさを感じていたのだろう。

そんな中、武漢在住の女性作家・方方が都市封鎖の二日後、一月二五日からブログに投稿を始めた。小説の執筆を一時中断し、将来のために記録を残しておこうという気持ちだったという。そのブログの文章が、全国のフォロワーの関心を集めるようになる。毎夜一二時前後に更新される「日記」を心待ちにする読者に支えられて、方方は六〇日間、三月二四日まで投稿を続けた。奇《く》しくも、その日は武漢の封鎖が四月八日に解除されるという決定が出た日だった。

日本でも緊急事態宣言が発令され、外出自粛が続く中で、この『武漢日記』の翻訳をしながら様々なことを考えた。方方の「日記」は基本的に、「生活日記」である。随所に鋭い政府批判が見られ、そこが国内でも国外でもクローズアップされることが多いが、それがすべてではない。まず興味深いのは、都市封鎖の中で暮らす庶民の生活描写である。マスクの不足、日用品（特に食品、食材）の買い出し、「買い物をして、テレビドラマを見て、寝る」という毎日の繰り返し、このあたりは数か月後の日本の日常と大差ないだろう。

方方は湖北省作家協会の元主席で、作家協会の上部組織である文聯（湖北省文学芸術界聯合会）の宿舎に住んでいる。娘とその父親は別居しているので、一人住まい。通常は家政婦がいるのだが、あいにく春節（旧正月）の休みで田舎に帰っているときに都市封鎖が始まってしまった。節約して飲んでいた糖尿病の薬も切れてしまう。

不自由な生活の中で、頼りになるのは家族、同僚、友人（高校時代、大学時代の同級生）との絆である。これらの人たちとの情報交換は、基本的にSNSを通じて行われる。特に日本のLINEに相当する微信《ウェイシン》（ウィーチャット）の効用は計り知れない。もちろん、パソコンも使っているが、ほとんどのことはこのスマホのアプリで済まされる。中国におけるSNSやインターネットの普及と発展は、よく言われるように日本をしのぐ勢いがある。だからこそ、方方は発信ができたのだし、逆に激しい反撃も受けた。いわゆる「極左」からの猛烈な批判である。中国では体制寄りの保守派が左翼だから、「ネトウヨ」ならぬ「ネトサヨ」とでも言おうか。日記中にも言及があるように、その背後に誰がいるかは闇である。非常時に政権批判をするのは非国民だという同調圧力がかかるのは、どこの国でも同じようだ。

さて、情報交換で最も重要なのは当然、感染症に関することである。そこで頻繁に登場するのが「友人の医師」だ。日記の中では特に説明がないが、最初は二人、後半からは四人の医師を通じて情報を得ていたらしい。方方が医療現場の最前線の様子を克明に記録できたのは、この医師たちのおかげだろう。若干の記述ミスもあったが、それはブログという媒体の性質上、致し方のないところだし、後日の日記で訂正している。しかし、方方を批判する人たちは、「誤った記述」だとして問題にした。それは、ほとんど揚げ足取りに類するものだ。

現時点での公式発表によると、武漢の新型コロナウイルス感染者は五万人あまり、死者は三千八百人以上だという。方方の身の回りにも、たくさんの犠牲者が出た。したがって、どうしても暗い話が多くなる。感染症が蔓延している武漢で記録を残せば、そうなるのは自然なことだ。「社会の暗黒面にばかり目を向けている」という批判は当たらない。方方は、政府系のメディアの報道のあり方に大きな不満を持っている。政治の責任を問う報道はもちろん、悲惨な現実を伝える報道も少ないからだ。もちろん、方方は献身的に働く医療関係者に対しては最大級の敬意を示し、感謝を惜しまない。一方、それを自分の手柄のように振る舞う官僚や戦闘に勝利したリーダーを称えるマスコミに対しては、厳しい目を向ける。

じつのところ、地方政府や病院の上層部への方方の批判は限定的である。感染初期の対応が遅れたこと、声を上げた医師を処分し事実を隠蔽したことの責任だけを一貫して追及している。それは、為政者の判断が直接人の命にかかわるからだ。国や地方自治体のリーダーに賢明さが欠けているときの不安は世界共通で、我々も痛いほどわかる。

追及の手を緩めようとしない姿勢には、方方の頑固さ、意志の強さがうかがえる。とにかく、曲がったことが嫌いなのだ。それはもしかすると、日記の中で語っている武漢の女性に共通する特徴なのかもしれない。普段は控えめだが、何かもめごとが起こったときには喧嘩も辞さない、たくましさを持つ武漢の女性は、「女将《ニュージアン》」と呼ばれるという。ブログの記事に攻撃を仕掛けてくる「極左」たちに反論する方方は、まさに勇ましい「女将」である。

　権力や「極左」と戦う一方で、一般庶民に向けられる方方のまなざしは、じつに温かい。隣近所の人たちはみんな親切で、助け合い励まし合って難局を乗り越えようとしている。また、家族経営のスーパーの店主、道路清掃の作業員などにも敬意を示している。湖北省の人たちが他省で差別を受けているという話も出てくるが、おしなべて方方が描く庶民は善意に満ちている。

　権威に反発し、庶民に寄り添う姿勢は、方方の文学作品の風格にも通じるだろう。ここで、方方の経歴と創作について記述しておきたい。

　方方の本名は汪芳《ワン・ファン》、一九五五年、南京に生まれた。父方、母方ともに代々高学歴で、政治家や教育者を輩出している。父親は上海交通大学卒のエンジニアだった。二歳のときに両親とともに武漢に移る。以来六〇年あまり、ずっと武漢で暮らしてきた。一九七四年に高校を卒業。当時は文革の最中《さなか》だから、普通は農村へ下放という時代である。しかし彼女は、すでに兄二人がその役割を果たしていたこと、そして前年に父親を亡くしていたことから、母親のもとに残ることができた。とは言え、彼女はそれからの四年間、武漢運輸合作社で、運搬工として肉体労働に従事する。

　一九七八年、方方は前年から復活した大学入試（文革のため中断されていた）を受験し、武漢大学の中国文学科に入学した。彼女にとって、人生の一大転機だった。在学中に詩と小説の創作を始める。卒業後は湖北テレビ局に就職した。テレビ番組制作のかたわら創作を続け、一九八二年、短篇小説「有蓋車にて（大篷車上）」、詩作「私は大八車を引く（我拉起板車）」で文壇デビュー。いずれも、四年間の運搬工の経験に基づく作品だった。中篇「風景」（一九八七年）が初期の代表作である。漢口のバラック小屋に暮らす貧しい一家族の波乱に満ちた人生を描く。これによって方方は「新写実派」作家の一人として、その地位を確立した。

一九八九年、湖北省作家協会に加入して、専業作家となる。一九九〇年の中篇「父のなかの祖父（祖父在父親心中）」は方方のもう一つのジャンル、自身の家族史を語る作品の代表作。日本軍に虐殺された祖父、反右派闘争で自己批判を迫られた父のことを書いている。ほかにも数多くの中篇小説を創作する一方、一九九四年からは『今日名流』という雑誌の編集長を務めた。

二〇〇七年、方方は湖北省作家協会の主席に選出される。翌年、中国作家代表団の一員として来日し、ペンクラブ主催のシンポジウムなどの活動に参加した。その後の主要な作品は、以下の通りである。のちに映画化（邦題は『風水』）された中篇「胸に突き刺さる矢（万箭穿心）」（二〇〇七年）、魯迅文学賞を受賞した中篇「琴断口」（二〇〇九年）は、いずれも武漢を舞台に、庶民たちの複雑な家族関係、人間関係を描いている。長篇『武昌城』（二〇一一年）は、北伐戦争時の武漢包囲戦を題材にしたもの、長篇『柩のない埋葬（軟埋）』（二〇一六年）は地主の家に生まれた女性の一生を描くもので、共産党の政策だった「土地改革」を否定的に扱っているとして発禁処分を受けた。

湖北省文聯の元副書記は、作家協会主席時代の方方について、最初不満を抱いたと述べている。ある会議で出席者がみな提示された方針に賛成する発言をしたのに、彼女だけが反対したからだ。しかし、彼はしだいに方方の農村女性のような素朴さ、表裏がなく、言うべきことははっきり言う性格が好きになったと語る。けれども、その率直さが災いして、いくつかの事件も起こった。湖北省のある詩人が魯迅文学賞を得たいがために根回しをしたと指摘した方方は、名誉棄損で訴えられた。また、別の詩人の昇給審査に異議を唱え、逆に相手から彼女が不当に多くの収入を得ていると言われ、論争になったこともあった。

だが、今回の「日記」をめぐる論争は、はるかに深刻である。それは現在の中国社会全体の空気を反映しているのかもしれない。方方は三月二四日の最後の日記を新約聖書の言葉で締めくくっている。

私はうるわしい戦いを終えた。
私は走るべき道を走り終えた。
私は信じる道を守り通した。

これは「テモテへの第二の手紙」第四章の「わたしは戦いをりっぱに戦いぬき、走るべき行程を走りつくし、信仰を守りとおした」(口語新約聖書、日本聖書協会、一九五四年)を踏まえている。ところが、方方の意に反して、戦いは続くことになった。「極左」からの非難は止《とど》まるところを知らず、エスカレートする一方である。特に、「日記」の英語版、ドイツ語版刊行のニュースが伝わると、批判のトーンは過熱した。外国語版を出すのは「身内の恥をさらす」行為だとして、「売国奴」という言葉も使われている。方方はまた、このような批判から逃げることなく、インタビューなどにも真面目に対応してきた。「関於(〜について)」という一連の文章も発表した。「日記」で問題にされた「伝聞」「マスク」「友人の医師」「極左」などについて、解説を加えるという内容である。本当は一日も早く、「中断した小説」の創作に戻りたいはずなのだが。

日本語版の刊行は、どのように受け止められるのだろうか。少なくとも私たち日本人は、この「日記」を我が身を振り返るよすがとしたいものだ。

　翻訳に当たっては、これまで方方作品の邦訳のほとんどを手掛けてきて、作者の信頼も篤い畏《い》友《ゆう》・渡辺新一さんと共同作業ができて心強かった。また、この「日記」は当然ながら国内向けに書かれたものなので、中国事情に通じているネイティブの協力が不可欠だった。その役割をこれまでも一緒に仕事をしてきた魏《ぎ》名婕《めいしょう》さんにお願いした。訳文は飯塚と渡辺で分担したあと、相互チェック、魏によるチェックを経て、最終的に飯塚が統一を図る形で作成した。

　日本での本書刊行の企画は、「日記」がまだ続いているころに持ち上がった。中国の友人たちがＳＮＳで伝え合うのを拾い読みしていたこの作品をいざ翻訳しようと思うと、なかなか簡単な仕事ではなかった。出版に至る過程でも、意外に多くの苦労があった。ともあれ、同じくコロナ禍のただ中にある日本の読者に本書が届けられることには、格別の意義があると信じたい。

二〇二〇年五月

飯塚容

著者略歴

方方（ファンファン、Fang Fang）

一九五五年、中国・南京生まれ。本名は汪芳（ワン・ファン）。現代中国を代表する女性作家の一人。二歳時より武漢で暮らす。運搬工として肉体労働に従事したあと、文革後、武漢大学中国文学科に入学し、在学中から創作活動を始める。卒業後はテレビ局に就職し、ドラマの脚本執筆などに従事。八〇年代半ばから、武漢を舞台に、社会の底辺で生きる人々の姿を丁寧に描いた小説を数多く発表。二〇〇七年からは湖北省作家協会主席も務めた。二〇一〇年、中篇「琴断口」が、中国で最も名誉ある文学賞の一つである魯迅文学賞を受賞。「新写実小説」の代表的な書き手として、高い評価を得ている。主要な作品は映画化もされた「胸に突き刺さる矢」（二〇〇七年）、『武昌城』（二〇一一年）、『柩のない埋葬』（二〇一六年）など。

訳者略歴

飯塚 容（いいづか・ゆとり）

一九五四年生まれ。中央大学文学部教授。専門は中国現代文学および演劇。訳書に、高行健『霊山』『ある男の聖書』『母』（いずれも集英社）、閻連科『父を想う』、余華『ほんとうの中国の話をしよう』『中国では書けない中国の話』『死者たちの七日間』（いずれも河出書房新社）、鉄凝『大浴女』（中央公論新社）、蘇童『河・岸』、畢飛宇『ブラインド・マッサージ』（いずれも白水社）など。

渡辺新一（わたなべ・しんいち）

一九四六年生まれ。中央大学名誉教授。専門は中国現代文学。訳書に、『魯迅日記 Ⅰ・Ⅱ・Ⅲ』（「魯迅全集」17～19、共訳、学習研究社）、劉慶邦『神木――ある炭鉱のできごと』（コレクション中国同時代小説5、共訳、勉誠出版）、方方『落日――とかく家族は』（コレクション中国同時代小説8、勉誠出版）、吉狄馬加『アイデンティティ』（思潮社）など。

写真　Stringer via Getty Images（1月章扉）／Feature China/Barcroft Media via Getty Images（2月章扉）／Getty Images（3月章扉）

武漢日記　封鎖下六〇日の魂の記録

二〇二〇年九月二〇日　初版印刷
二〇二〇年九月三〇日　初版発行

著者　方方
訳者　飯塚容／渡辺新一
ブックデザイン　鈴木成一デザイン室
発行者　小野寺優
発行所　株式会社河出書房新社
〒一五一‐〇〇五一東京都渋谷区千駄ヶ谷二‐三二‐二
電話　〇三‐三四〇四‐一二〇一［営業］
〇三‐三四〇四‐八六一一［編集］
http://www.kawade.co.jp/
組版　株式会社キャップス
印刷・製本　株式会社暁印刷
Printed in Japan　ISBN978-4-309-20800-8